W0384586

-ky

EINER VON UNS BEIDEN

Roman

Mit einem Portrait des Autors von
Jürgen Alberts

Krimi & Co.

Die Hauptpersonen

BERND ZIEGENHALS	will ins warme Nest und landet auf der heißen Ofenplatte.
RÜDIGER KOLCZYK	wird unversehens von seiner Vergangenheit eingeholt.
GINNY KOLCZYK	ist verliebt, und das mindert das Urteilsvermögen.
MIEZI IHLOW	stirbt an einem Berufsrisiko.
KARL-HEINZ PRÖTZEL RAINER RUHLSDORF DRÖGNITZ	sind - berufsbedingt - gelegentlich auf ein Alibi angewiesen.
OPA MELZER	weiß, dass ein Alibi auf schwachen Füßen steht.
JOHN CLOWARD	ahnt nicht, dass er es mit zwei potentiellen Mördern zu tun hat.
BEATE BLAU	sammelt Liebhaber wie andere Leute Briefmarken.
OBERKOMMISSAR RANNOW	ahnt das Richtige und irrt sich trotzdem.

Dies ist ein Roman. Die geschilderten Ereignisse sind ebenso frei erfunden wie die auftretenden Personen.
Jede Ähnlichkeit mit tatsächlichen Begebenheiten oder realen Personen könnte nur auf einem Zufall beruhen.

- ky

1

PROLOG IN DEN RÄUMEN DER MORDKOMMISSION

Kriminaloberrat Dr. Weber hatte aufmerksam zugehört. »Ja, Sie können Recht haben, da braut sich was zusammen...«

»Ich habe das dunkle Gefühl, dass eines Tages ein Fall Kolczyk/Ziegenhals auf uns zukommt«, sagte Oberkommissar Rannow. »Da besteht irgendeine seltsame Querverbindung, die nicht ganz astrein ist.«

»Möglicherweise sind sie weitaus stärker in unseren Mordfall verwickelt, als wir bisher annehmen können. Wenn einer von beiden wirklich unser Täter ist, erklärt das vieles.«

»Ganz meiner Meinung.«

Dr. Weber nahm einen leicht zerknitterten DIN-A 4-Bogen zur Hand und studierte die Fakten, die Rannow und seine Leute zusammengetragen hatten.

Kolczyk, Rüdiger Robert

Geb. am 17. Juli 1926 in Zeuthen b. Berlin.

Kolczyk wächst in einer begüterten und sehr konservativen Familie auf. Sein Vater, ein aktiver Oberst, fällt im April 1945 in der Nähe von Bologna. Bis dahin hatte er seinen Sohn vor der Einberufung bewahren können, jetzt wird Rüdiger Kolczyk zum Volkssturm geholt. Von Todesahnungen gequält, verbringt er die letzte Nacht vor dem ersten Einsatz mit dem Flüchtlingsmädchen Reinhild Reschinski, die mit ihrer Mutter bei ihnen einquartiert ist. Beide überleben und heiraten im August 1945. Kolczyk hat sich wegen der Ehe und aus weltanschaulichen Gründen mit seiner Mutter entzweit. Im Januar 1946 wird seine Tochter Regina geboren. Sie haben es schwer, sich durchzuschlagen. Kolczyk studiert, seine Frau verdient den Lebensunterhalt mit Heimarbeit. Ein Freund seines Vaters hilft ihnen dann, sie fahren mit ihm in die USA, wo Kolczyk in Durham, North Carolina, studiert. Dieser Mann stirbt aber nach knapp einem Jahr, und sie müssen nach Deutschland zurückkehren, wo es ihnen finanziell sehr schlecht geht. Mitte 1951 erkrankt seine Frau; aus einer Lungenentzündung ergibt sich eine Tbc. Kolczyk ist gezwungen, das Studium so schnell wie möglich zu beenden. Es glückt, er erhält den Doktortitel und findet eine Anstellung in der Industrie, die einen Sanatoriumsaufenthalt seiner Frau und ein sorgloseres Leben ermöglicht. Als er dann 1957 nach dem Tode seiner Mutter die Erbschaft antritt - es sind etwas über 800000 DM -, kehrt er an die Universität zurück und macht Karriere. Er hat einflussreiche Freunde in Bonn. Man prophezeit ihm eine glänzende Zukunft in Politik und Wissenschaft.

Ziegenhals, Bernd Dieter

Geb. am 20. Dezember 1943 in Berlin

Ziegenhals ist der Sohn des Hilfsarbeiters Heinrich Z. und der Verkäuferin Irma Z., die beide 1944 bei einem Bombenangriff ums Leben gekommen sind. Er wächst bei seinen Großeltern und in Heimen auf, kann aber dank der Unterstützung eines Lehrers das Abitur machen und beginnt Soziologie zu studieren. Aber der Übergang vom proletarischen zum akademischen Milieu führt zu einer tiefen Verunsicherung seiner Werte und Ziele. Er wird apathisch, gibt nach 5 Semestern das Studium auf, trinkt, verkommt, gerät in die Gesellschaft kriminell gewordener Schulkameraden, begeht wohl auch einige kleine Delikte - bleibt aber zugleich ein Mensch mit hohem Intelligenzgrad und hochfliegenden Träumen. Er fühlt sich als Ausgestoßener und hasst die Etablierten.

»Interessant«, sagte Dr. Weber. »Und Sie haben das Gefühl, dass etwas diese beiden Männer verbindet … Sie denken doch wohl an eine Art finsteres Geheimnis, nehme ich an - oder?«

Rannow nickte.

»Ja, so was soll vorkommen, das nennt man dann Schicksal. Plötzlich rollt alles mit einer Unausweichlichkeit ab, gegen die die Handelnden nicht mehr ankommen können. Der Strom psychischer Mechanismen und Zwänge reißt sie mit, sofern und sobald der Prozess erst einmal durch die Initialzündung ausgelöst worden ist: das bloße Zusammentreffen der beiden.«

»Ganz recht … Ich sehe aber keine Möglichkeit, jetzt schon einzugreifen.«

»Ich auch nicht.« Dr. Weber nahm seine randlose Brille ab und strich sich mit den Fingerkuppen über die geschlossenen Augen. »Dann können wir uns ja wohl auf einiges Kopfzerbrechen gefasst machen. Wenn die beiden sich wirklich ineinander verbissen haben, da muss ja mal etwas passieren - Eskalation garantiert!«

2

Betr.: Bernd Ziegenhals.
Anlage zum psychiatrischen Gutachten. Abschrift des Tonbandes 3/1.
Locker assoziierende Selbstdarstellung des Probanden.
Vom Autor überarbeitet.

Ich werde kein Blatt vor den Mund nehmen, da können Sie sich drauf verlassen. Ich erzähle Ihnen alles so, wie es gewesen ist. Ich will endlich mal reinen Tisch machen. Vielleicht hilft es mir auch. Sie sind ja Psychiater und können sich sicher auf manches Ungereimte einen Reim machen.

Es fing damit an, dass ich wieder mal kein Geld hatte und mein alter Schulfreund Jochen Hohenberg zu faul oder zu dämlich war, ein fünfzehnseitiges Referat anzufertigen über … warten Sie … über *Das Verhältnis von Bürokratie und Demokratie bei Max Weber.* Kurz und gut, Hodenberg - das war immer sein Spitzname - war und ist ein fleißiger Simpel. Er studierte Soziologie und Politologie, und zwar an der FU. Er ist schon immer scharf auf Seminarscheine gewesen, denn je mehr Scheine man hat, desto besser sind die Aussichten auf eine Eins in der Diplomprüfung. Darum hat er sich auch um das Weber-Referat gerissen. Doch kaum hatte er sich das erste Buch aus der Bibliothek geholt, war er zum Landesvorsitzenden seines Studentenbundes gewählt worden. Da hatte er natürlich keine Zeit mehr für seine wissenschaftliche Arbeit - klar!

Zwei Tage nach seiner Wahl hatten wir uns im alten Billardzimmer einer Kreuzberger Kneipe getroffen, und zwar anlässlich einer Abteilungsversammlung der SPD. Der Abteilungsvorstand hatte sich Hohenberg zu einem Vortrag über *Die Rolle der Justiz in der Demokratie* geholt, und mich hatte Opa Melzer, mein Zimmernachbar, mitgeschleppt. Er war schon seit fünfzig Jahren Genosse und spendierte mir immer drei Pils und zwei Doornkaat, wenn ich mitging.

Als ich den langgestreckten Raum betrat, hockte Hohenberg schon hinter dem Vorstandstisch. Als er mich dann erkannte, grinste er und schob seine Notizen zur Seite.

»Hallo, Berndchen!« rief er und nahm seine goldverzierte Brille vom Pfannkuchengesicht, um mich mitleidig zu mustern.

»Der große Hodenberg, wie schön!« sagte ich.

»Was, bist du etwa Mitglied hier?«

»Natürlich bin ich mit Glied hier!« lachte ich.

Da er mir nicht ganz folgen konnte, entstand eine kleine Pause, drei, vier Sekunden vielleicht, und in dieser Pause muss ihm eingefallen sein, dass er besser zu Hause an seinem Referat gearbeitet hätte als hier Vorträge zu halten. Gleichzeitig muss er sich auch daran erinnert haben, dass ich ihm schon mal wissenschaftliche Handlangerdienste geleistet hatte.

»Du, hör mal zu … Ich muss ein Referat machen, hab aber im Augenblick keine Zeit …« Er wühlte in seiner Aktentasche herum und förderte einen prallgefüllten, schwarz-grauen Leitz-Ordner zutage. »Steht alles hier drin … Kannst du mir helfen … ?«

»Hm, das ginge schon … Aber umsonst ist nicht mal der Tod. Was würdest du denn ausspucken?«

»Dreißig Mark vielleicht …«

»Fünfzig wären mir lieber, ich bin nämlich ziemlich blank.«

»Na schön. Such alles Material zusammen, das du finden kannst, und schick mir den Mist zu. Vielleicht kannst du auch schon ein paar Kapitel fertig machen …«

»Ohne Anzahlung kaum …«

Hohenberg drückte mir noch schnell und unauffällig dreißig Mark in die Hand, dann nahten die lokalen Funktionäre und eröffneten die Versammlung.

Aber ich kam erst am übernächsten Abend dazu, mir die Unterlagen genauer anzusehen, die ich von Hohenberg bekommen hatte. Vorher hatte ich mir sicherheitshalber ein paar einschlägige Arbeiten aus der Universitätsbibliothek besorgt. Dabei machte ich eine höchst interessante Entdeckung …

Der ehrwürdige hohe Herr, der den fiesen Hohenberg mit der Anfertigung des Referats beauftragt hatte, war bei Licht besehen durch einen genialen Betrug zu Amt und Würden gekommen. Er hatte im Jahre 1951 - Gott, da war ja alles möglich! - kurzerhand eine unbekannte amerikanische Arbeit ins Deutsche übersetzt und als eigene Dissertation eingereicht. Nicht schlecht. Und wäre es ein armer Teufel gewesen, still, bescheiden, stotternd, schielend, triefäugig und impotent, dann hätte ich mich für ihn gefreut, dass es so gut geklappt hatte. Aber er war - ich kannte ihn sozusagen vom Sehen - ein bekotzter, arroganter und hochmütiger Star. Richtiges Establishment. Ein Mann mit einem Dutzend höchst ergiebiger Ämter, Erbe eines beinahe siebenstelligen Vermögens, der Stolz aller Gestrigen und Vorgestrigen, aller mit dem Status quo höchst zufriedenen Zeitgenossen - und noch dazu einer, der Fortschrittlichkeit tonnenweise heuchelte.

Ich hasse diese Leute ebenso wie ich sie beneide. Ich kann nicht anders, ich muss alles tun, um sie zu vernichten, und dennoch - da mache ich mir gar nichts vor - ersehne ich nichts anderes als ihren Status, ihre Liebe und ihre Achtung. Ich bin ein Gammler, ein Arbeitsloser, ein Versager, ein asoziales Element, ein Krimineller gewesen, aber ich habe keinen Augenblick daran gezweifelt, ein außergewöhnlicher Mensch zu sein. Ich bin süchtig nach Größe, nach Publicity, nach Macht, nach Einmaligkeit, nach Titeln, Orden und Denkmälern. Ich möchte eine Villa an der Riviera haben, einen roten Jaguar fahren, mit immer neuen Starlets schlafen, bei Tiffany Brillanten kaufen, im *Waldorf Astoria* wohnen, Ehrenkompanien abschreiten, die Titelseiten der Illustrierten zieren, in den Lexika ganze Spalten füllen, zwei Biographen beschäftigen - und so weiter und so weiter!

Doch ich scheue jeden Anfang, fürchte den Kampf und die Tat, ich liebe die Ruhe, das Denken, das Träumen. Nur dadurch, dass ich manchmal schreibe, kann ich mit diesem Widerspruch leben.

Doch zur Sache!

Hohenberg, der ein Jahr lang mit einem erdienerten Stipendium in Durham, North Carolina, studiert hatte, war mit einem Haufen Fotokopien zurückgekommen, die ich im Laufe der Nacht sichtete. Gegen vier Uhr morgens, als meine Wermutvorräte langsam zur Neige gingen, fiel mir dann die fragliche Doktorarbeit in die Hände. Übermüdet wie ich war - hielt ich es zuerst für einen Zufall, dass sich die einzelnen Überschriften und Sätze in beiden Arbeiten so herrlich glichen, dann stutzte ich, und in einem sogenannten Aha-Erlebnis wurden mir die Zusammenhänge plötzlich klar.

Eine geschlagene Stunde starrte ich abwechselnd auf die sandpapierartigen Blätter, die Hohenberg damals in Durham aus dem Fotokopierautomaten gezogen hatte, und die leicht vergilbten Seiten der Dissertation. Ich kam mir vor wie ein Goldsucher, der nach Jahren des erfolglosen Schürfens und des Dahinvegetierens urplötzlich auf eine Ader gestoßen war. Ich war sofort bereit, die Sache auszubeuten. Fiebernd verglich ich Satz für Satz.

In every society numerous processes of social change are occurring simultaneously … In jeder Gesellschaft laufen zur selben Zeit zahlreiche Prozesse des sozialen Wandels ab … We have found an increasing specialization of organs or subunits in the social system of our village … Wir haben im sozialen System unseres Dorfes eine wachsende Spezialisierung der Organe oder Untereinheiten gefunden.

Kein Zweifel, eine wortwörtliche Übersetzung!

Dann schlief ich ein, glücklich wie ein reich beschenktes Kind, und zum ersten Mal seit Jahren freute ich mich wieder auf den nächsten Tag.

Als ich dann erwachte, hatte ich alles vergessen. Ich starrte minutenlang auf einen platten Käfer, der auf dem Rand meines Nachttopfs entlangbalancierte und immer wieder in den verdammt milchigen Urin zu stürzen drohte. Ob ich wirklich was an den Nieren hatte? Unsere Toilette, die ich mit zwei anderen Mietern teilen musste, befand sich am Ende eines muffigen Korridors, den ich nachts immer mied. Meine Angst vor Ratten und lauernden Gestalten ist wohl krankhaft.

Ich gähnte. Mir war übel, und ich fürchtete jeden Augenblick, mich übergeben zu müssen. Meine Füße, die unter der unbezogenen Wolldecke hervorschauten, sahen so gelblich aus wie die eines Greises und mieften gewaltig.

Nebenan wurden Stimmen laut. Offenbar entließ Miezi einen Kunden, der sich eine ganze Nacht lang leisten konnte. Ich hatte schon die ganze Zeit über Lust gehabt, und nun würde Miezi sicherlich die … die Nase voll haben. Ich fluchte. Ich hatte ihr vorgestern den Staubsauger repariert, und sie war mit der Bezahlung noch ein wenig im Rückstand. Eine Tür fiel zu, Miezi drehte ihren Schlüssel herum. Scheibenkleister!

Als ich dann meinen Hormonspiegel selber senken wollte, klingelte es. Dreimal. Also Ziegenhals! Ich rutschte von meiner wackligen Liege, zog mir schnell eine Badehose über und riss meine Tür auf. Vielleicht der Geldbriefträger, vielleicht der Bundeskanzler! Ich dachte immer solchen Quatsch, wenn es klingelte. Ich glaubte jedes Mal, es würde jemand draußen stehen, der mich mitnahm und irgendwohin entführte, wo alles anders war, wo man sich plötzlich wieder wie ein Kind fühlte, das sich im Wohnzimmer ein Indianerzelt aufgebaut hat, während die Mutter in der Küche Schokoladenpudding kocht. Aber es standen nur immer Vertreter draußen, die ich schon deswegen hasste, weil eben nicht meine Mutter gekommen war, mein Vater, ein Mann vom Verlag, der mir einen Vertrag brachte, ein Mädchen, das mich liebte und brauchte, ein Freund, der mich nicht nur als Mittel zum Zweck benutzen und ausbeuten wollte.

Diesmal war es der Briefträger. Ein plattfüßiger Brillenträger mit Glubschaugen.

»Morgen, Meister! Wieder kein Nobelpreis in Aussicht!« Er hielt mir ein sorgfältig verschnürtes Päckchen vor die Nase, auf dem ein rötlicher Zettel lag. »Ein Einschreiben! Bitte quittieren Sie!«

Wortlos kritzelte ich meinen Namen auf die dafür vorgesehene Linie, gab dem guten Mann den Wisch zurück und zog mich mitsamt dem Päckchen in meine Bruchbude zurück. Wieder ein Manuskript, das niemand haben wollte, wieder Fehlanzeige!

Ich war so verzweifelt wie etwa 1953 bei der Beerdigung meiner Großmutter. Damals hatte ich den letzten Menschen verloren, der mich geliebt und behütet hatte, jetzt verlor ich mich selbst, verlor meine Zukunft. Ich hatte mich rettungslos in die Idee verrannt, mit einem meiner schwachsinnigen Romane Erfolg zu haben und dadurch endlich zum entscheidenden Aufbruch gezwungen zu werden. Ich hatte ja keine andere Chance mehr, mich mit eigener Kraft aus meiner elenden Umwelt zu befreien. Berlin-Kreuzberg, Naunynstraße, ein Haus, das im nächsten Jahr abgerissen werden sollte, abgerissen werden musste. Auch Thomas

Wolfe hatte jahrelang so gehaust, das wusste ich. Aber ich war eben kein Thomas Wolfe.

Ich riss das Päckchen auf und überflog den Text.

Sehr geehrter Herr Ziegenhals!

Das Manuskript WER SINGT, DER STIRBT haben wir inzwischen mit Interesse gelesen. Leider sehen wir jedoch keine Möglichkeit, diesem spannenden Roman einen günstigen Platz im Rahmen unseres Verlagsprogramms zu geben. Bitte, sehen Sie in unserer Ablehnung kein Werturteil. Wir beeilen uns, Ihnen das Manuskript wieder zur Verfügung zu stellen und danken Ihnen, dass Sie uns eine Prüfung ermöglicht haben …

Ein sauberer, ein vornehmer gelber Bogen, exakte Buchstaben, die Manifestation einer hochmütigen Macht. Ich zerknüllte ihn und warf das Papier aus dem Fenster. Einen Augenblick lang spürte ich den Impuls, mich hinauszustürzen, hinunter auf das graue Pflaster, das so herrlich nach Staub, Dreck und Urin roch. Ein berauschender Gedanke! Aber was war das Berauschende daran, die Angst vor dem Tod oder das Glück, dieser beschissenen Welt endlich entrinnen zu können?

Ich raste. Dieser verdammte Armleuchter von Lektor! Hätte ich ihn vor mir gehabt, ich hätte ihn zusammengeschlagen, ich hätte ihn zerfleischt!

Mein Hass gegen die, die das waren, was ich nicht sein konnte, wuchs und wuchs, überflutete mich, trieb mich zum Fenster, wollte mich zum Sprung zwingen.

Schon taumelte ich, schon gab ich nach, denn in diesem Moment schien es mir, als könnte ich ohne Rache und Triumph nicht weiterleben. Und die Gewissheit, beide Ziele niemals erreichen zu können, folterte mich irgendwie, sodass ich den Tod, das neutrale Nichts, als einzige Erlösung ansehen musste.

Da fiel mein Blick auf die Fotokopie der amerikanischen Arbeit und zugleich auf die deutsche Dissertation. Jäh verhielt ich.

Na wartet, ihr großen, aufgeblasenen Herren, ich werde euch in Angst und Schrecken versetzen! Ich werde mir einen herauspicken und ihn fertig machen. Einen stellvertretend für euch alle!

Ich weiß, das alles klingt verdammt nach Klamotte, aber genau das habe ich gedacht. Gedanken erregter Menschen sollen ja selten erhaben sein. Ich kann mich eben nicht besser ausdrücken, nicht anders verständlich machen!

Bernd Ziegenhals als Erpresser! Nachdem ich bis dato lediglich einen 65er VW gestohlen, einem betrunkenen Münchner am Stuttgarter Platz die Brieftasche aus dem Jackett gezogen, einen Tunesier krankenhausreif geschlagen, einer Wirtin 55 Mark Miete vorenthalten, mehrere kleinere Ladendiebstähle verübt und ein Jahr lang von der Arbeit einer gutmütigen Prostituierten gelebt hatte, war das zumindest ein Fortschritt. Aber bisher hatte man mich ja auch nicht erwischt ... Den Schluss aber, ich sei ein geborener Verbrecher, dürfte das alles noch lange nicht rechtfertigen.

Ich hatte also wieder ein Ziel, das Leben lohnte sich plötzlich, der Tag brachte endlich mal was Neues. Ich schaltete mein Transistorgerät ein, tanzte nach der *Yellow Subinarine*-Melodie über die morschen Dielen und suchte meinen besten Anzug heraus. Dann kämmte ich mich. Derart verbürgerlicht nahm ich mein Frühstück zu mir, das zur Feier des Tages aus dem letzten Zipfel echter deutscher Landleberwurst bestand.

Jetzt erst konnte ich mich dem Problem widmen, wie ich ohne einen Pfennig Geld in der Tasche zur Universität gelangen sollte. Zu Fuß von Kreuzberg nach Dahlem waren es gute vier Stunden. Ich war aber nicht verrückt. Verdammt, ich hätte Hohenbergs Geld nicht so schnell verpulvern sollen! Erst das Fußballspiel im Olympiastadion, dann das Besäufnis in der *Heißen Ecke* und schließlich die Gebühr für die Benutzung von Babsy. Wie sollte man da was sparen? Obwohl mein Großvater selig immer zu sagen pflegte, spare in der Not, dann hast du Zeit dazu.

Jedenfalls brachte mich die Assoziation Babsy-Miezi auf die glorreiche Idee, es bei meinem kleinen Engel zu versuchen. Ich ging auf den Flur hinaus, wo ich im Halbdunkel über eine von Miezis Presskohlen stolperte. Nach der schönen Devise Denk daran, schaff Vorrat an! ließ sie sich alljährlich im Herbst von ihrem Kohlenhändler drei oder vier Zentner Briketts hier oben aufstapeln. Ein Eros-Center war unsere Wohnung also weiß Gott nicht. Ob er es wusste?

Still und zart klopfte ich an ihre Tür.

»Feierabend!«

»Ich will ja gar nicht!« Dieses verdammte Weibsbild hatte wirklich nichts anderes im Kopf. »Kannst du mir wohl fünf Mark pumpen … ?«

»Hau ab, lass mich schlafen!«

»Bitte, Miezi …!«

»Ich hab nischt!«

»Schwindel doch nicht! Der Lord eben war doch nicht umsonst hier …«

Der Lärm lockte Opa Melzer herbei. Er war einundsiebzig, stets ungewaschen und leicht schwachsinnig und ganz versessen darauf, sich an Miezis kommerziellem Liebesleben zu erfreuen. Zu diesem Zweck hatte er sich sogar ein markstückgroßes Guckloch in die Tür gebohrt. Nur wenn kein Freier in Sicht war, wagte er sich aus seinem Verschlag heraus. Schließlich waren wir alle eine große Familie. Miezi verdiente das Geld und füllte unser trautes Heim mit lieben Gästen, Opa Melzer verrichtete die kleinen Hausarbeiten, die so anfallen, und reparierte unser Klo, wenn's mal zusammenkrachte oder verstopft war mit Miezis berufsbedingten Abfällen, und ich übernahm alle kaufmännischen Aufgaben, verkehrte mit den Behörden und sorgte mit meiner Bildung für einen hohen kulturellen Standard unserer Lebensgemeinschaft.

»Wat is 'n los?« nuschelte Opa Melzer.

»Kannst du mir 'nen Fünfer borgen?«

»Nee, ick bin pleite! Der Dumme nur sein Geld verscharrt, der Kluge kauft sich Engelhardt!« Worauf er sich aufatmend von einem gewaltigen Magenwind befreite und flugs den Werbespruch variierte. »Wenn das Bier im Hintern knarrt, ist's bestimmt von Engelhardt!«

»Dann mach 'nen Abgang, los, los, avanti!« Ich scheuchte Opa Melzer in sein Kabuff zurück und zog die Tür zu. Seine beiden Meerschweinchen sorgten stets für einen bestialischen Gestank.

»He, Miezi, was ist denn nun?« Ich spähte durch den Riss in der braunen Holztür. Sie lag nackt auf dem zerwühlten Bett und starrte gegen die Decke. Ein Körper, ein paar Schenkel, ich kann Ihnen sagen! Ich hämmerte gegen die Tür. Endlich erhob sie sich, ging zu ihrer Handtasche, wühlte darin herum und kam schließlich mit einem Fünf-Mark-Schein zur Tür.

»Lass mich rein!« bettelte ich.

»Du hast wohl 'ne Macke! Ick arbeite doch nich im Akkord! Hier ...« Sie schob mir den Schein durch den Spalt.

»Danke, mein Engel!«

»Schöner Engel ...« Sie warf sich kichernd aufs Bett und zog sich die Decke über den Kopf.

Mein Startkapital hatte ich also. Was würde ich daraus machen können, tausend Mark, zehntausend, hunderttausend ... ?

Es war halb neun, als ich auf die Straße hinaus trat. Die Sonne schien, der Tag war schön, offenbar billigten die himmlischen

Instanzen mein Tun. Ich bog in die Adalbertstraße ein, bis zur Hochbahn waren es knapp zehn Minuten.

Prinzenstraße, Hallesches Tor, Möckernbrücke und so weiter, nicht mal zwanzig Stationen bis zum Bahnhof Thielallee. Was wohl mein Opfer in diesen Minuten gerade trieb …?

3

Tagebuchaufzeichnungen von
Prof. Dr. Rüdiger Kolczyk.
Anhand aufgefundener Fragmente vom Autor rekonstruiert.

Es begann an einem Oktobertag, dessen stereotype Schönheit mich wie immer langweilte: fallende goldbraune Blätter, ein sanftblauer Himmel, ziehende Wattewölkchen, der würzige Duft modernden Laubes. Seit Millionen Jahren hatte es die Natur nicht für nötig gehalten, ihr Programm zu ändern. Die Erinnerung an unzählige, höchst unnütze Schulaufsätze ließ meinen Unmut noch wachsen: Ist der Herbst die Jahreszeit des Vergehens? Meine Gedanken im herbstlichen Wald. Herbstgedichte, die mir etwas gegeben haben. Gegen meinen Willen fiel mir ein Gedicht von Else Lasker-Schüler ein, das ich irgendwann einmal in den Heften meiner Tochter gefunden hatte. Obwohl mein Gedächtnis für derartige Dinge zu wünschen übrig lässt, hatte ich mir drei, vier Zeilen eingeprägt. »Ich will dir viel viel Liebe sagen - wenn auch schon kühle Winde wehen, in Wirbeln sich um Bäume drehen, um Herzen, die in ihren Wiegen lagen.«

Warum dieses Gedicht, warum diese Aufzeichnungen? Es kommt mir alles lächerlich vor, furchtbar lächerlich. Dieser verdammte Aktivismus! Wir tun nur etwas, wir arbeiten in Wahrheit nur so verbissen, um uns über die Sinnlosigkeit unseres Daseins hinwegzutäuschen, um den Gedanken zu verjagen, dass wir so bedeutungslos sind wie die winzigste Ameise, die wir gerade zertreten haben, dass wir zu sterben haben, ohne eine bleibende Spur zu hinterlassen.

Doch Schreiben entlastet, und darum schreibe ich hier. Ich schreibe, also bin ich.

Milde Resignation eines Arrivierten an einem Herbstmorgen.

Aber damit dürfte zum einen klargeworden sein, dass ich ein durch und durch widersprüchlicher Mensch mit einer beträchtlichen Distanz zu meiner eigenen sozialen Rolle bin und zum andern, dass ich an diesem besagten Oktobermorgen schlechte Laune hatte. Wenigstens auf dem Weg zur Universität. Die gute Reinhild, seit mehr als zwanzig Jahren meine Ehefrau, hatte auf dem Bücherbrett unserer Tochter einen Haufen Aufklärungsschriften gefunden (*Die Liebesvereinigung in Wort und Bild, Ekstasen der Liebe, Triebe unter dunkler Haut*) und den ganzen Sonntag über studiert. Nun, auch unter der Sahara soll es ja frisches Wasser geben. Kurzum, Reinhild hatte plötzlich ihre Das-haben-wir-endlich-hinter-uns-Philosophie vergessen und abends im Bett von mir Dinge verlangt, zu deren Ausführung mich ihre verbliebenen Reize ansonsten höchstens einmal alle vierzehn Tage verleiten konnten. Aber mein Fleisch war so schwach geblieben, wie ihres geworden war.

Erst als ich meinen perlgrauen Mercedcs 220 SE vor dem langgestreckten Fakultätsgebäude geparkt hatte und die paar Stufen zu unserem Institut hinaufgestiegen war, fand ich zum inneren Frieden zurück. Fräulein Blau nämlich - unsere frisch aus dem Urlaub zurückgekehrte blonde Sekretärin - saß rauchend auf dem Schreibtisch, und das, was der Anblick ihrer kaum verhüllten Schenkel in mir - oder besser: an mir - auslöste, schwemmte alle geheimen Ängste fort.

»Guten Morgen, mein schönes Kind«, sagte ich und küsste ihr in alter Ballhausmanier die Hand.

»Einen wunderschönen guten Morgen«, erwiderte Beate Blau. Sie legte Wert auf einen neckisch-gebildeten Plauderton, schließlich hatte sie die Mittlere Reife. Möglicherweise war sie Nymphomanin, jedenfalls verfügte sie über eine stattliche Schar potenter Freunde und bemühte sich tagtäglich, auch mich zum Mittel ihrer ureigensten Lustmaximierung zu machen, aber es war mir bisher immer gelungen, mich zu beherrschen. Irgendwann hatte man mir eingehämmert, dass man so etwas nicht tut, dass das einfach nicht geht. Ich, ein weltbekannter Wissenschaftler, überall wegen meines unbestechlichen, durchdringenden Verstandes gepriesen, ich fürchtete, im Falle eines Falles von einem Gott verdammt zu werden, an den ich offiziell gar nicht glaubte. Außerdem hatte ich Angst. Angst vor IHM, Angst vor ihr, dass ich ihren hohen Ansprüchen nicht genügen würde, Angst vor Reinhilds Tränen, Angst vor dem Spott meiner hellsichtigen Tochter, Angst vor dem Getuschel der Studenten und vor allem Angst davor, dass es zu einem Skandal kommen könnte, der meiner politischen Karriere zumindest nicht förderlich wäre. Meine Partei schätzte solche Sachen nicht.

Mögen die folgenden Zeilen, und nicht nur sie, auch ein wenig unter meinem Niveau liegen, so muss ich die Szene mit Beate Blau dennoch wahrheitsgetreu wiedergeben, denn einmal bin ich als empirischer Soziologe dem sorgfältigen Festhalten aller handlungsrelevanten Faktoren verpflichtet und zum andern hat sie für das grundsätzliche Verständnis meiner Verhaltensweisen einige wichtige Funktionen. Vielleicht, so scheint es mir manchmal, steckt in mir auch ein Romancier, der das Epische liebt. Somit ist es im Hinblick auf meine Aufzeichnungen nicht weiter verwunderlich, wenn Analysen und Reflexionen immer wieder von der bloßen Deskription des Erlebten unterbrochen werden. Das kann natürlich nicht ohne Stilbrüche abgehen, zu denen es vor allem immer dann zu kommen scheint, wenn es mir beim Niederschreiben meiner Gedanken misslingt, meine

Emotionen ganz zu kontrollieren. Wahrscheinlich spielt meine Eitelkeit dabei mit; ich merke schon jetzt, wie sehr mich diese Umstände fortwährend frustrieren und wie schwer die angestrebte Katharsis zu erreichen sein wird.

Nach dieser notwendig gewordenen Anmerkung kann ich nun reineren Gewissens zur Universität und zu Beate Blau zurückkehren.

»Nun, haben Sie ein schönes Wochenende verlebt?« fragte ich betont distanziert, als hätte ich die picklige Schulfreundin meiner Tochter vor mir.

»Ja, danke … Gestern war ich tanzen im *Palais am Funkturm*. Da hab ich 'nen Steuerprüfer kennen gelernt, Diplom-Kaufmann mit 'nem roten Alfa Romeo, wissen Sie, was der mir nach zwei Tänzen vorgeschlagen hat?«

»Nein, woher …« Ich merkte, wie ich rot wurde. »Ist die Post schon da?« fragte ich schnell.

Sie warf mir einen resignierten Blick zu, ließ sich vom Schreibtisch herabgleiten, strich sich Loreley-Haar und Boutique-Kleidung glatt und drückte mir einen gefüllten Aktendeckel in die feucht gewordene Hand. Ich verschwand dankend in meinem Zimmer.

Picassos *Frau mit Haarnetz* schaute mir schwarz-grün vom Fünf-Mark-Hertie-Druck entgegen. Am liebsten hätte ich ihr den jadegrünen Stein ins Gesicht geworfen, den ich mir im vergangenen Jahr aus Rhodos mitgebracht hatte. Ich empfand eine furchtbare Wut gegen etwas, das sich nicht fassen, nicht denken ließ. Es ist natürlich Unsinn, zu behaupten, ich hätte geahnt, was an diesem Tag auf mich zukommen würde.

Ich öffnete das Fenster, blickte einige Sekunden lang auf den mit Schieferplatten belegten Weg hinunter, der sich von der Mensa zum Henry-Ford-Bau schlängelte, musterte die vorüberziehenden Studierenden, vor allem die weiblichen, und genoss es, dieses prestige- und geldlose Stadium hinter mir zu haben. Obwohl ich mich dagegen wehrte, spürte ich wie immer den Widerwillen gegen diesen disziplinlosen Haufen, der mir alles nehmen wollte, was ich mir mühsam aufgebaut hatte, der meine Thesen und Theorien höhnisch kritisierte und verwarf, der alles besser wusste. Und dabei hatte ich ihnen selbst die Munition geliefert und oftmals mit ihnen hinter den Barrikaden gelegen. Das war es ja, was mich so entnervte: mit dem Verstand war ich auf ihrer Seite, doch meine Gefühle ihnen gegenüber waren voller Abscheu und Aggression. Der Geist, den mir mein Vater, der Oberst Robert W. Kolczyk, jahrelang eingeimpft hatte, ließ sich so leicht nicht abtöten.

Ich schreibe das vor allem, um mir selbst über manche Motive meines Handelns klarzuwerden. Vielleicht gibt es auch Tiefenpsychologen und andere kluge Leute, die diese Aufzeichnungen einmal analysieren und meiner Frau, meiner Tochter und meinen Freunden klarmachen, wer ich war und warum ich so war. Ich hasse philosophisches Geschwafel, dem ich oft nicht entgehen kann, aber in meinen privaten Aufzeichnungen nehme ich mir das Recht, so zu schreiben, wie ich meiner Herkunft nach empfinde.

Zuerst las ich mir die diversen Flugblätter durch, die mir die blaue Beate, wie man sie privat - mitunter recht treffend - nennt, liebenswürdigerweise zusammengetragen hatte. Ich verfluchte diesen und jenen und wandte mich dann den Vorschlägen zu, die von studentischer Seite zur Reform unseres Instituts erarbeitet worden waren. Doch schon kurz darauf klopfte Beatchen, stieß die glatte, graue Tür auf und schleppte ein ziemlich schweres Paket herein.

»Die Belegexemplare vom Verlag … !« schnaufte sie.

Ich ging ihr schnell entgegen und nahm ihr den Packen aus der Hand. Mein neues Buch, endlich! Gemeinsam wickelten wir das erste Exemplar aus. Ich war so aufgeregt wie Weihnachten 1933, als mir meine Eltern die erste elektrische

Eisenbahn geschenkt hatten. Der letzte Bogen glitt auf den Fußboden hinunter, ich hielt das Buch mit ausgestreckten Armen. Es muss so ausgesehen haben, als würde ich meinen erstgeborenen Sohn in Empfang nehmen.

Rüdiger Kolczyk

Thesen über den Zerfall sozialer Systeme

Ein schmucker orangefarbener Umschlag, schwarze Lettern. Ich freute mich unbändig. In diesem Buch steckten drei Jahre harter Arbeit. Alles sprach dafür, dass es ein soziologischer Bestseller werden würde. Ich sah sie alle, Scharen von Professoren und Studenten in allen Ländern der Erde, wie sie meine Thesen diskutierten, wie sie mich zu verstehen suchten.

Kolczyk, Kolczyk, Kolczyk! Auf den nächsten Weltkongressen für Soziologie würden sie meinen Namen flüstern, mir nachblicken, das Gespräch mit mir suchen. Mehr noch als bisher. All die Götter unserer Wissenschaft, angefangen bei Talcott Parsons. Ein Ruf, ein attraktiver Lehrstuhl war mir sicher. Ich war süchtig, süchtig danach, groß und außergewöhnlich zu sein und die Welt zu verändern. Das klingt alles so banal, so stümperhaft formuliert, aber ich schreibe ja kein Buch, um *der* Prophet für die Millionen Suchender zu werden, sondern kritzle ein paar Hundert schäbiger Blätter voll, um für mich selber Bilanz zu ziehen.

Kurzum, in dem Augenblick, wo ich dieses Buch aus dem Packpapier schälte, war ich glücklich. Vergangenheit und Zukunft waren voll nie gekannter Harmonie. Die Weichen waren gestellt, wie man so schön zu sagen pflegt. Mit dieser Veröffentlichung musste ich in die erste Reihe der Kronprinzen rücken, musste ich schlechthin die Zukunft meiner Partei werden. *Endlich haben wir einen Politiker entdeckt, der uns einen klaren und hoffnungsvollen Weg in das einundzwanzigste Jahrhundert weisen kann!* Ich war sicher, dass Bonn mich schon erwartete. Ein Intellektueller mit Charme, mit Popularität, mit Charisma, mit einem ausgeprägten Sinn für Stabilität und Integration und dennoch voll neuer Ideen - das war garantiert die richtige Mischung. Und Freunde hatte ich genug.

Ich ließ Beatchen eine kleine Flasche Sekt aufmachen, sie konnte es so gut, trank mit ihr zwei Gläser und küsste sie dann. Sie ließ mich wieder jung werden, ließ mich jubeln, und beinahe war mein Triumph so total wie damals 1939, als ich meinen ersten Hundert-Meter-Lauf gewonnen hatte und zum Helden der Schule avanciert war.

Immer wieder frage ich mich, welchen Sinn es denn hat, dies alles niederzuschreiben. Wen interessiert es schon? In jeder Sekunde vollenden sich auf diesem Planeten Millionen von Schicksalen - wenn man die alle registrieren wollte! Aber ich schreibe weiter, schreibe ohne es vielleicht zu wollen, gehorche unbekannten Mechanismen.

Doch zurück zu diesem Oktobertag, an dem sich das erfüllen sollte, was offenbar schon lange in meinem Leben beschlossen lag.

Ich musste mich von Beatchen lösen, musste ihren warmen Körper zurückstoßen, musste die Nirwana-Wolke aus kostbaren Hölzern, Chypre, Jasmin und Rosen verlassen, weil es klopfte.

Das ist alles so kitschig, ja, aber soll ich die Wirklichkeit nur deswegen verfälschen, weil sie kitschig ist? Soll ich mich nur deswegen belügen, weil die Wahrheit einer Lüge gleicht? Nein.

In der Tür stand ein untersetzter, aber keineswegs bulliger oder dicklicher junger Mann, den ich im ersten Augenblick recht sympathisch fand. Er trug einen grauen Anzug, der vor fünf Jahren bei Müller-Wipperfürth oder C & A kaum mehr als hundert Mark gekostet haben konnte, einen leichten Rollkragenpullover und ein Paar ausgetretene schwarze Schuhe. Er lächelte so schüchtern wie ein Lehrling, der mit der attraktiven Frau des Chefs allein im Salon geblieben ist. Zum Friseur hätte er auch mal gehen können. Ich hielt ihn für einen mädchenlosen, möglicherweise homoerotischen Jüngling, der elegische und unverkäufliche Gedichte schrieb und womöglich einer Sekte angehörte, die sich der Errettung des Geistigen und des Harmonischen im Menschen verschrieben hatte. Aber irgendwie mag ich solche Leute. Wahrscheinlich deswegen, weil ich mir in ihrer Nähe immer männlich, erfolgreich, weise und überlegen vorkomme.

»Ist denn jetzt Sprechstunde?« fragte ich Beate.

»Mal sehen …« Sie ordnete ihre frisch gebleichten Haare, blinzelte dem jungen Mann aufmunternd zu und studierte dann die am Schrank hängende Liste, in der die Sprechstunden aller am Institut beschäftigten Dozenten und Assistenten eingetragen waren. »Hm … Der Raum drüben ist frei …«

Wir gingen hinüber in das kleine Sprechzimmer, dessen blassgraue Wände durch zwei glasbedeckte Miró-Drucke verschönt wurden. Ein karger Raum, der irgendwie an eine Theaterkulisse erinnerte. Ich setzte mich hinter den Schreibtisch, wohl wissend, dass ich mir damit schon eine gewisse Überlegenheit verschaffte, während mein Besucher, der bisher außer einem mehr gehauchten guten Morgen noch nichts gesagt hatte, mir gegenüber in einem lila bezogenen Sessel Platz nahm. Er schlug die Beine übereinander, und ich konnte deutlich sehen, wie unter seiner rechten Schuhsohle ein großer Flatschen lehmgelben Hundekots klebte. Eine leichte Übelkeit erfasste mich.

»Womit kann ich Ihnen helfen?« fragte ich, wobei ich mich bemühte, weder einen herablassenden noch zu betont wohlwollenden Ton anzuschlagen.

»Ja, ich ...« Er sprach leise, fast so als fürchte er sich vor seiner eigenen Stimme. Er war sehr nervös. Er spielte mit seinen Fingern, schnippte mit den Nägeln und zerbiss seine Unterlippe.

Um ihn nicht noch mehr zu irritieren, blätterte ich in einer herumliegenden Liste, in der die Teilnehmer aller meiner Seminare und Übungen schön säuberlich verzeichnet waren.

»Habe ich Ihren Namen schon notiert ... ?«

Mein seltsamer Besucher blickte mich mit etwas zusammengekniffenen Augen an. Dabei war es in diesem Raum alles andere als gleißend hell. Sekundenlang bewegte er die Lippen, ohne aber einen Ton herauszubringen. Er schien sich irgendwie unschlüssig zu sein.

Schließlich würgte er hervor: »Ich heiße Bernd Ziegenhals ...«

Ich hatte Mühe, ein Lächeln zu verbergen.

»Ziegenhals ist ein kleiner Ort im Süden von Berlin«, erklärte mir mein Besucher, als wollte er für seinen merkwürdigen Namen um Verzeihung bitten. »In der DDR, am Großen Zug ... das ist eine Art See ...«

»Ich weiß«, lächelte ich. »Früher haben wir immer Ausflüge von Zeutlien nach Ziegenhals gemacht.«

Wir schwiegen beide, irgendwie wurde die Szene bedrückend und unwirklich. Ich musterte Ziegenhals, als sollte ich sein Gesicht fünf Minuten später im Verlauf eines psychologischen Tests möglichst genau auf ein DIN-A 4-Blatt nachzeichnen. Zuerst dachte ich, dass er gar keinen dünnen Ziegenhals hatte, sondern eher als stiernackig zu bezeichnen war. Sein Gesicht war breit, slawisch, robust. Sein ungepflegtes dunkles Haar und seine wilden Koteletten verliehen ihm etwas Löwenhaftes, während ihn der schlaffe Schnauzbart eher wie ein melancholischer Bernhardiner wirken ließ. Meine Assoziationen waren eindeutig: Gangster, Clochard, Pflastermaler, asoziales Element, Trunkenbold, LSD-Schlucker, Protestsänger, Radaubruder. Trotz dieser negativen Beurteilung bewunderte ich ihn irgendwie. Vielleicht weil ich selber sauber und adrett, pünktlich und zuverlässig, strebsam und erfolgreich, treu und ehrlich war.

»Tja, ich weiß nicht …« druckste Ziegenhals herum. »Ich bin heute zu Ihnen gekommen, um … Sehen Sie, Herr Doktor, ich …«

Hier brach er ab, weil Beatchen mir eine Coca brachte. Ich stellte die Flasche aufs Fensterbrett, verfolgte kurz eine Boeing 727 der PAN AM, die in Richtung Tempelhof zog, und konzentrierte mich dann wieder auf Ziegenhals. Erst jetzt fiel mir auf, dass er ein akzentfreies Hochdeutsch sprach. Diese Tatsache stand in einem auffälligen Gegensatz zu seiner äußeren Erscheinung. Aber das war ja hier in Dahlem nichts Neues.

In ihrem Schreibzimmer hörte Fräulein Blau Radio DDR. Eine weiche Stimme sang von den Zeigern einer Bahnhofsuhr, die sich drehn drehn drehn.

»Vielleicht können wir zur Sache kommen …« sagte ich, die gebotene Chance nutzend, und blickte kurz auf meine Armbanduhr.

»Angefangen hat es wohl 1951!« sagte Ziegenhals plötzlich. Seine Stimme war wie verwandelt, ich spürte direkt, dass er sich innerlich einen Ruck gegeben hatte.

»Ich verstehe nicht …«

»Ich mache das nicht gerne, aber mir bleibt nichts weiter übrig«, fuhr Ziegenhals fort, wieder etwas zaghafter.

»Nun kommen Sie doch endlich zum Thema!« drängte ich ärgerlich. Ich vermutete in Ziegenhals einen verschrobenen

Linken, der mir auf diese Art seinen Glauben nahe bringen wollte. 1951 - was war da alles gewesen? Ich überlegte, um wirksam kontern zu können. Frieden von San Francisco mit Japan, Korea-Krieg, Bildung der Montan Union in Luxemburg - worauf wollte Ziegenhals hinaus?

»Ein Freund von mir studiert Soziologie«, begann Ziegenhals erneut und zündete sich eine Gauloise an. Umständlich ließ er die Streichholzschachtel in seinem schäbigen Jackett verschwinden und warf das Streichholz neben den Aschenbecher auf den Tisch. Es rauchte noch einige Sekunden. Typisch, dachte ich. Draußen hämmerte Beate auf ihre Schreibmaschine ein. Eine wärmebedürftige Mücke zwängte sich ins Zimmer und umschwirrte Ziegenhals. Er griff sie mit seiner linken Hand, zerdrückte sie und wischte sie am Hosenbein ab.

»Sie nicht?« fragte ich ziemlich ratlos.

»Nein, seit einiger Zeit nicht mehr ... Aber gelegentlich helfe ich einem Freund von mir ...«

Er stotterte keineswegs, er sprach nur etwas schleppend. Seine blassblauen Augen blickten glanzlos und traurig.

»Ich weiß nicht, wie ich anfangen soll ...« murmelte Ziegenhals.

Mein Gott, was wollte denn dieser verklemmte Mensch bei mir? Ich war schon versucht, ihn einfach hinauszuwerfen.

»Möchten Sie vielleicht meine Übung besuchen?« fragte ich ungeduldig.

»Ja ... Das heißt, nein.«

»Dann dreht es sich also um Ihren Freund«, fragte ich recht mürrisch, weil es mich irritierte, dass er sich ungeniert ein langes schwarzes Haar aus seiner relativ kleinen und scharfgeschnittenen Nase riss.

Ziegenhals blickte aus dem Fenster und verzog die Stirn zu einem hässlichen Waschbrett. »Ja, schon ... Er hat den

Sommer in Amerika verbracht ... Ein Stipendium an der Duke University in Durham, North Carolina ...«

Ich lächelte - und ahnte noch immer nichts. »Da bin ich auch mal ein Jahr gewesen - März 1950 bis Februar 1951 ...«

»Na sehen Sie!« Irgendwie schien er erleichtert zu sein. »Mein Freund hat ... ja, er hat sich die Fotokopien eines längeren Aufsatzes, eines kleinen Buches mitgebracht ... Einer Arbeit aus dem Jahre 1949 ... Der Autor heißt Charles Emery!« Den letzten Satz hatte er herausgestoßen, als hätte er beim Verspeisen eines Honigbrots auf eine Wespe gebissen.

Ich starrte ihn an, gelähmt, im Innersten getroffen. Es schien mir, als wäre ich eine der hölzernen Figuren, die man auf den Rummelplätzen findet und die nach hinten klappen, wenn man mit dem Ball eine ganz bestimmte Stelle trifft. Und Ziegenhals hatte diese Stelle getroffen! Ich sah Särge, Urnen, Kränze, Stricke, vorbeirasende Bahnen, Lichter, sah mich, weinende Frauen, höhnische Freunde, barsche Richter, sah mich nackt Spießrutenlaufen, sah feuchte Gefängniszellen.

Jetzt war Ziegenhals Herr der Lage, ja, er schien sich direkt an meinem Entsetzen zu weiden.

»Charles Emery hat eine Arbeit mit dem Titel *Social Change in Pattons Landing* verfasst, und Sie, Herr Kolczyk, haben diese Arbeit hier an der FU unter dem Titel *Ein amerikanisches Dorf im Spannungsfeld industrieller Entwicklung* als Dissertation vorgelegt - wortwörtlich übersetzt!« Ziegenhals holte Luft. »Ein Zufall ... Vor mir hat es kein Mensch gemerkt, und nach mir wird es keiner mehr merken - aber ich habe es gemerkt!«

Ich kannte den Text der Promotions-Ordnung auswendig. »Der Doktorgrad kann nach Maßgabe des Gesetzes über die Führung akademischer Grade ... entzogen werden, wenn sich herausstellt, dass er durch Täuschung erworben ist ...«

Aber das war ja nicht das Schlimmste, das Schlimmste war der Skandal, der folgen würde.

Was denkt man in solchen Minuten? Erschreckend wenig in erschreckend kindlicher Art und Weise. Aus, aus, alles aus! Und dann will man wieder Kind sein, will die Gewissheit haben, dass alles nicht so schlimm ist und Vater oder Mutter die Sache schon wieder geradebiegen werden. Bis du heiratest, ist alles vorbei! Bei mir setzte der Prozess der Regression überraschend schnell ein. Ich biss mir, was ich als Kind oft getan hatte, die Haut um den rechten Daumen herum so weit ab, dass es blutete. Das konnte doch nicht wahr sein, das durfte doch nicht wahr sein! Also war es auch nicht wahr …

Ich sah Reinhild vor mir, die ich einmal geliebt hatte und deretwegen alles so gekommen war. Wäre ich ihr doch nie begegnet, dachte ich, hätte ich mich doch bloß rechtzeitig von ihr getrennt! Mein Gott, warum musste man denn noch zwanzig Jahre später für etwas büßen, das man aus Liebe und aus Mitleid getan hatte!

Wir waren aus Amerika zurückgekommen und es war uns immer schlechter gegangen. Mitte 1951 war Reinhild dann ganz plötzlich erkrankt, aus einer Lungenentzündung war eine schwere Tbc geworden, und ich hatte mich gezwungen gesehen, mein Studium so schnell wie möglich zu beenden, um Geld zu verdienen und Reinhild einen längeren Sanatoriumsaufenthalt ermöglichen zu können. In meiner Not, und um nicht alles zu verlieren, hatte ich schließlich schweren Herzens die fragliche Arbeit aus dem Amerikanischen übersetzt und als eigene Dissertation abgeliefert …

Reinhild war wieder gesund geworden, indes, wir verstanden uns schon lange nicht mehr, und nun sollte ich einen so entsetzlichen hohen Preis für mein damaliges Handeln zahlen.

Nein, das durfte nicht sein!

Ziegenhals hörte auf, mich zu mustern, offenbar wollte er verhindern, dass ich wütend wurde und eine Kurzschlusshandlung beging. Er sah den dunkelgrünen *dtv-Atlas zur Biologie* auf meinem Schreibtisch liegen, zog ihn zu sich herüber, schlug kurz im Register nach und las dann mit der monoton-sachlichen Stimme eines Nachrichtensprechers.

»Parasitismus - in Klammern: Schmarotzertum … Ein Lebewesen zehrt vom anderen, wobei dieses nicht oder erst nach geraumer Zeit getötet wird. Die Art des Zusammenlebens tritt in vielen Formen auf …«

Langsam zwang ich mich dazu, das zu tun, was allgemein mit »den Tatsachen ins Auge sehen« bezeichnet wird. Hatte ich zuerst die Realität verdrängen wollen, so ging ich nun zur Taktik des bedrohten Käfers über, ich wollte nichts weiter als Zeit gewinnen. Ich war ein hochintelligenter Mensch - mein Gott, sollte es da keine Möglichkeit geben, diesen schmutzigen Parasiten loszuwerden!

Plötzlich fand ich diese Szene lustig, direkt vergnüglich. Mein eigenes Unglück erheiterte mich. Wenn das hier alles zu einem Theaterstück gehörte, dachte ich mir, was würde der Autor dann tun, wenn er mich als positiven Helden vorgesehen hätte? Rasen, schnaufen, toben, drohen durfte ich auf gar keinen Fall. Ich musste gelassen bleiben, weise und gelassen … Was würde es mir schon ausmachen, ein paar tausend Mark zu zahlen. Und oft entwickelte sich ja zwischen dem Parasiten und dem Wirt eine Art Symbiose, und vielleicht konnte ich mich auch mit diesem dreimal verfluchten Ziegenhals irgendwie arrangieren. Leben und leben lassen! Offenbar war er intelligent genug, um zu begreifen, dass er in seinen Forderungen nur bis zu einer bestimmten Grenze gehen konnte, wenn er seinen Plan nicht gefährden wollte. Wenn er zu hoch spielte, musste er ja damit rechnen, dass ich aufgab und zur Polizei lief.

»Was verlangen Sie denn?«

»Ich freue mich, dass Sie vernünftig geblieben sind. Das erleichtert vieles …«

»Das könnte sich ändern …«

Er lächelte. »Damit rechne ich natürlich.«

»Haben Sie das wirklich nötig, Herr Ziegenhals?«

»Lassen wir die Moral, Sie sind ja sonst immer so stolz auf die Logik und die Rationalität in Ihrem Denken. Vielleicht können Sie mich verstehen … Versetzen Sie sich mal in meine Lage, üben Sie sich mal in der Introspektion … Sie merken schon, dass ich mich in Ihrem Kauderwelsch - Pardon - Ihrer Terminologie ein wenig auskenne. Ich bin zum Parasiten geboren. Ohne Ihr Geld würde ich zeitlebens ein armes Schwein bleiben, das sich sein täglich Brot mit seiner Hände Arbeit verdienen müsste. Eine herrliche Phrase! Ich habe aber weder Veranlagung noch Lust dazu. Ich hasse Chefs und Autoritätspersonen, ich gehe eher zugrunde, als dass ich Befehlsempfänger werde. Ich habe jedoch, das werden Sie verstehen, keine Lust, zugrunde zu gehen. Und ich habe auch keine Lust, Tag für Tag als sogenannter Selbständiger zu schuften, Curry-Würste oder Hosenträger zu verkaufen. Ich habe eben, um es mit Ihren Worten zu sagen, die mittelständischen Werte nicht genügend internalisiert … Aber auf der anderen Seite will ich das Leben in vollen Zügen genießen!«

Langsam begriff ich, dass Ziegenhals ein viel gefährlicherer Gegner war, als ich im ersten Augenblick angenommen hatte. Das Gefühl der Überlegenheit, das mich trotz meiner ungünstigen Lage noch immer nicht verlassen hatte, wich einer Welle von Angst und Resignation.

Dieser Mensch würde mir ein Leben lang folgen, und nun hatte ich neben dem physischen Tod noch einen anderen zu fürchten, den gesellschaftlichen. Und der war schlimmer, weil nach ihm statt der Ruhe eine wirkliche Hölle kam. Schlagartig war ich mir bewusst, dass ich diesem Mann von nun an auf Gedeih und Verderb ausgeliefert war. Plötzlich spürte ich Hass in mir aufsteigen, einen wilden, primitiven Hass. Alles in mir schrie: Schlag ihn tot, schaff ihn beiseite, bring ihn um!

»Ich hasse Sie genauso wie Sie mich«, sagte Ziegenhals beschwörend. »Und das muss sich ja schließlich einmal neutralisieren.«

Ich fiel auf meinen Stuhl zurück, mein Blutdruck musste die Zweihundertgrenze erreicht haben, meine Gallenblase schmerzte, als hätte man mir einen Nagel hineingetrieben. Meine Hände krampften sich um die Tischplatte.

Ziegenhals rührte sich nicht. Er wusste genau, dass das der entscheidende Augenblick war. Wenn mir jetzt die Nerven durchgingen und ich ihn hinauswarf und zum Telefon griff, dann hatten wir beide verloren.

Schon revoltierte mein Darm, der übliche Durchfall, wenn ich mich aufrege. Ich sprang auf, Ziegenhals rutschte mit seinem Sessel nach hinten an die Wand. Unwillkürlich duckte er sich. Er war bleich geworden.

Doch ich stürzte an ihm vorbei, riss die Tür auf und lief den Flur hinunter. Zum Glück stand die Toilette, die dem Lehrpersonal vorbehalten ist, sperrangelweit offen.

Dieser Zwischenfall gab mir Zeit, mich wieder zu sammeln. Als ich mir darin mit eiskaltem Wasser das Gesicht abwusch, war ich wieder um einige Grade zuversichtlicher. *All the world's a stage and the men and women merely players …* Nun gut, dann würde ich eben eine neue Rolle spielen, die des Erpressten. Und wer sagte denn, dass ich es war, der die Partie schließlich verlor?

Als ich in mein Büro zurückging, hoffte ich dennoch im

stillen, dass Ziegenhals verschwunden sein möge. Warum konnte es denn kein Traum sein?

Aber er saß noch da, breit und selbstgefällig wie ein Buddha. Er wusste, dass er gewonnen hatte. Ich blieb am Fenster stehen und blickte den Mädchen hinterher - hohe bunte Stiefel und kurze Röcke, ein Bild, das mich immer wieder faszinierte, berauschte, erregte. Das war schön. Und es würde auch noch schön sein, wenn ich Herrn Ziegenhals gelegentlich einen mehr oder minder großen Betrag zu überweisen hatte.

»Was verlangen Sie?« fragte ich scharf, schnauzte ihn beinahe an wie einen Bittsteller.

»5000 Mark sofort ... Sozusagen die Eintrittsgebühren in unsere Symbiose ... Und dann 1000 Mark monatlich, pünktlich auf ein Konto, das ich Ihnen noch nennen werde. Kleine Fische für Sie ...«

Ich schluckte und presste meine Hand auf die Gallengegend. Aber auch in der linken Seite verspürte ich heftige Stiche. Ich verfluchte ihn, alles in mir empörte sich. Ich musste mich gegen die Wand lehnen. Das Gefühl der Ohnmacht mischte sich mit einem ins Unendliche wachsenden Hass. Ich schwöre dir, dass ich dich zur Strecke bringe, dass ich dich fertig mache! Du wirst noch einmal alles bereuen, du wirst diesen Tag noch verfluchen!

Ich sah ihn vor dem Richter stehen, sah seinen Kopf in einer Schlinge stecken, sah ein Dutzend Messer in seinen Körper dringen, sah ihn in meinem Würgegriff röcheln. Und diese Bilder halfen mir, ließen mich die Fassung behalten, das Gesicht wahren. Kommt Zeit, kommt Rat. Morgen sieht die Welt schon wieder anders aus. Noch ist Polen nicht verloren. Wer zuletzt lacht, lacht am besten. Ich konnte nur noch in stereotypen Formeln denken. Aber sie waren tröstlich. So hatte ich dann die Kraft, mich zu beugen.

»Einverstanden ... Und wie lange soll das so gehen?«

»Bis Ihr Ehrgeiz erkaltet ist und Sie zur Polizei gehen könnten ...«

»Das kann bis zum Jahre zweitausend dauern!«

»Na und ... ?«

»Bis dahin, mein Lieber, wird aber einer von uns beiden auf der Strecke geblieben sein! Darauf können Sie Gift nehmen.«

4

Zwischenspiel mit einem Mord

Es war ein trüber Tag, feiner Sprühregen ließ Steine, Blätter und Busse glänzen, und sogar in den sparsamsten Büros brannte mittags noch Licht. Die große Stadt roch irgendwie nach Katzendreck. Die Menschen waren mürrisch und niesten, träumten von warmen Betten und Sonnenstränden und dachten an die Friedhofsbesuche, die nun wieder fällig waren. Wie lange würde es noch dauern, bis man ihre eigenen Namen in die wartenden Steine meißelte?

Miezi, in den Akten zuständiger Behörden als die Prostituierte Marianne Ihlow geführt, überquerte die breite Hasenheide und passierte den Eingang zum Park. In einem leichten Bogen stieg sie zum dunklen Denkmal des Turnvaters Jahn hinauf. Ein paar Kinder, die Ranzen auf dem Rücken, versuchten die Inschriften auf dem Sockel zu entziffern. Zwei schwarzgekleidete Muttchen priesen die Tugenden ihrer längst verstorbenen Ehemänner. Ein rüstiger Rentner, der seine tägliche Runde durch den weiten Park drehte, blieb oben an der Brüstung stehen und sah träumend zu, wie Miezis Knie bei jedem Schritt den Saum des beigefarbenen Lammfellmantels teilten.

Das Mädchen bemerkte ihn nicht. An diesem Tag war alles anders als sonst. Ziegenhals war zwar schon ein paar Tage fort, aber erst jetzt kam ihr zu Bewusstsein, was das für sie bedeutete. Mit seinen Späßen hatte er das Leben erträglich gemacht; hatte nie auf sie herabgesehen - und wenn er mit ihr geschlafen hatte, dann nur, weil sie eine junge und nett aussehende Frau war ... gemeinsam hatten sie über die bürgerlichen und ehrbaren Frauen gelacht, die jeden Morgen in stickige Büros rannten oder ihre schniefnasigen Kinder für den Schulgang herrichteten. Das war nun alles vorbei.

Miezi stieg auf gewundenen Wegen zur Rixdorfer Höhe hinauf, um zu sehen, ob drüben in Tempelhof schon wieder Flugzeuge aufstiegen. Ihr Körper kam ihr plötzlich schwer und unförmig vor, in den braunen Stiefeln schien Blei zu stecken. Sie war 32 Jahre alt, die Hälfte ihres Lebens konnte schon vorüber sein. Was sollte sie mit den verbleibenden Jahren anfangen? Sie hatte die Männer, die zu ihr kamen, bis oben hin satt. Sie waren brutal und verachteten sie. Und nun war Ziegenhals fort und mit ihm der letzte Rest von Heiterkeit.

Sie erreichte die Anhöhe und wandte sich nach Süden, wo sich der Nebel lichtete und das weite Flugfeld freigab. Eine silberne Boeing 727 verschwand in der Waschküche über Neukölln. Ganz hinten kroch ein kurzer S-Bahnzug zum Bahnhof Hermannstraße. Ein aufgeplusterter Spatz hüpfte in ihre Nähe und blickte mit flinken Knopfaugen erwartungsvoll zu ihr herauf. Doch sie hatte keine Brotkrümel bei sich.

Was mochte aus Ziegenhals werden? Sie stellte sich vor, wie er in einigen Jahren in einer hübschen kleinen Wohnung saß, eine hübsche Frau im Arm hielt und auf einen blonden Sohn hinunterblickte, der auf dem buntgemusterten Teppich mit einer elektrischen Eisenbahn spielte. Bilder und Szenen aus einer friedlichen und sorglosen Welt. Die elegische Stimmung hatte sie mitgerissen, ließ sie alles grau in grau sehen.

Und wenn sie nun wieder arbeiten ging, wieder Relais justierte und Kupferdrähte an Messinglaschen lötete, wenn sie sich woanders ein Zimmer nahm, wenn sie Ziegenhals bat, ihr zu helfen? Er war ja auch von seinem alten Leben losgekommen, wenn sie auch nicht wusste, wie.

Doch als sie dann zum Columbiadamm hinunterstieg, um

vom U-Bahnhof Boddinstraße aus nach Hause zu fahren, bekam sie Angst vor ihrem eigenen Mut. Sie sah die Kolleginnen hinter ihrem Rücken tuscheln, sah sich als Freiwild für jeden lüsternen Mann, sah sich verspottet und gemieden. So eine, nee!

Sie bummelte durch die grauen Geschäftsstraßen, suchte sich in einem Kaufhaus ein hellgrünes und ein malvenfarbenes Unterkleid aus und berechnete schon wieder deren Wirkung auf ihre Verehrer. Mit einemmal war die gedrückte Stimmung verflogen, als habe sie eine kleine Flasche Sekt getrunken. Sie beschloss, eine Curry-Wurst zu essen und sich dann um 18 Uhr im Kino einen Western anzusehen. Nach der Vorstellung konnte sie dann Babsy abholen und sehen, wie die Konjunkturlage war.

In der Nähe des Kinos fand sie eine hölzerne Imbissstube mit ein paar fleckigen Barhockern. Sie rutschte auf den erstbesten hinauf, winkte dem knollennasigen Inhaber und bestellte eine Curry-Wurst.

»Scharf?«

»Nee, mittel. Und 'n kleines Helles!«

Hinten in der Ecke hantierte ein Jüngling in einer weinroten Lederjacke an einem Spielautomaten. Nach ein paar Sekunden fiel ihr ein, dass er schon mal bei ihr gewesen war. Doch jetzt mied er ihren Blick, offenbar gehörte das rundliche Mädchen vor der Musikbox zu ihm, und er schämte sich.

Miezi lief das Wasser im Mund zusammen, sie hatte mächtigen Hunger. Fast riss sie dem Mann mit der Knollennase den Pappteller aus der Hand. Schon hatte sie den ersten Bissen aufgespießt.

»Na, Miezi, schmeckt's?«

Sie fuhr herum, fast glitt sie vom Barhocker. »Ach - du bistet! Opa Melzer hat ma schon erzählt, dass de wieda im Lande bist.«

»Da staunste, wa?« Der Mann, bei dessen Anblick sie zusammengezuckt war, schlug ihr lachend aufs Hinterteil. »Mensch, mach den Mund zu, sonst kommt 'ne Flieje rinn! Meister, 'ne doppelten Korn, aber 'nen kalten, wenn's jeht!«

Miezi starrte auf den länglichen Pappteller und kratzte mit ihrem hölzernen Picker den Tomaten-Ketchup zusammen.

»Wo warste denn die janze Zeit üba?« fragte sie schließlich.

»Na, weg!« Der Mann grinste und stürzte den kühlen Klaren hinunter. Er war etwas jünger als sie und hatte gelocktes, rötliches Haar. Er hatte ein bewegtes Leben hinter sich. Mitglied einer Gang, die auf ihren Motorrädern die Stadt unsicher gemacht hatte, Sparringspartner in einer kleinen Boxschule, Helfer in einem Zirkus, Mitglied einer Einbrecherbande, die sich auf Nerze spezialisiert hatte, Zuhälter von Babsy und Miezi, Ladearbeiter bei der AEG, Busschaffner bei der BVG und schließlich Matrose auf einem verrosteten, griechischen Frachter. Zwischendurch hatte er sich in den Zellen von Plötzensee und Tegel erholt und weitergebildet.

»Warst wohl wieda in Tejel, wa?« wollte Miezi wissen.

»Nee, in Kapstadt, Bombay und Hongkong!«

»Biste mehr jefahren oder haste mehr jesessen?«

»Frag doch nich so dämlich!« Er warf zwei Münzen auf die blaue Resopalplatte. »Stimmt so! Komm, jehn wa!«

Er zog Miezi aus der warmen Imbissstube und legte draußen den Arm um ihre Schulter. Er war etwas kleiner als sie, untersetzt und stämmig, sodass sie figürlich gar nicht zueinander passten. Auf seinem dunklen Anorak spielten Lichtreflexe.

»Was willste denn nu machen?«

»Wir tun uns wieda zusammen! Dein Ziegenhals is ja nu weg ...«

Miezi blieb stehen und sah ihn an. Scheinwerfer streiften sie, über ihnen rumpelte die Hochbahn, gelbe Taxenschilder leuchteten auf, Ampeln sprangen von Rot auf Gelb und Grün, Menschen hasteten vorbei, mit Gesichtern wie Masken, von bunten Plattenhüllen lächelten langmähnige Stars, ein Kofferradio plärrte, die Straße drehte sich, drehte sich immer schneller, sie saß in einem Karussell. Von irgendwoher kam eine heisere Stimme, die ihr fremd war.

»Ick mach nich mehr mit, ick hab die Neese voll!«

»Wohl varückt jeworden, wa?«

»Nee, aba jeheilt! Ick komm schon durch, ick brauch dir nich!«

»Du hast ja 'ne Macke!« Der Mann schlug sich gegen die Stirn, blieb aber beherrscht. Er wirbelte Miezi herum und nahm sie in die Arme. »Jck komm noch mit zu dir ruff und dann bequatschen wa allet!«

»Kommt nich in die Tüte!« Sie versuchte sich loszumachen.

»Jck hab ma so uff dir jefreut, keene kannet so wie du! Eenemal wenigstens, ja ...?«

»Lass mich los!«

»Du kommst mit!«

»Ick schreie gleich!«

»Nu sei doch vernünftich, ick zahle ooch dafür!«

»Hau ab, du stinkst mir zu sehr!« Miezi riss sich los und lief über die Fahrbahn. Reifen quietschten, ein grauer Opel geriet ins Schleudern, der Mann sprang auf den Bürgersteig zurück.

Miezi flüchtete sich in den schwach erleuchteten Kassenraum des Kinos und spähte vorsichtig durch die Scheibe. Aber der Mann verfolgte sie nicht. Aufatmend löste sie sich eine Karte für die fünfzehnte Reihe und verschwand im abgedunkelten Zuschauerraum, in dem kaum mehr als ein Dutzend Leute die Werbespots verfolgten. Sie ließ sich neben einem älteren Ehepaar nieder und kramte in ihrer Tasche nach einem Kaugummi. Am liebsten hätte sie geheult.

Der Schreck saß ihr noch immer in den Gliedern, und vom Kulturfilm und von der Wochenschau bekam sie kaum etwas mit. Was nun? Sie fühlte sich unendlich hilflos. Dann flimmerte der Hauptfilm über die breite Leinwand. Sie wusste nicht einmal den Titel. Aber die Handlung riss sie schließlich mit. Eine vorgeschobene Präriestadt war unter die Herrschaft einer kleinen Banditenclique geraten und wurde von ihr tyrannisiert und ausgebeutet. Nur Tim, ein junger und natürlich gut aussehender Farmer, hatte den Mut, es mit den Bösewichtern aufzunehmen. Schließlich strecke er im letzten Showdown den Anführer der Banditen nieder und befreite die dankbare Stadt. Aber ohne die Hilfe der schönen Maggy hätte er es natürlich nie geschafft.

Als das Licht anging, hatte Miezi sich wieder beruhigt. Geld war kein Problem, das hatte sie. Sie würde am nächsten Morgen nach Hannover fliegen und sich dort eine kleine Wohnung nehmen. Bestimmt würde sie irgendwo als Serviererin ankommen. Von Minute zu Minute schrumpften die Hindernisse zusammen, die eben noch himmelhoch gewesen waren.

Auf dem Nachhauseweg traf sie Babsy, die auf dem Weg zu ihrem Revier war. Miezi erklärte ihr kurz, dass sie ihre Tage früher als erwartet bekommen habe und stieg dann die zwei Stufen zur *Heißen Ecke* hinauf, um noch schnell ein Bier zu trinken. Die Curry-Wurst von vorhin hatte Durst gemacht.

Kaum hatte sie hinten an der Toilettentür Platz genommen, als auch schon Rulle Ruhlsdorf neben ihr saß.

»Is dir 'ne Laus üba de Leba jeloofen?« wollte Rulle sogleich wissen. »Du kiekst ja wie 'n Auto.«

»Det jeht dir 'n feuchten Kehricht an.« Miezi leerte ihr Tulpenglas zur Hälfte. Sie mochte den spillrigen Ruhlsdorf nicht, er roch immer wie ein Pferd und war von einer fürchterlichen Ausdauer. Außerdem hatte er eine Hasenscharte.

»Wenn de auf Tour bist, könn wa jehn, ick kann ma kaum noch halten.«

»Nee, heute is nischt.«

»Hastet wohl nich mehr nötich, wa? Na schön, jibt ja ooch noch andere!«

Ruhlsdorf schwirrte ab. An der Theke traf er mit seinem Freund Jünne Drögnitz zusammen. Er deutete auf Miezi und flüsterte Drögnitz etwas ins Ohr. Der bullige Drögnitz nickte nur kurz. Wenig später zahlten sie und verließen die *Heiße Ecke.*

Miezi blieb noch eine Weile sitzen, erst gegen 22 Uhr trat sie auf die menschenleere Naunynstraße hinaus. Es hatte angefangen zu regnen, von Nordosten her blies ein kalter Wind durch die Straßen, in den meisten Fenstern waren die Lichter verloschen, hin und wieder hastete ein vermummter Fußgänger an ihr vorbei, vor einem Seifengeschäft wurde eine Autotür zugeschlagen. Miezi zog ihren Schal fester um den Hals und beschleunigte ihre Schritte. Die Würfel waren gefallen, und sie war eigentlich froh darüber. Es würde schon klappen. Und wenn nicht, dann konnte sie ja jederzeit wieder zum Strich zurück. Aber sie war ganz sicher, dass sie es diesmal schaffte. Sie pfiff vor sich hin.

Wenig später stand sie vor ihrer Haustür. Sie öffnete ihre Tasche und suchte nach dem Schlüssel. Über ihr in den niedrigen Wolken dröhnte eine Düsenmaschine, gegenüber flackerte noch ein Fernsehapparat, im dritten Stockwerk feierten sie Geburtstag und sangen bei offenem Fenster Verse vom Sanitätsgefreiten Neumann.

Miezi kannte die Leute und beschloss, mitzufeiern. Es war ihr letzter Abend hier in Berlin, ihr letzter Abend als Nutte, und das musste begossen werden.

In dem Moment fiel ihr ein, dass sie um 22 Uhr 30 mit diesem Dr. Kolczyk am Görlitzer Bahnhof, an der Hochbahn, verabredet war. Er wollte was über Ziegenhals hören, richtig. Na, über den konnte sie stundenlang reden. Verrat hin, Verrat her, die Piepen kamen ihr jetzt sehr gelegen. Außerdem - wer hatte denn wen verraten? Schließlich hatte Ziegenhals sie sitzenlassen. »Jck jehe«, murmelte sie. »Klar jehe ick hin!« Aber vorher wollte sie noch schnell nach oben, die Toilette aufsuchen und sich ein bisschen waschen. Sicherheitshalber. Der wäre kein schlechter Schlussstrich gewesen. Vielleicht war er auch ein neuer Anfang, wenn sie ihn richtig anfasste.

Sie hatte die massive Tür hinter sich verschlossen und tastete nach dem Lichtschalter, der sich etwas weiter hinten befand. Das rote Glimmlämpchen, das ihn markierte, war der einzige Orientierungspunkt, den sie besaß. Doch sie hatte diesen Flur schon einige tausendmal durchquert. Gleich hinter dem Lichtschalter führte die Treppe nach oben. Es roch nach nassem Holz, feuchtem Mörtel und Kohlrüben. Die Tür zum Hof stand offen und eine eklige Kälte fuhr herein. Miezi blieb einen Augenblick stehen, um zu niesen.

In dieser Sekunde flammte irgendwo im Hinterhaus eine Lampe auf, und durch ein schmales Fenster über der Tür fiel ein wenig Licht in den hohen Flur. Miezi, die gerade die Hand zum Schalter führte, prallte zurück. Auf einem schmalen Treppenpodest, einen halben Meter über ihr kauerte ein Mann. Sie erkannte es an der Hose, sie roch es irgendwie. Doch ehe sie noch den Mund aufgerissen hatte, um zu schreien, war er wie eine riesige Fledermaus auf sie herabgestürzt. Miezi wurde zu Boden gerissen, eine rauhe Hand verschloss ihren Mund. Ihr war, als würde ein Panzer über sie hinwegrollen. Mein Gott, das muss doch ein Irrtum sein! Sie fühlte noch, wie ihr Rock zerfetzt wurde.

5

Betr.: Bernd Ziegenhals.
Anlage zum psychiatrischen Gutachten. Abschrift des Tonbandes 3/2.
Locker assoziierende Selbstdarstellung des Probanden.
Vom Autor überarbeitet.

Immer, wenn ich mich zu Ihnen setze, um Ihnen das zu erzählen, was mich bewegt, habe ich das Bild eines riesigen Staudamms vor mir. Ich will so viel sagen, so viel erklären, so viel offenbaren, aber meine schnelle Ermüdung und mein Unvermögen, Gedanken und Gefühle präzise in Worte zu fassen, lassen vom Aufgestauten nur wenig abfließen. Dazu kommt, dass mir eine schöne Formulierung mitunter mehr wert ist als eine Aussage, die mich zugleich entlasten und innerlich befreien könnte.

Ein paar Bücher hat man mir wohlwollenderweise gelassen, und ich habe heute morgen gerade eine Zeile von François Villon entdeckt, die mir als eine hübsche Einleitung erscheint: Nur wer im Wohlstand lebt, hat's gut auf dieser Welt!

Damit hat er mir aus der Seele gesprochen. Aber nun zur Sache. Kolczyk hatte keinen Tag mit seiner Überweisung gezögert, und kaum hatte ich mir ein Konto bei der Berliner Bank einrichten lassen, da zierte auch schon die Zahl 6.000,00 die Spalte für den Guthabensaldo. Ein Anblick, der mich berauschte. Das war Geld, damit konnte man ein neues Leben beginnen oder wenigstens das alte auf einer höheren Ebene fortsetzen.

Nachdem ich mir einen Anzug, Schuhe und ein paar Hemden gekauft und zur Feier des neuen Lebensabschnitts einen Friseur aufgesucht hatte, war ich etwa eine Woche lang in Berlin umhergezogen, um nach einer Wohnung zu suchen. Schließlich hatte ich mir bei Muttchen Braatz in der Grunewaldstraße zwei Zimmer mit Küche und Bad gemietet.

Die Grunewaldstraße führt in leichtem Bogen vom alten Steglitzer Rathaus zum Botanischen Garten hinauf und wird von zwei- bis dreistöckigen, meist recht ansehnlichen Villen gesäumt. Wer hier wohnt, darf getrost die Nase etwas höher tragen.

Ich schlief jeden Morgen bis neun, halb zehn. Dann polterte Mr. John A. Cloward aus Boston, der mit mir die zweite Etage bewohnte, die ausgetretene Treppe hinunter und wurde unten von Muttchen Braatz begrüßt.

»Vorsicht, Herr Klowart, um Gottes willen: Vorsicht!« kreischte die alte Dame. Sie konnte kein Englisch und sprach den Namen des ehrbaren Journalisten so aus, dass ich ihm automatisch die Reinigung unserer gemeinsamen Toilette übertrug.

Nach dem Erwachen blieb ich stets ein paar Minuten auf dem Bettrand sitzen und blickte befriedigt aus dem Fenster. Keine abgeblätterten Fassaden mehr, keine rohen Ziegel, keine schmutzigen Fensterscheiben mehr, hinter denen aufgeschwemmte Gesichter auf Sensationen lauerten, dafür weiße Birkenstämme und anmutige Lärchen, Tannen wie aus einem Bilderbuch und dahinter rostrote Dächer, Wolken und Himmel und Meisen, die aufs Fensterbrett flogen. Mit anderen Worten - die perfekten Kulissen für ein glückliches Leben.

Dann frühstückte ich - ein Frühstück wie aus einem Werbespot für die Produkte deutscher Lande: Ein Ei, ein Brötchen mit Honig, eine Schrippe mit fingerdickem Schinken, zwei Tassen Kaffee, ein Glas Orangensaft und zum Abschluss die erste Zigarette. Vor einer Woche wäre ich noch froh gewesen, wenn mir Opa Melzer einen zerfließenden Harzer Käse geschenkt oder Miezi mich zu einem Stück Knäckebrot eingeladen hätte.

So genoss ich also mein neues Leben und war so zufrieden wie ein kleiner Geschäftsmann, der durch eigener Hände Arbeit zu einigem Wohlstand gekommen war.

Es war an einem Donnerstag, als mich Muttchen Braatz unten in der ersten Etage abfing. Sie stand an der Treppe und hielt mir ihren schwarzen Krückstock wie einen Schrankenbalken vor die Nase. Zumindest von der Figur her war die alte Dame ein Original. An sich war sie klein und zierlich, hatte aber einen ungeheuren Bauch. Sie erinnerte mich an das Apfelmännchen, das Opa Melzer voriges Jahr zu Weihnachten für Miezi und mich gebastelt hatte: ein großer roter Apfel mit Streichholzärmchen und Streichholzbeinchen und einer bemalten Nuss als Kopf.

»Schon ausgeschlafen, Herr Ziegenhals?«

»Hm ... Was man so ausschlafen nennt ...« Mich fröstelte; ich schloss den Knopf meines Hemdes und rieb mir die Hände.

Sie schmunzelte. »Es friert im wärmsten Rock der Säufer und der ...«

»So schlimm war's nun auch wieder nicht!« Ich fixierte sie mit brennenden Augen. »Elf schon?«

»Ja, man soll's nicht für möglich halten.« Nun sah sie mich doch missbilligend an. »Sie führen ein Leben wie Gott in Frankreich.«

»Ja, wenn man glücklicher Erbe ist.« Ich hatte ihr erzählt, dass mein Onkel mir ein hübsches Sümmchen hinterlassen hatte. »Aber um Sie zu beruhigen: Nächste Woche fange ich an zu studieren.«

»Wird ja auch langsam Zeit ...« Sie überlegte einen Augenblick. Haben Sie übrigens schon meinen Piepsi gesehen?«

»Nein, aber …« Ich strebte zur Tür, denn ich hatte keine Lust, in meinem verkaterten Zustand einen weiteren Spross der aufstrebenden Familie Braatz kennen zu lernen, sechs schon besichtigte Enkelkinder mit mehr oder minder putzigen Kosenamen reichten mir.

»Er ist erst zwei Monate alt und kann schon sprechen!« Sie war ganz aus dem Häuschen. »Kommen Sie, kommen Sie, er sitzt gerade auf der Gardinenstange!«

Ich gab nach, um das Braatzsche Wunderkind zu besichtigen. Zu meiner Überraschung war Piepsi kein rosiges Baby, sondern ein bläulicher Wellensittich. Auf den schrillen Pfiff der alten Dame hin kam er heruntergeflogen und ließ sich auf ihrem ausgestreckten Zeigefinger nieder. Sie küsste sein glänzendes Gefieder. »Ist er nicht ein goldiges Geschöpf?«

Nachdem das goldige Geschöpf mehrere weiße Kleckse im Zimmer verteilt hatte, wurde es in ein altertümliches Bauer gesperrt, das auf der polierten Platte des Nähtisches stand.

Das Zimmer von Muttchen Braatz war ein wahres Museum, nur roch es hier nicht so gut wie dort.

»Können Sie Mensch ärgere dich nicht spielen?« fragte sie ein wenig verschämt, aber trotzdem in einem Ton, der keinen Widerspruch zuließ.

»Ja …« Diese Fähigkeit ließ sich nun wirklich nicht leugnen trotz meines Brummschädels. Außerdem faszinierte mich ihr Gesicht, und ich hatte wirklich den Wunsch, zu bleiben. Sie hätte den großen alten Damen des deutschen Theaters jederzeit Konkurrenz machen können. Sie war zugleich gütig und herzlos, milde und herrschsüchtig, freigebig und geizig, ehrlich und verschlagen, weise und verbohrt. Und das alles spiegelte sich in ihrem bleichen, runden Gesicht, in dem die herabhängenden Hamsterbäckchen ebenso auffielen wie die veilchenblauen Augen und die für ihr Alter, vierundsiebzig war sie, immer noch verblüffend roten Lippen.

»Dann setzen Sie sich man ...« Sie nahm Brett, Würfelbecher und Steine vom Büfett.

»Gern ...« Irgendwie war ich froh, dass sie mich zum Spielen einlud. Man sah es mir also nicht an, dass ich ein schmutziger Erpresser, ein Verbrecher war.

»Ich setze 50 Pfennig ein, für den Sieger ...« erklärte sie kichernd.

Wir spielten anderthalb Stunden lang, und sie mogelte so geschickt, dass sie von vier Runden drei gewann. Hocherfreut ließ sie ihren Fünfziger ins Portemonnaie zurückgleiten.

»Bubenanlegen spielte ich noch lieber als Mensch ärgere dich nicht ... Oh, es klingelt!« Sie drückte mich auf meinen Stuhl zurück und eilte stöhnend zur Tür. »Ah, Mathias, mein Junge!«

Wie jeden Mittag war ihr ältester Enkel erschienen, um ihr die Zeitung und einige Lebensmittel zu bringen. Sie fragte ihn kurz über die häuslichen Vorkommnisse aus, schenkte ihm dann eine Mark und entließ ihn schließlich mit einem feuchten Küsschen.

Wieder im Zimmer, legte sie die Zeitung auf den Nähtisch und griff zu ihrem vergoldeten Lorgnon. »Da haben sie doch wieder einen Satelliten hochgeschossen ... Was Menschengeist so vermag! Und hier, nein, das ist ja schrecklich ...«

»Was ist denn passiert ... ?«

»Frauenmord in Kreuzberg!« las sie stockend. »Heute früh gegen 7 Uhr wurde im Keller des Hauses Naunynstraße 137 die 32jährige Prostituierte Marianne Ihlow tot aufgefunden. Ersten Ermittlungen zufolge ist sie erwürgt worden. Nach Auskunft der Kriminalpolizei muss das Verbrechen gestern abend gegen 22 Uhr verübt worden sein. Ein Mieter, der in den Keller gegangen war, um sein Fahrrad ... Mein Gott, was haben Sie denn? »

Ich war aufgesprungen. Miezi, die Miezi von nebenan, meine Miezi! Das durfte doch nicht wahr sein! Ermordet, mein Gott!

Nachdem ich den ersten Schock überwunden hatte, wurde mir noch viel flauer im Magen. Ich stand jetzt neben der alten Dame und überflog den Bericht. Natürlich, sie hatten den Mörder noch nicht gefunden. Im selben Augenblick wurde mir klar, dass ich mit Sicherheit auch zum Kreis der Tatverdächtigen gehören musste. Auch das noch! Sie würden mich unter die Lupe nehmen, mich ausquetschen, stundenlang. Sie haben also intime Beziehungen zu der Ermordeten unterhalten … Nun geben Sie doch endlich zu, dass Sie sich Geld von Miezi geborgt hatten, viel Geld, und dass Sie das Mädchen ermordet haben, als sie es zurückverlangte.

»Kannten Sie denn die … die …« Sie brachte das Wort nicht über die Lippen.

»Ja, ich hab mal im selben Haus mit ihr gewohnt.« Es hatte keinen Zweck, das abzustreiten.

Sie musterte mich mit einem misstrauischen Blick, unterließ aber die spitzen Bemerkungen, die ihr bestimmt auf der Zunge lagen. Ich bemühte mich um ein vertrauenerweckendes Lächeln. Offenbar überlegte sie fieberhaft, ob sie die Polizei benachrichtigen sollte oder nicht. Es war ein beklemmendes Gefühl, für einen Mörder gehalten zu werden, das heißt, so weit waren Muttchen Braatz' Gedanken noch gar nicht gegangen, sonst wäre sie nicht so ruhig sitzen geblieben. Mit ein paar hastigen Worten, an die ich mich heute nicht mehr erinnern kann, verabschiedete ich mich von ihr und zog die Tür hinter mir zu.

Oben in meinem Zimmer stürzte ich erst einmal einen doppelten Whisky hinunter. Es dauerte Minuten, bis ich wieder aktionsfähig war.

Ich griff zum Telefon - glücklicherweise hatte mir mein

Vorgänger seinen Anschluss überlassen - und wählte die Nummer 769 01.

»Freie Universität, Berlin ...«

»Bitte Herrn Dr. Kolczyk ...«

Es vergingen zehn, fünfzehn Sekunden, dann hörte ich seine klare, vielleicht etwas zu helle Stimme.

»Ja, Kolczyk ...«

»Hier Ziegenhals. Guten Tag. Haben Sie schon die Nachtdepesche gelesen?«

»Nein. Wieso?«

»Miezi Ihlow ist ermordet worden, das Mädchen, das in der Naunynstraße neben mir gewohnt hat ... «

Das muss ich Kolczyk zugestehen, der Bursche schaltete enorm schnell. Er stellte keine Rückfragen, sondern setzte seinen Denkapparat in Bewegung, und zwar so lange, dass ich unruhig nachfragte.

»Hallo, sind Sie noch da ... ?«

»Ja, natürlich! Das ist eine höchst fatale Sache. Haben Sie wenigstens ein Alibi?«

Daran hatte ich noch gar nicht gedacht. »Ja, sicher ...« Aber so sicher war ich da nicht.

»Hm ...« Viel schien ihm nicht einzufallen.

»Die Polizei wird todsicher bei mir auftauchen - im Haus weiß doch jeder, wie wir zueinander gestanden haben, ich meine, dass sie mir ab und zu mit Geld ausgeholfen hat. Wenn die von meinem Konto und meinem neuen Reichtum Wind kriegen, dann ist es Sense für mich. Wenn ich Glück habe, glauben sie mir, ich hätte Miezi das Geld geklaut - viel wahrscheinlicher aber werden sie sich einbilden, sie hätte mir das Geld geborgt und es plötzlich zurückhaben wollen, als ich weggezogen bin! Sie hatte ja auch 'ne ganze Menge Ersparnisse. Es bleibt mir gar nichts anderes übrig, als zu sagen, dass ich das Geld von Ihnen habe!«

Ich hörte, wie Kolczyk schluckte. »Das ist doch Wahnsinn!«

»Soll ich vielleicht sagen, ich hätte‘s auf der Straße gefunden oder im Lotto gewonnen?« Ich verstellte meine Stimme und schnarrte wie ein preußischer Leutnant. »Na bravo, Ziegenhals, dann zeigen Sie uns doch mal den Lottoschein!«

»Ja, ja, das sehe ich ein, dass das nicht geht …«

»Na bitte! Wir müssen uns jetzt unbedingt darüber einig werden, was wir der Polizei erzählen. Ja, ganz richtig - wir. Wie wär‘s mit folgendem? Ich habe früher bei Ihnen studiert, und Sie halten mich für einen klugen Kopf, darum haben Sie mir kürzlich Geld geborgt. Sie können nicht zulassen, dass ein vielversprechender junger Mann wie ich als Obersekretär in der Städtischen Friedhofsverwaltung landet. Leisten können Sie sich‘s ja, den Mäzen zu spielen. Außerdem bezahlen Sie mich dafür, dass ich Ihnen das Material für Ihr neues Buch zusammentrage, sagen wir … äh … Kriminalität als gesellschaftliches Phänomen. Ich bin also quasi Ihr Privatsekretär … Was meinen Sie, können wir‘s so machen?«

»Es bleibt mir wohl nichts weiter übrig. Wenn Sie hängen, das heißt, lebenslänglich bekommen, dann werden Sie ja schon dafür sorgen, dass ich mitgehangen werde. *Crescit animus, quoties coepti magnitudinem attendit!*« Sein Lachen klang ziemlich verkrampft.

»Da kann ich Ihnen leider nicht folgen …«

»Es wächst der Mut mit jedem Blicke auf des Unternehmens Größe - Sencca!« Kolczyk legte auf.

Dass er auf jeglichen Abschiedsritus verzichtete, wunderte mich nicht weiter. Hätte er vielleicht sagen sollen »Vielen Dank für Ihren Anruf« oder »Nett, dass Sie sich wieder mal an mich erinnert haben«?

Langsam ließ ich den Hörer auf die Gabel sinken und stieß die Luft aus der Lunge. Wenigstens hatte sich Kolczyk nicht auf die Hinterbeine gestellt und Schwierigkeiten gemacht. Natürlich ahnte ich in diesem Augenblick noch nicht, weshalb er mir derart schnell entgegengekommen war.

Miezi, arme Miezi! Ich schluckte eine Spalt-Tablette, warf mich auf meine taubengraue Liege und starrte gegen die Decke. Was mochte man in den Sekunden des Todeskampfes fühlen und denken? Wer war der Mörder? Warum hatte er es getan? War es nicht vielleicht die beste Lösung für sie?

Plötzlich stockte mir der Atem: sollte ich selber Miezis Mörder sein? Was stand in der Zeitung? Sie musste gegen 22 Uhr ermordet worden sein. 22 Uhr … Wo war ich gegen 22 Uhr? Das wusste ich beim besten Willen nicht mehr. Bis kurz nach neun hatte ich im *Iglu* gesessen, einer im Eskimo-Look eingerichteten Bar. Aber dann? Aus - ein schwarzes Loch in meinem Gedächtnis. Ich hatte mich vollaufen lassen, regelrecht vollaufen lassen. Schon im *Iglu* hatte ich an sich genug gehabt, da war ich an der Theke lang hingeschlagen. Doch dann hatte ich meine Tour weiter fortgesetzt, völlig high. Irgendwann musste ich mich mit irgend jemandem geschlagen haben. Am Morgen waren meine Hände zerkratzt, Fingernägel waren abgebrochen, mein Hemd war zerrissen. Aufgewacht war ich auf einem Hinterhof, keine hundert Meter von meiner alten Behausung entfernt, und dann mit einer Taxe nach Hause gefahren. Ich wusste, dass ich im Bett aggressiv sein konnte, dass ich schon früher im betrunkenen Zustand einiges mit ihr angestellt hatte. Was war in dieser Nacht passiert?

Ich begann zu schwitzen, ich glaube, ich hatte Fieber. Vielleicht hatte ich sie auch aus Mitleid getötet oder aus einem unbewussten Schuldgefühl heraus? Vielleicht hatte ich sie geliebt? Ich hatte das Empfinden, als müsste mir jeden Augenblick der Schädel platzen, als würden alle Erregungskreise meines Großhirns pausenlos irre Impulse aussenden. Wenn das so weiterging, dann musste ich über kurz oder lang in der Klapsmühle landen.

Ich sprang auf und lief im Zimmer umher. Wer konnte sie wirklich getötet haben? Ruhlsdorf, Drögnitz, Prötzel? Nein, der auf keinen Fall. Am allerwenigsten Karl-Heinz Prötzel. Der war ja extra aus Hongkong, oder weiß der Kuckuck woher, zurückgekommen, um sich mit Miezi zusammenzutun. Ich hatte ihm gar nicht schnell genug ausziehen können, die Szene stand mir immer noch vor Augen.

Ich hatte gerade den letzten Pappkarton verschnürt, da klopfte es.

»Ja, immer rein, wenn's kein Schneider is!« Ich dachte, es wäre Opa Melzer.

Aber in der Tür stand Kalli Prötzel, und zwar in voller Schönheit. Er trug eine schwarze Lederjacke und erinnerte mich an einen hungrigen Gorilla.

»Der Olle hat mir jesagt, dette ausziehst, stimmt det?«

»Ja, siehste ja!«

»Man jut, sonst hätt ick dir Beene jemacht! Ich will nämlich hier rin.«

»Wolln wir noch 'n Bier trinken?« Ich gab mich demütig, wie immer, wenn ich es mit körperlich Überlegenen zu tun habe.

»Nee!«

Ich nahm meinen Karton und den kleinen Koffer, in dem ich früher immer meine Fußballsachen herumgeschleppt hatte, und drückte mich an ihm vorbei.

»Viel Glück dann auch!« sagte ich noch.

Er stieß mir die Faust ins Kreuz. »Los, schieb ab, komm jut in de Urne!«

Unten auf der Straße war mir dann eingefallen, dass ich einen Teil meiner Manuskripte vergessen hatte. Sie lagen im Bettkasten meiner altertümlichen Couch. Mir war nichts weiter übriggeblieben, als noch einmal in den dritten Stock hinaufzusteigen und zu klingeln. Prötzel hatte geöffnet und mich nach einem kurzen Wortwechsel mit einem kräftigen Leberhaken die Treppe hinuntergeworfen.

»Du hast hier nischt mehr zu suchen, merk dir det!«

Ja, Prötzel schied aus, Miezi war ja das einzige Betriebskapital, das er besaß. Und die anderen Stammkunden? Ruhlsdorf hätte nie die Kraft gehabt, die recht robuste Miezi zu erwürgen, und Drögnitz war zwar ein infantiler Muskelprotz, konnte aber keiner Fliege was zuleide tun.

Trotzdem wurde ich das Gefühl nicht los, dass es nur einer gewesen sein konnte, den Miezi von der *Heißen Ecke* her kannte. Die Leute da mussten auf alle Fälle was wissen! Ohne mich weiter zu besinnen, stürzte ich auf die Straße hinunter und schwang mich in meinen schwarzen Mercedes 190 D. Der war zwar schon fünf Jahre alt, machte aber immer noch was her.

Irgendwie fühlte ich mich jetzt als Detektiv, fühlte ich mich berufen, Miezis Mörder zur Strecke zu bringen. Damit konnte ich vorübergehend vergessen, dass ich selbst einer der Tatverdächtigen war, und wenn es mir wirklich gelang, der Kripo den Mörder ans Messer zu liefern, dann war ich selber aus dem Schneider. Ich wollte dem Kerl ans Leder, aus ganz egoistischen Gründen, aber dann wollte ich Miezi auch ... ja: Ich wollte sie rächen.

Mit voller Pulle raste ich die Grunewaldstraße hinunter, erst die auf Rot springende Ampel am Hermann-Ehlers-Platz stoppte mich.

Allmählich, als es die Schloss-, die Rhein- und die Hauptstraße hinunterging und ich alle naselang anhalten musste, kam ich dann glücklicherweise wieder zur Besinnung. Natürlich war es Wahnsinn, jetzt zur Naunynstraße zu fahren und sich nach Miezi und ihren letzten Bekanntschaften zu erkundigen. Wenn einer von der Kripo in der *Heißen Ecke* saß und mich erkannte, dann konnte ich mich auf einen längeren Aufenthalt im Untersuchungsgefängnis gefasst machen. Ein Mörder kehrt immer wieder zum Tatort zurück!

Ich bremste jäh. Meine Ängste, ich könnte selber der Mörder sein, wurden wieder wach. Es war zum Heulen! Ich war so durchgedreht, dass ich am Innsbrucker Platz beim Einbiegen in den Kreisverkehr einem BVG-Bus der Linie 83 ein paar Gramm gelbe Farbe abschrammte. Wir fuhren sofort an den Rinnstein heran, und der Fahrer machte einen Heidenspektakel, unterließ es dann aber zu meiner großen Erleichterung, einen Funkwagen zu rufen.

Ich ließ meinen Mercedes stehen, wo er gerade stand, und suchte mir ein Restaurant, um erst mal einen Happen zu essen und bei einem Glas Bier mein seelisches Gleichgewicht wiederzufinden.

Das Steak, das ich mir bestellt hatte, war gut, das Bier dafür weniger. Meine Erregung war langsam abgeklungen, aber dafür kam ich mir jetzt furchtbar hilflos und verlassen vor. Ich hatte keinen Menschen mehr, mit dem ich sprechen konnte, dem ich etwas gestehen konnte, der mich verstand. Miezi war tot, zu meinen früheren Freunden konnte ich nicht mehr zurück. Dadurch, dass ich nun ein Bankkonto besaß und obendrein noch in eine piekfeine Gegend gezogen war, hatte ich mich aus ihrer Clique herauskatapultiert. Ich war regelrecht entwurzelt.

Ich zahlte, verließ das Restaurant, setzte mich wieder in meinen Wagen, gab Gas und fuhr ziellos durch die Straßen. Ich hatte Zeit, ich hatte Geld, und trotzdem hätte ich vor Verzweiflung gegen den nächsten Baum rasen können. Gegessen hatte ich, und jetzt am frühen Nachmittag hatte ich noch keine Lust, mich zu betrinken. Ob ich mal versuchte, irgendwo LSD oder Hasch aufzutreiben? Nein, das ging nicht;

da hätte ich mich bloß bei den Bullen verdächtig gemacht. Vielleicht ein Mädchen? Das half immer ... Nein, jetzt nach Miezis Tod würde ich nichts zustande bringen. Herrgott, was dann?

Ich rauchte eine Zigarette nach der anderen, meine Finger zitterten, meine Lippen waren zerbissen, in meiner linken Körperhälfte spürte ich einen ziehenden Schmerz.

Inzwischen war ich kreuz und quer durch Berlin gefahren. Wahrscheinlich wäre das noch stundenlang so weitergegangen, wenn ich nicht urplötzlich ein Schild mit der Aufschrift Eppinger Straße gesehen hätte. Das war doch Kolczyks Adresse! Ich schreckte hoch.

Mal sehen, wie der wohnt, mal sehen, was der für 'n Haus hat!

Eppinger Straße 81, nach wenigen Sekunden hielt ich in der Nähe einer weißgekalkten, zweistöckigen Villa. Das Schönste an ihr war der steile Giebel. Ein Haus wie aus einem Märchenbuch, fehlte nur der Rauch, der aus dem Schornstein quillt. Dafür war eines der blumengeschmückten Fenster erleuchtet, eine Stehlampe verbreitete ein mattes Licht. Zu sehen war niemand; sicherlich saß Kolczyk mit seiner Familie zusammen am Kamin und trank Tee. Ich hatte den Geruch dieses Zimmers in der Nase, ich spürte die Wärme, ich hörte die Stimme, doch ich saß draußen vor der Tür, war unerwünscht, wurde gehasst.

Und wenn ich einfach hineinging und mich zu ihnen setzte? Guten Tag! Ich bin ein Schüler von Herrn Dr. Kolczyk und er hat mich zu einer Besprechung gebeten. Ein aufmunterndes Lächeln von Seiten seiner Frau. Nett, dass Sie gekommen sind, treten Sie doch bitte näher! Doch meine Hemmungen waren einfach zu groß.

Das alles wurmte mich mächtig. Hemmungen - einem Mann wie Kolczyk gegenüber? Schließlich hatte ich ihn in der Hand und konnte mir nehmen, was mir gefiel. Schon stieß ich die Wagentür auf, doch wieder ließ mein Verstand rote Lämpchen aufleuchten. Wenn Kolczyk durchdrehte und alles aufflog? Hausfriedensbruch, eine Schlägerei, ein mit Blaulicht heranrasender Funkwagen ... Nein, nein! Ich konnte nicht riskieren, im nächsten Moment in Handschellen abgeführt zu werden.

Sekunden später erschien Kolczyk in der Tür, groß, hager, aristokratisch, aufrecht und stolz. Ein schmales, schönes Gesicht, dunkles, leicht gewelltes kurzes Haar, eine scharfgeschnittene Nase, ein ausgeprägtes Kinn. Wie hatte ich mir nur solch einen Gegner aussuchen können!

Verdammt, ich war ja total übergeschnappt; das hier war kein Held, das war nur ein mieser kleiner Professor, ach was, noch nicht einmal Professor, sondern bloß ein popliger Privatdozent, ein Fachidiot, der ein bisschen was geerbt hatte!

In meiner Erregung hatte ich gar nicht gemerkt, dass inzwischen eine weitere Person auf dem Schauplatz erschienen war. Von der Gartentür her kam ein schlankes, zierliches Mädchen auf das Haus zu. Sie trug eine Jacke aus Lammveloursleder, einen kurzen Schottenrock und dunkle Stiefel. Ein zartes, ein zerbrechliches, ein anmutiges Geschöpf.

Jetzt hatte sie den wartenden Kolczyk erreicht. Er beugte sich etwas zu ihr herab, sie küsste ihn. In ihren Bewegungen war eine Harmonie, die mich faszinierte.

Seine Frau? Kaum, dazu war sie wohl zu jung, sie konnte nicht viel älter als zwanzig sein. Seine Geliebte? Nein, dann hätte er sie nicht in aller Öffentlichkeit geküsst. Eine Studentin? Unsinn! Vielleicht seine Tochter? Dazu war sie wiederum zu alt. Seine Schwester? Wer hat schon eine Schwester, die zwanzig Jahre jünger ist.

Ich wartete fast zwei Stunden, fasziniert und von dem brennenden Wunsch erfüllt, das geheimnisvolle Mädchen noch einmal zu sehen, aber es ließ sich nicht mehr blicken.

Schließlich, es war schon nach 18 Uhr und längst dunkel geworden, wendete ich und fuhr nach Hause. Plötzlich hatte ich wieder Mut, plötzlich wollte ich wieder kämpfen.

»Na, endlich! Ich dachte schon, Sie hätten sich abgesetzt.«

In meiner Wohnung wartete Oberkommissar Rannow. Er machte ein ziemlich finsteres Gesicht.

6

Tagebuchaufzeichnungen von
Prof. Dr. Rüdiger Kolczyk.
Anhand aufgefundener Fragmente vom Autor rekonstruiert.

Verflucht sei er am Tage und verflucht sei er bei Nacht, verflucht beim Niederlegen und verflucht beim Aufstehen, verflucht bei seinem Ausgang und verflucht bei seinem Eingang. Gott möge ihm nie verzeihen! Diesen altjüdischen Fluch murmelte ich zwar oft vor mich hin, wenn ich an Ziegenhals dachte, aber er war bei mir durchaus nicht Ausdruck einer tiefen Ohnmacht. Dem Schock der ersten Stunde war anfänglich eine gewisse Resignation gefolgt, ein fast demütiges Hinnehmen des Unabänderlichen, aber bald darauf hatte sich mein tief verwurzelter Wille zur Auflehnung durchgesetzt. Ich hatte früh Camus gelesen und begriffen, dass erst Auflehnung dem Leben seinen Sinn gibt, und wenn sie sich über die Dauer der Existenz erstreckt, sogar Größe. Und nach Größe habe ich immer gestrebt.

Aber mein Widerstand erwuchs nicht nur aus meinem Intellekt, er hatte auch andere, tiefere Quellen. Schließlich entstamme ich einer alten Soldatenfamilie, die sich bis zum Jahre 1755 zurückverfolgen lässt. Ich gebe mich zwar stets als überzeugter Antimilitarist, aber etwas vom martialischen Geist der Väter erbt man eben doch, und etwas Tradition fließt in jede Erziehung mit ein. So ist es kaum verwunderlich, dass ich zum Kampf entschlossen war, dass ich Ziegenhals vernichten wollte.

Das Wie war eine andere Frage. Tagelang zerbrach ich mir den Kopf, nächtelang grübelte ich über eine Strategie nach, die mir den Sieg bringen musste. Jetzt machte es sich sehr nachteilig bemerkbar, dass ich mein Leben lang nur Fachbücher und schöngeistige Literatur konsumiert hatte und keine Kriminalromane. Mir wollte partout nichts einfallen. Ich konnte mir doch nicht einfach eine Pistole kaufen und Ziegenhals in irgendeinem Hausflur niederschießen ... In Augenblicken, in denen meine Gedanken auf diese Ebene herabgesunken waren, kam mir das ganze Unternehmen höchst kindisch vor. Aber davon lassen konnte ich auch nicht mehr.

Ein wenig Ablenkung brachten mir dann die Vorbereitungen zu meiner lange geplanten Vortragsreise durch die USA. Verschiedene Universitäten hatten mich eingeladen, so die Comell University in Warren Hall, die University of California in Berkeley, die University of Wisconsin in Madison und die University of Michigan in Ann Arbor. Ich sollte über die Weiterentwicklung des Weberschen Bürokratiemodells, über die deutschen Gewerkschaften und über meine Untersuchungen in der Berliner Unterwelt sprechen. Es war alles wunderbar vorbereitet, und ich hatte mich schon seit Wochen auf die Reise gefreut.

Es war am Abend vor meiner Abreise, ich hatte die gepackten Koffer zur Garage hinuntergetragen und wollte gerade ins Wohnzimmer gehen, um noch ein wenig mit meiner Familie zusammenzusitzen, als es läutete. Ich stellte den 55er Château Margaux, den ich mir aus dem Weinkeller geholt hatte, auf die helle Flurkommode und ging zur Wechselsprechanlage hinüber. Möglicherweise der Parteikassierer, der wie alle Jahre wieder von Haus zu Haus zog, um die Spenden für unsere Rentner und Veteranen zusammen zu bekommen. Mit meinen 200 Mark waren sie dann immer in der Lage, die Weihnachtsfeier mit Kinderchor und Märchenspiel würdig zu gestalten und den alten Leutchen bunte Teller und einige nützliche Kleinigkeiten zu schenken.

»Ja ... ?«

»Guten Abend! Hier Oberkommissar Rannow von der Kriminalpolizei. Ich hätte gern Herrn Dr. Kolczyk gesprochen.«

Ich erstarrte. Wie immer, wenn ich einen Schreck bekomme, krampften sich meine Därme zusammen und ich litt unter dem Gefühl einer heftigen Diarrhöe. Ich presste die rechte Hand auf den Unterleib und setzte mich für ein paar Sekunden auf den Hocker neben dem Spiegel, um den Anfall zu überwinden.

»Hallo, sind Sie noch da?« Eine typische Durchschnittsstimme, keine Akzentuierung, keine mundartliche Färbung, keine Faszination. »Nein, ich bin inzwischen geflohen!« entgegnete ich ärgerlich, während ich auf das kleine weiße Knöpfchen für den Öffnungsmechanismus drückte. »Kommen Sie bitte rein!«

Draußen summte es, dann wurde die Gartentür zugeschlagen. Ich rief noch schnell ins Zimmer, dass sie sich ein paar Minuten gedulden sollten, dann ließ ich den späten Besucher ins Haus.

Oberkommissar Rannow war mir vom ersten Augenblick an unsympathisch. Seine braunen, etwas asymmetrisch stehenden Augen erinnerten mich an einen eben verprügelten Hund; die wulstigen Lippen, die knollige Nase und die großen Ohren widerten mich an. Und dazu noch der kurze Beamtenhaarschnitt - jedes Haar an seinem Platz ... Er roch ein wenig säuerlich; offenbar war er magenkrank. Zwar bekämpfe ich meinen Hochmut und mein elitäres Bewusstsein, wo immer es geht, aber ich empfand es dennoch als ziemliche Zumutung, dass sie mir ausgerechnet diesen Kretin ins Haus geschickt hatten.

Ich nahm ihm seinen gräulichen Lodenmantel ab, unterließ es aber, nach einem Bügel zu suchen. Er registrierte diesen

Affront mit einem unfreundlichen Blick. Dann blieb er ein paar Sekunden vor einem Aquarell stehen, das Friedrich den Großen auf einem Schimmel zeigt, während ein schnauzbärtiger Kroat hinter einem Zaun stehend das Gewehr auf ihn anlegt. Wenn man meinem Vater, der dieses kleine Bild geliebt hatte, trauen durfte, dann hatte der Alte Fritz in dieser Szene ausgerufen: »Kerl, Er hat ja gar kein Pulver auf der Pfanne!«, worauf der Soldat voller Verblüffung seine Waffe fallen gelassen und Reißaus genommen haben soll.

»Nett, nicht ... ?« sagte Rannow.

»Hm ... Bitte!« Ich stieß die Tür zu meinem Arbeitszimmer auf und wies auf die schwarzen Ledersessel, die vor der rostroten Klinkerwand standen.

»Danke!« Rannow ließ sich in den bequemsten aller Sessel fallen, musterte kurz das längliche Ölgemälde rechts vom Fenster, eine Straßenszene von Lesser Ury, die an die 20.000 Mark wert ist, staunte über die gewaltige Bücherwand und studierte dann das Muster meines Täbris.

Ich war sicher, Neid in seinem Gesicht zu erkennen, Neid und Frustration. Wie hätte er, der aller Wahrscheinlichkeit nach in einer engen Neubauwohnung lebte und sich seine Einheitsmöbel im nächsten Kaufhaus beschafft hatte, auch anders reagieren können?

»Darf ich Ihnen einen Cognac anbieten?« Ich bemühte mich um eine gewisse Herzlichkeit, denn natürlich war es unsinnig, ihn unnötig zu reizen.

»Danke, ich bin im Dienst. Dienst ist Dienst und Schnaps ist Schnaps!«

Darauf konnte ich nur im stillen stöhnen, denn wenn ich etwas hasse, dann sind es Gemeinplätze. Ich goss mir selber ein Glas ein und setzte mich hinter meinen Schreibtisch. Damit hatte ich mir einen kleinen Vorteil verschafft, denn nun befand sich mein Gesicht im Schatten, während Rannow haargenau unter der herabhängenden Studiolampe saß.

»Dürfte ich wissen, was Sie zu so später Stunde noch zu mir geführt hat?« Ich sprach so prononciert wie ein Schauspielschüler vor einem allmächtigen Intendanten.

»Klar …« Rannow zündete sich in aller Ruhe eine Roth-Händle an. »Gestern nacht ist die Prostituierte Marianne Ihlow ermordet worden …«

»Das habe ich bereits in der Zeitung gelesen.«

»Man hat Sie wenige Stunden vor der Tat in Begleitung der Ihlow gesehen …«

»Das ist durchaus möglich …« Ich gab mich uninteressiert, lächelte leise und spielte den überlegenen, aber in Wirklichkeit war ich ziemlich erregt, und mein Gehirn arbeitete auf Hochtouren.

Der Oberkommissar hatte Recht; am Nachmittag war ich einige Zeitlang in der Wohnung dieser Miezi gewesen. Ich war mit ziemlich klar umrissenen Vorstellungen in Ziegenhals' ehemalige Wohnung in der Naunynstraße gefahren, über deren Bewohner ich Ziegenhals vorsichtig ausgehorcht hatte, und zwar hatte ich von Miezi und Opa Melzer einige Auskünfte über die meiner Ansicht nach kriminelle Vergangenheit ihres ehemaligen Hausgenossen einholen wollen. Ich hätte wetten mögen, dass Ziegenhals allerhand Dreck am Stecken hatte - dafür sprach schon dieses Milieu. Bei den relativ niedrigen Aufklärungsquoten, die die Kriminalstatistiken ausweisen, konnte er ohne große Schwierigkeiten unentdeckt geblieben sein. Aber bestimmt musste es in dieser Gegend eine Handvoll Leute geben, die von seinen Straftaten wussten. Wenn ich Ziegenhals wirklich etwas nachweisen konnte, dann hatte ich ihn zwar noch nicht in der Hand, aber ich konnte ihn immerhin daran hindern, seine Forderungen höher und höher zu schrauben. Ich hätte schwören können, dass dieser oder jener Autodiebstahl oder Einbruch auf sein Konto ging. Und hatte ich erst einmal Zeugen und Beweise dafür, dann konnte ich ihm jederzeit mit einer Anzeige drohen, ohne fürchten zu müssen, dass er vor Gericht etwas von meinem Plagiat und seiner Erpressung erzählen würde. Damit hätte er sich nur einige zusätzliche Jahre Gefängnis eingehandelt und wäre außerdem um den Genuss meiner regelmäßigen Zahlungen gekommen. Natürlich konnte er mit der Ankündigung kontern, er würde todsicher auspacken, wenn ich ihn wegen der Einbrüche anzeigte, aber ich durfte dennoch ziemlich sicher sein, dass er meine Trümpfe in seine Strategie mit einbezog und auf eine Eskalation seiner Forderungen verzichtete. Kurzum, und ohne weiter spieltheoretischen Erwägungen nachzugeben: ich brauchte unbedingt beweiskräftiges Material über die Delikte meines Gegners.

»Na, was ist nun?« Rannow wurde langsam ungeduldig.

Naunynstraße. Ich sah mich wieder die ausgetretenen Stufen zum dritten Stockwerk hinaufsteigen. Auf mein mehrmaliges Klingeln hin hatte mir Miezi geöffnet.

»Ja, wat jibt's denn?«

»Guten Tag! Entschuldigen Sie, ich suche meinen Neffen, einen Herrn Ziegenhals - Bernd Ziegenhals!«

»Der is vor 'n paar Tagen umjezogen, tut ma leid.«

Da hatte ich also richtig kalkuliert. Ziegenhals versuchte also, sich unsichtbar zu machen. Offenbar fürchtete er meine Attacken.

»Können Sie mir vielleicht sagen, wo ich ihn jetzt finden kann?«

»Da müssense mal Opa Melzer fragen. Kommse man rin!« Sie führte mich in Opa Melzers Zimmer. Der hatte zwar Ziegenhals' neue Adresse auch nicht mehr im Kopf, fand dann aber nach einigem Suchen einen alten Omnibusfahrschein, auf dem er sie notiert hatte.

»Hier, nehm Se'n mit!« Er drückte mir den Fahrschein in die Hand. »Und 'n schön'n Gruß an den Herrn Neff'n. Der is ja wohl 'n feiner Pinkel jeword'n; na, ick gönn et ihm.«

Ich schenkte Opa Melzer drei Zigarren, und er war vor Freude ganz außer sich.

»Mann, is det 'ne Übarraschung! Da bin ick ja janz baff! Ick hab nämlich nischt mehr zu roochen im Hause - als wenn Se det jerochen hätten. Und so 'ne teure Marke ooch noch! Ick bin jerührt wie Appelmus!« Er nahm ein paar dickleibige Schnellhefter vom Tisch und drückte mir den ganzen Stapel in die Hand. »Hier, nehmense man den janzen Klumpatsch mit. Det sind noch Akten und Manuskripte von ihm, die könnense ihm ja jeb'n ...«

So zuvorkommend Melzer in diesem Punkt war, so stur stellte er sich, als ich ihn nach etwaigen kriminellen Delikten von Ziegenhals ausfragte.

»Ick kann ma nich erinnan, det Zicke mal 'n krummet Ding jedreht hat.«

»Mir ist aber so etwas zu Ohren gekommen«, beharrte ich. »Verstehen Sie doch, Herr Melzer: Ich möchte doch meinem Neffen helfen. Wenn ich es vor der Kriminalpolizei erfahre, dann kann ich mich mit den Geschädigten in Verbindung setzen und die Dinge mit ein paar Geldscheinen regeln ... Ich wäre Ihnen sehr dankbar, wenn Sie mir da helfen könnten. Auf ein paar Mark kommt es mir dabei nicht an!«

»Tut ma leid, ick weeß von nischt, mir jeht det allet nischt an. Ick bin een alta Mann und will meine Ruhe ham!«

Er sah zwar so aus, als könne er kein Wässerchen trüben; dennoch war ich sicher, dass er eine ganze Menge wusste. Aber es gab leider kein Mittel, ihn zum Sprechen zu bringen.

»Na gut, wenn Sie nicht wollen ...« Ich tat betrübt. »Unserem

Bernd tun Sie damit bestimmt keinen Gefallen ...«

Ein wenig aus der Ruhe gebracht, spielte er an seinem gelblichen Gebiss herum. »Vielleicht jehnse mal bei die Miezi rüba; die weeß imma 'ne janze Menge. Aba passense uff, det die Ihn'n nich vanascht, die jeht nämlich uff'n Strich!«

Aber auch Miezi stellte sich taub. »Unsa Zicke? Nee, det gloob ick nich, det der wat uff'm Kerbholz hat. Für den leg ick meine Hand ins Feua!«

Da war nichts zu machen. Aber dann entschlüpfte ihr doch noch der Hinweis, dass Ziegenhals oft und gern in der *Heißen Ecke* gesessen hatte.

»Mit wem denn?« stieß ich nach.

»Och, mal mit dem und mal mit dem...« Sie hatte sich gegen ihre weißgestrichene Kommode gelehnt, ihr knapper Rock, tomatenrot, Leinen, war etwas nach oben gerutscht und ihre honigfarbenen, prallen Schenkel waren leicht gespreizt.

Ich spürte eine leichte Erektion. »Es kommt mir auf ein paar Hunderter nicht an, wenn ich meinen Neffen dadurch aus Schwierigkeiten raushalten kann«, sagte ich mit belegter Stimme. »Könnten Sie sich nicht mal umhören, Fräulein Miezi?«

Sie überlegte einen Augenblick. »Na schön ... Heute abend.«

»Wo treffen wir uns denn? Hier?«

»Sagen wir: halb elf an der Hochbahnstation - am Görlitzer Bahnhof ...«

»Gut. Ich werde dort im Wagen warten.«

»Tun Sie das ... Aber wenn nun was dazwischenkommt - kann ja sein, nich? Wie kann ich Sie da erreichen?«

Dazwischen ... Ich bezog das gleich auf ihre Schenkel und war im Handumdrehen so erregt, dass ich ihr - welch ein Fehler! - meinen Namen nannte. »Anrufen können Sie mich jederzeit in der FU ... «

Ich begehrte sie immer stärker, der Druck zwischen meinen Schenkeln wurde schon schmerzhaft. Meine Moralvorstellungen verboten mir den Ehebruch, aber ein bisschen Petting schien mir erlaubt zu sein. Heiser stieß ich meinen Wunsch hervor.

Sie lachte mich aus. »Nee, nich bei mir!«

Was dann geschah, möchte ich nicht niederschreiben. Jedenfalls, es gelang ihr, mich mit routinierten Griffen abzuwehren. Soviel Aggressivität, soviel - ja - Brutalität hätte ich mir niemals zugetraut. Erst die plötzlich aufschießende Angst, sie - von inneren Zwängen getrieben zu erwürgen, ließ mich ruhiger werden.

Schließlich, sie schien das alles nicht so tragisch zu nehmen, schieden wir noch halbwegs in Frieden und erneuerten die Verabredung für den Abend.

Aber das alles konnte ich doch unmöglich vor diesem Polizisten ausbreiten.

»Sie brauchen ziemlich lange, um sich zu erinnern«, bemerkte Rannow und schmatzte ungeduldig mit den Lippen.

»Ja, ich kenne das Mädchen, ich bin mit ihr zusammen die Treppe hinuntergegangen. Sie wollte noch in die Hasenheide, ein bisschen frische Luft schnappen. Ich bin dann in meinen Wagen gestiegen und nach Hause gefahren.«

»Sie waren also in ihrem Zimmer?«

»Ja. Aber ich muss Sie enttäuschen - es war sozusagen dienstlich. Wir arbeiten im Augenblick an einer Zuhälterstudie und sind natürlich daran interessiert, möglichst viele Prostituierte zu interviewen.«

»Und wie sind Sie an die Adresse der Ermordeten gekommen?«

»Ganz einfach. Ich habe vor zwei Jahren eine Arbeit über das Rekrutierungsfeld Berliner Prostituierter veröffentlicht, und damals haben wir eine Menge Adressen zusammengetragen.«

»Hm ... Sie sagten dienstlich ... Dann haben Sie auch keine intimen Beziehungen zu dem Mädchen gehabt?«

»Erlauben Sie? Für wen halten Sie mich!«

»Man will aber Geräusche gehört haben, die ...«

»Wenn Sie sich auf die Phantasie von klatschsüchtigen Hausbewohnern verlassen, dann kann ich Sie nicht daran hindern!«

Rannow steckte sich ein Vitaminbonbon in den Mund und lutschte mit Hingabe. »Die Herren der besseren Stände sollen sich ja mitunter mächtig für die Mädchen aus der Gosse interessieren. Früher, als es noch Dienstmädchen gab, hatten sie's wesentlich bequemer.«

»Ich bitte Sie!«

»Das Mädchen ist kurz nach 22 Uhr ermordet worden. Sicherlich haben Sie ein Alibi, Herr Dr. Kolczyk ... ?«

»Ein Alibi?« Ich zuckte zusammen. »Nein, nicht direkt ...«

Rannow blieb ruhig. »Wo waren Sie denn um diese Zeit, wenn ich fragen darf?«

»Bis 21 Uhr habe ich im Mandarin in der Grolmannstraße gesessen und zu Abend gegessen, und zwar zusammen mit zwei Kollegen, Herrn Professor Steffens und Herrn Professor Breitbart ... ja, später bin ich dann den Kurfürstendamm hinuntergeschlendert ... Ich hatte einige wissenschaftliche Probleme zu klären, vor allem ging es mir um die Frage nach den funktional äquivalenten Möglichkeiten zur Integration von unqualifizierten Arbeitern ...«

Rannow unterbrach mich. »Vielleicht haben Sie dabei zufällig Herrn Ziegenhals getroffen?« Er unterdrückte ein Gähnen.

Ich bemühte mich um ein Pokergesicht, obwohl ich ziemlich erregt war. »Nein. Warum?«

»Er behauptet, Sie seien sein Mäzen ...«

»Das bin ich auch.« Ich stand auf und goss mir noch einen Cognac ein. »Ich halte ihn für einen klugen Kopf; so einen Menschen muss man fördern. Ich habe ihm ein Darlehen gegeben, etwas mehr als 5000 Mark - das heißt, eigentlich ist es gar kein Darlehen, denn Herr Ziegenhals wird für mich arbeiten; er wird praktisch die Rolle meines Privatsekretärs übernehmen.«

»Das ist sehr ... äh, edel von Ihnen!«

Rannows Ironie zwang mich, weiterzusprechen. »Er hat früher mal an meinen Übungen teilgenommen. Hier, überzeugen Sie sich ...« Ich wühlte eine alte - geschickt ergänzte - Teilnehmerliste hervor und reichte sie Rannow hinüber. »Ziegenhals hat damals alle anderen ausgestochen, ab und an sogar mich in den Schatten gestellt. In der Zwischenzeit hatte er wohl etwas den Boden unter den Füßen verloren, aber als er dann plötzlich vor mir stand ...«

Rannow sah durch mich hindurch. »Wussten Sie eigentlich, dass Ihr Name in Miezis Notizbuch steht? Die Eintragung dahinter ist ganz eindeutig: 22 Uhr 30 ...«

Für Sekunden verlor ich die Fassung. Ich hatte das Gefühl, in einem abstürzenden Flugzeug zu sitzen. Doch dann fing ich mich noch einmal. »Ja«, würgte ich hervor. »Ich war mit ihr an der Hochbahnstation verabredet - Görlitzer Bahnhof ... Doch sie ist nicht gekommen.«

»Und warum hatten Sie sich mit ihr treffen wollen?«

»Warum ist man wohl mit einer Prostituierten verabredet?«

»Ach, also doch ... Und warum wollten Sie es nicht bei ihr in der Wohnung abmachen?«

»Wer lässt sich schon gerne dabei beobachten? Sie verstehen – in meiner Stellung muss man gewisse Rücksichten nehmen ...«

Rannow erhob sich. »Danke sehr ... ich habe von Ihrem Sekretariat gehört, dass Sie nach Amerika fahren?«

»Was denn - darf ich nicht?«

»Doch, doch! Und vielleicht fällt Ihnen unterwegs noch etwas ein, was uns nützen könnte ...«

Rannow schüttelte mir die Hand und wischte sie dann ungeniert an seiner Hose ab. Offensichtlich zog er aus der Tatsache, dass ich Schweißfinger hatte, tiefgreifende Schlüsse. Dann war er endlich draußen.

Möglicherweise haben wir mehr Worte miteinander gewechselt, als ich hier wiedergegeben habe, aber eigentlich bin ich ziemlich sicher, mich wenigstens an die wichtigsten Passagen erinnert zu haben. Er hatte ungefähr eine halbe Stunde bei mir zugebracht.

»Nun komm doch endlich!« Reinhild, meine Frau, zog mich ins Wohnzimmer, wo Gina vor dem Bildschirm hockte und einen amerikanischen Krimi ansah.

»Hat dir wieder mal jemand Geld für irgendwelche wohltätigen Zwecke abgeknöpft?« spottete sie.

»Nein, das war ein Journalist, der etwas über die Mission der Soziologie schreiben will ...« Ich stellte den Fernsehapparat ab und entkorkte den 55er Château Margaux. »Kommt, wir wollen uns noch einen gemütlichen Abend machen; in den nächsten vierzehn Tagen müsst ihr ohne mich auskommen.«

Meine Tochter hatte den Krimi wohl nicht sehr interessant gefunden. »Eine Freundin hat mir geschrieben, dass die Steuben-Parade im nächsten Jahr in Kolczyk-Parade umbenannt werden soll, stimmt das?« zog sie mich auf.

»Gina!« Meine Frau hatte etwas veraltete Ansichten über töchterliche Ehrerbietung.

Doch ich war nicht in der Stimmung, ein scherzhaftes Geplänkel mit meiner Tochter zu beginnen; Rannows Besuch hatte mich beunruhigt. Offenbar hatte er mir nicht abgenommen, dass ich Ziegenhals aus rein altruistischen Absichten förderte, und witterte irgendwelche tieferliegenden Beziehungen zwischen uns. Vielleicht hielt er einen von uns beiden für Miezis Mörder, vielleicht auch nicht; auf alle Fälle aber schien er fest davon überzeugt zu sein, dass wir irgendwie in den Fall verwickelt waren. Da war nun plötzlich eine zweite Front entstanden, und unser Duell spielte sich mit einemmal auf einem Vulkan ab …

Die entscheidende Frage war, ob ich Ziegenhals ausschalten konnte, ehe es zu spät war. So suchte ich fieberhaft nach einem Ausweg, während ich, scheinbar versonnen, zwei Gläser des tiefroten Weines leerte. Aber erst eine spöttische Bemerkung meiner Tochter brachte mich auf die rettende Idee.

»… pass auf, sie werden dir deine Werke aus den Händen reißen und in Tag- und Nachtarbeit übersetzen, und die Honorare werden sechsstellig sein. Vielleicht behalten sie dich auch da, und du wirst Ghostwriter im Weißen Haus!«

Da schaltete es bei mir.

Am nächsten Tag, als ich im Jet über Irland hinwegraste, nahm dann mein Plan konkretere Formen an. Ich hatte im Januar zufällig von einem Bekannten erfahren, dass Charles Emery, also der Mann, dessen geistiges Eigentum ich gestohlen hatte, wegen irgendeiner Affäre von der Universität geflogen sei und nun ein ziemlich armseliges Leben als Sozialarbeiter führe. Er würde sicherlich für jeden Dollar dankbar sein. Und darauf basierte mein Plan. Ich wollte Emery eine namhafte Summe bieten und ihn veranlassen, ein Statement etwa folgenden Inhalts abzugeben:

Hiermit erkläre ich an Eides Statt, dass die bei der Duke University Press, Durham, North Carolina, im Jahre 1950 unter meinem Namen erschienene Arbeit *Social Change in Pattons Landing* in Wahrheit von Herrn Rüdiger Kolczyk, Berlin/Germany, verfasst worden ist. Ich habe ihm damals

250 Dollar dafür gezahlt, dass er diese soziologische Arbeit für mich anfertigt und Dritten gegenüber Stillschweigen über ihre Herkunft bewahrt. Infolge einer vorübergehenden psychischen Störung nach dem Tode meiner Eltern, die im Januar 1950 vor meinen Augen einem Autounfall zum Opfer gefallen sind, war ich zu dieser Zeit nicht imstande, die für meine Karriere sehr bedeutsame Arbeit selber anzufertigen, sodass ich die Hilfe von Herrn Kolczyk in Anspruch nehmen musste. Er teilte mit mir dasselbe Zimmer und war jahrelang mit mir befreundet. Herr Kolczyk hat die obige Arbeit selbständig verfasst und die dazu notwendigen Erhebungen ohne fremde Hilfe angestellt. Charles Emery.

Dann brauchte ich nur noch seine Unterschrift und das Siegel eines Notars - aber das ist in den USA, wo oft an Tabakläden das Schild *Notary Public* hängt, kein Problem.

Wenn ich dieses Dokument erst einmal in den Händen hielt, war ich gerettet: Dann hatte ich ja lediglich meine eigene Arbeit übersetzt und brauchte keinen Skandal mehr zu befürchten. Den kleinen Schönheitsfehler würde mir niemand ankreiden, zumal wenn man Zeit und Umstände der Tat in Rechnung stellte; die ganze Angelegenheit wurde einfach zu läppisch, um noch einen Stolperdraht zu bilden.

Wenn mir dieser Zug gelang, dann hatte ich Ziegenhals schachmatt gesetzt!

7

Betr.: Bernd Ziegenhals
Anlage zum psychiatrischen Gutachten. Abschrift des Tonbandes 3/3.
Locker assoziierende Selbstdarstellung des Probanden.
Vom Autor überarbeitet.

Ich führte das Leben eines Rentners, ohne aber mit meinen knapp 26 Jahren dessen Bedürfnis nach Ruhe und Frieden zu verspüren. Im Gegenteil, alles in mir schrie nach *action*! Doch was sollte ich tun? Ich hatte nun wahrhaftig keine Lust, mich in irgendein Büro sperren zu lassen oder als Vertreter die Häuser abzuklappern. Und in eine Fabrik, wo es nach Schmieröl stinkt, wo man wie ein Affe vor seiner Maschine hockt, bekamen mich keine zehn Pferde mehr. Manchmal spielte ich mit dem Gedanken, einen Laden aufzumachen. Aber womit sollte ich handeln? Vielleicht mit Heringen, Pappschachteln oder Hosenknöpfen? Ich hatte von keiner Branche und keiner Ware genügend Ahnung, und für einen zweiten Mann reichte mein Startkapital nicht aus. Außerdem bekam ich jeden Monat meine 1000 Mark, ohne auch nur einen Finger krumm zu machen.

So stromerte ich Tag für Tag in Berlin herum, hockte stundenlang in Spielsalons, Ausstellungshallen, Restaurants und Kinos herum und las dann, wenn ich nach Hause kam, meterweise Taschenbücher.

Doch das Nichtstun wurde langweilig, und die Ziellosigkeit meines Daseins machte mich krank. Ich litt zunehmend unter Kopfschmerzen, Schlaflosigkeit und Schwindelgefühlen, und meine Angst- und Spannungszustände verstärkten sich beinahe von Tag zu Tag. Ich bildete mir steif und fest ein, dass Kolczyk zu einem vernichtenden Schlag gegen mich ausholen würde.

Muttchen Braatz hörte mich jede Nacht, wenn ich ruhelos in meinem Schlafzimmer umherwanderte, und am Morgen ermahnte sie mich dann immer:

»Sie sollten sich bald eine Arbeit suchen, Herr Ziegenhals. Dieses faule Leben tut nicht gut.«

Aber es sollte noch schlimmer kommen. Es war an einem Dienstagabend, und ich kam gerade vom Kudamm, wo ich in der Nähe der Gedächtniskirche ein Rumpsteak gegessen hatte. Während der Fahrt ging mir so allerhand im Kopf herum. Von Mr. Cloward, der Politotogie und Soziologie studierte, hatte ich gehört, dass Kolczyk am Sonnabend aus New York zurückgekommen war, und diese Nachricht versetzte mich in größte Verwirrung. Aus Kriminalromanen, Illustrierten und wissenschaftlichen Reports wusste ich, dass es kein großes Kunststück ist, drüben in Amerika einen professionellen Killer aufzutreiben.

Mit dem Geld, das Kolczyk besaß, hätte er sich eine ganze Armee leisten können. Und irgendwie war ich sicher, glaubte ich instinktiv zu spüren, dass er diesen Weg gehen würde, um mich loszuwerden. Ich hielt ihn für einen eiskalten Karrieremacher und zweifelte keinen Augenblick daran, dass er meinen Tod beschlossen hatte. Je höher er stieg, desto gefährlicher wurde ich für ihn. So sah ich mich in Dutzenden von Albträumen sterben, sah scharenweise Gangster heranschleichen, die mich erschossen, erwürgten, vergifteten, ertränkten, zerschmetterten und zerquetschten. Es konnte nicht mehr lange dauern, dann musste ich völlig durchdrehen. Meine Phantasie war Kolczyks bester Verbündeter.

Ich bremste jäh. Um ein Haar wäre ich einem feuerroten VW in die Seite gerast. Wieder einmal hatte ich die

Vorfahrt nicht beachtet. Ich riss mich zusammen und fuhr im Schleichtempo über den Breitenbachplatz.

Aber nicht nur Kolczyk beunruhigte mich; auch Rannow hatte ich zu fürchten. Er hatte beim Verhör durchblicken lassen, dass ich sein Tatverdächtiger Nummer Eins war. Offenbar fehlte ihm nur noch ein handfestes Motiv, um mich festnehmen zu lassen. Mein Alibi war ziemlich wacklig. Der Ober und die Bardamen im *Iglu* konnten sich nicht mehr so recht an mich erinnern. Zum Glück behauptete niemand, mich zur Tatzeit in der Naunynstraße oder in der *Heißen Ecke* gesehen zu haben. Aber das könnte sich unter Umständen bald ändern - es gab schließlich genügend Leute, die noch ein Hühnchen mit mir zu rupfen hatten.

Da ich in unmittelbarer Nähe meiner Wohnung keinen Parkplatz mehr fand, musste ich den Mercedes in der ziemlich stillen Schmitt-Ott-Straße abstellen. Aber es war ein trockener, nicht zu kalter Abend, sodass mich die hundert Meter Fußmarsch nicht weiter störten.

Ich hatte gerade meinen Wagen abgeschlossen und mich zur Grunewaldstraße umgewandt, als hinter mir eine Gartentür quietschte. Ich fuhr herum ... Aus einer Toreinfahrt stürzte ein untersetzter, dunkelhäutiger Mann auf mich zu, ein Sizilianer vielleicht oder ein Jordanier; in der rechten Hand hielt er einen länglichen Gegenstand, offenbar einen Totschläger ... Kolczyks Killer!

Es dauerte einige Sekunden, aber ich konnte mich noch rechtzeitig aus meiner Erstarrung lösen. Wie von Sinnen rannte ich zur Grunewaldstraße hinüber, wo wenigstens ein schwacher Autoverkehr herrschte. Der Mann folgte mir und schrie etwas hinter mir her.

Am ganzen Körper fliegend, erreichte ich die Gartentür, stieß sie auf und hetzte auf das Haus zu. Dort baumelte eine lichtstarke Laterne. Eine bessere Zielscheibe konnte sich der

Mann gar nicht wünschen. Mit zitternden Fingern schloss ich die Haustür auf und verschwand im Flur. Von meinem Verfolger war nichts mehr zu sehen.

Ich lief die Treppe hinauf und warf mich keuchend auf meine Liege. Es dauerte zehn Minuten, bis ich wieder normal atmen konnte. Ich stand auf und goss mir einen Weinbrand ein.

Dann stellte ich das Radio an, setzte mich in meinen Korbsessel und schloss die Augen. Langsam flaute meine Erregung wieder ab. Ich wurde müde. Schließlich hatte ich in den letzten Nächten kaum geschlafen; die Angst hatte mich wachgehalten …

Ich schreckte hoch, als sie im SFB die Zehn-Uhr-Nachrichten ansagten. Ich stand auf und wollte zur Toilette gehen.

Im gleichen Augenblick ging auch Mr. Clowards Tür auf. Im Türrahmen stand der Mann, der mich verfolgt hatte … Ich schrie gellend; dann wurde es um mich herum neblig und dunkel.

Ich kam erst wieder zu mir, als mir Muttchen Braatz Baldriantee einzuflößen versuchte. »Sie machen schon Sachen, Herr Ziegenhals, ich muss schon sagen!«

Es stellte sich heraus, dass der vermeintliche Killer Lat Wadhwani hieß, aus Bombay kam und einer von Mr. Clowards vielen Freunden war. Er hatte Clowards Adresse nicht mehr genau im Kopf gehabt und war mir lediglich gefolgt, um sich bei mir nach dem Amerikaner zu erkundigen. Der Totschläger erwies sich als harmloser Regenschirm … Ich lachte zwar mit den anderen mit, war aber zutiefst erschüttert, wie weit es schon mit mir gekommen war.

Natürlich konnte ich auch in dieser Nacht nicht schlafen. Ich verfluchte den Augenblick, in dem ich Kolczyks Plagiat entdeckt hatte.

Am nächsten Morgen setzte ich mich in das Wartezimmer von Dr. Sievers, einem Praktiker, dessen Schild ich in der Nähe von Kolczyks Villa entdeckt hatte. Er konstatierte fortgeschrittene Funktionsstörungen im vegetativen System.

»Ganz klar, die Reizschwelle in der Formatio reticularis liegt bei Ihnen viel zu niedrig. Dieses übergeordnete Steuerungszentrum des gesamten Vegetativums reagiert bei Ihnen schon auf jeden Bagatellreiz mit außerordentlicher Heftigkeit. Ich gebe Ihnen ein Beruhigungsmittel mit ...«

Ich bedankte mich für sein Ärztemuster und ließ mir von seiner Gehilfin ein paar Kubikzentimeter Blut abzapfen.

Noch im Auto schluckte ich die erste der rosafarbenen Pillen. Doch ehe sie ihre Wirkung tun konnte, traf mich der nächste Schock.

Als ich in mein Zimmer kam, entdeckte ich auf dem flachen Couchtisch einen länglichen Briefumschlag, der zwar meine Anschrift, aber keinen Absender trug. Mir schwante schon nichts Gutes, als ich ihn aufriss. Mit feucht gewordenen Fingern zog ich die Fotokopie eines amtlich aussehenden Schriftstücks heraus ... Englischer Text? Nanu! Erregt überflog ich die Zeilen.

Sie haben ja den Brief zu den Akten genommen, in dem Charles Emery an Eides Statt erklärt hat, Kolczyk habe ihm die Arbeit mit dem Titel *Social Change in Pattons Landing* geschrieben. Siegel, Unterschrift - alles vorhanden. Kolczyk hatte also im Endeffekt nur seine eigene Arbeit übersetzt ... Können Sie sich vorstellen, wie mir zumute war?

Aus, dachte ich, alles ist aus! Ich hatte verloren, ich war endgültig gescheitert. Das Leben hatte keinen Sinn mehr ...

In den nächsten Minuten handelte ich wie unter einem inneren Zwang; alles, was ich tat, war schon irgendwann einmal programmiert worden. Vor einiger Zeit hatte ich einen Film gesehen, in dem sich ein Mann im Auto vergiften wollte.

Ich stürzte auf den Flur hinaus. In der kleinen Kammer lag ein alter Gartenschlauch. Ich riss ihn heraus, lief zum Wagen hinunter, fuhr los.

Ich fuhr wie ein Roboter. Es dauerte keine Viertelstunde, dann hatte ich den Grunewald erreicht. Ich hielt an einer einsamen Stelle - wo es war, kann ich nicht mehr genau sagen, wahrscheinlich in der Nähe von Paulsborn.

Ich sprang hinaus. Nur keine Zeit mehr verlieren, nur nicht weich werden! Der Auspuffstutzen war heiß; ich verbrannte mir die Finger, aber es gelang mir, den Schlauch darüber zu schieben. Das andere Ende klemmte ich im daumenbreit geöffneten Fenster fest. Schon saß ich wieder auf dem Vordersitz, zog die Tür hinter mir zu und machte mich daran, die Öffnung zu verstopfen ... Zehn Minuten noch, dann musste alles ausgestanden sein.

Doch plötzlich riss der Lochstreifen, der mein Verhalten gesteuert hatte.

Ich erwachte wie aus einer Hypnose. Mir war, als würde Kolczyk vor mir auftauchen, grinsend und triumphierend, als Sieger. Und diesen Sieg gönnte ich ihm nicht. Wenn ich jetzt starb, dann sollte auch er sterben, den gesellschaftlichen Tod sterben!

Fieberhaft suchte ich nach einem Kugelschreiber, nach einem Stück Papier. Aber ich hatte nichts bei mir.

»Dann kann ich also auch noch nicht sterben«, sagte ich laut.

Allmählich hatte wohl auch das Sedativum zu wirken begonnen; jedenfalls klang meine Erregung so weit ab, dass ich wieder denken konnte. Und mit der Assoziation *Kolczyk* und *Tod* kam mir schlagartig die Erkenntnis, dass die Erklärung dieses Emery auch eine raffinierte Fälschung sein konnte: Womöglich war der Mann schon längst tot und konnte sich nicht mehr wehren? Oder Kolczyk hatte das alles einfach ganz ohne Emerys Wissen eingefädelt - wer wollte das wissen?

Ich wollte es wissen!

Ich riss den Schlauch vom Auspuff, warf ihn ins Gebüsch, wendete und raste den Hüttenweg entlang, bis ich auf die Clayallee stieß. Keine fünf Minuten später hatte ich die Universitätsbibliothek in der Garystraße erreicht. Unmittelbar gegenüber, in der Hittorfstraße, fand ich auch ohne längeres Suchen einen Parkplatz. Ich schloss den Wagen ab und lief ins erste Stockwerk hinauf, wo, wie ich wusste, im Durchgang zum Henry-Ford-Bau ein dicker Wälzer mit den Anschriften aller amerikanischen Verlage stand.

Es dauerte auch nicht lange, dann hatte ich Ort und Telefonnummer der Duke University Press gefunden. Ein schneller Blick in meine Brieftasche zeigte mir, dass ich über 150 Mark bei mir hatte. Das langte garantiert für ein kurzes Gespräch nach North Carolina.

In höchster Spannung, aber eher beschwingt als deprimiert fuhr ich zum Postamt am S-Bahnhof Lichterfelde-West. Der junge Beamte dort sah mich etwas erstaunt an, sagte aber nichts. Und keine zwanzig Minuten später hatte ich die Duke University in Durham, North Carolina, an der Strippe.

»*Please, give me Mr. Charles Emery!*« sagte ich und war ziemlich sicher, dass ich mich ungeschickt ausdrückte.

Aber die Telefonistin kapierte, was ich wollte, und verband mich mit dem Personalbüro, wenn ich recht verstand. Und dann, nachdem ich meinen Wunsch vorgebracht hatte, sagte eine Männerstimme:

»*I can't help you, I'm afraid. Mr. Emery died last year.*«
Emery war tot. Im vergangenen Jahr gestorben …

»*Hello …?*« quäkte der Hörer. »*Is there anything else …*«

Ich legte wortlos auf.

Kolczyk hatte geblufft … Ich achtete nicht darauf, was mir der Beamte auf meinen blauen Hunderter herausgab; ich sah nur, dass zwei Groschen beim Wechselgeld dabei waren und stürzte wieder in die Zelle. Erst wählte ich die Nummer der Universität, 7690, dann Kolczyks Apparat.

»Ja, Kolczyk …«

»Meinen herzlichsten Glückwunsch, Herr Dr. Kolczyk! Sie sind der erste Mensch, der Tote dazu bringen kann, Erklärungen abzugeben … haben Sie Charles Emery wenigstens ein paar Blumen aufs Grab gelegt?«

Er schien nach Luft zu schnappen, blieb aber beherrscht. »Nein, die spare ich mir für Ihre Beerdigung auf.«

»Da müssen Sie sich schon was Besseres einfallen lassen!«

»Ach, wissen Sie, Ziegenhals - es gibt auch hier in Berlin genügend Leute, die für Geld alles tun …«

»Dann bin ich ja wohl im Gefängnis am besten aufgehoben. Vielleicht treffen wir uns mal beim Rundgang auf dem Hof …«

8

Tagebuchaufzeichnungen von
Prof. Dr. Rüdiger Kolczyk.
Anhand aufgefundener Fragmente vom Autor rekonstruiert.

Wieder klappte die Tür, und das war nun schon der zehnte Student, der Hörsaal 108 verließ. Wenn es mir nicht bald gelang, die störenden Gedanken an Ziegenhals zu unterdrücken und mich wieder zu konzentrieren, dann konnte ich meine Vorlesung *Die amerikanischen Gewerkschaften* aus dem Verzeichnis streichen lassen.

»Wir kommen nun … äh … Wir wollen uns nun den theoretischen Grundlagen der amerikanischen Gewerkschaften zuwenden, den Grundlagen und Leitsätzen, die sie hervorgebracht … Also, die sie entwickelt haben. Wohl haben der Unternehmerindivida … der Unternehmerindividualismus und die gleichzeitige … und die gleichzeitige - Laissez-faire-Haltung der Regierung zwischen Bürgerkrieg und New Deal oftmals in eine bedauernswerte … die Arbeiter oftmals in eine bedauernswerte Lage gebracht … «

Irgendwo wurde Gelächter laut, ich griff zum Wasserglas, um ein wenig Zeit zu gewinnen. Der Anruf vorhin hatte mich völlig aus dem Gleichgewicht gebracht. Da hatte ich nun das Florett so brillant geführt, und dennoch war der Stoß pariert worden! Ich hätte niemals geglaubt, dass Ziegenhals diesen Trick durchschauen würde.

Darum tröstete es mich nur wenig, dass mir Rannow meinen Anzug zurückgeschickt hatte, ohne Sperma, Speichel oder herausgerissene Fasern gefunden zu haben. Doch damit hatte er mich noch längst nicht von der Liste der Verdächtigen gestrichen …

Als Cloward, der meine Schwierigkeiten bemerkt haben musste, das Fenster aufgestoßen hatte, ging es wieder besser. Allmählich konnte ich meine Fassung zurückgewinnen.

»… und die amerikanischen Arbeiter hatten also niemals institutionell verfestigte Formen der Unterdrückung kennen gelernt. So konnte ein echtes Klassenbewusstsein ebenso wenig entstehen wie der Glaube an die Überlegenheit der Arbeiterklasse oder des Arbeiters in der Gesellschaft. Folglich konnte das Ziel einer Gewerkschaftsbewegug auch nicht die Verewigung eines Klassenzustandes sein …«

Die Krise war vorüber, ich konnte aufatmen.

Während ich weitersprach, nun wieder ruhig, sicher und prononciert, kam mir ein Vers von Rückert in den Sinn: Schlägt dir die Hoffnung fehl, nie fehle dir das Hoffen! Ein Tor ist zugetan, doch tausend sind noch offen … Es gab noch so viele Möglichkeiten für mich, das Duell mit Ziegenhals endgültig zu meinen Gunsten zu entscheiden!

Am Ende der anderthalb Stunden, als meine Studenten erleichtert auf den breiten Flur hinausströmten, erwartete mich Cloward an der Tür.

»Hallo, Rüdi!«

»Hallo, Johnny!«

Wir hatten uns im September 1966 beim 6. Weltkongress für Soziologie in Evian kennen gelernt, und ich hatte ihn von Anfang an sehr sympathisch gefunden. Er war zwar schon 30 Jahre alt, aber ich hätte es trotzdem gern gesehen, wenn er sich um meine Tochter beworben hätte. Doch Ginny hielt ihn für einen Playboy und er sie für ein tugendhaftes Gretchen, das lieber Gedichte las und Mozarts Klarinettenkonzert A-dur - Köchelverzeichnis 622 hörte, als mit ihm Leben und Liebe zu genießen.

»Kommst du mit, ein Brötchen essen?« fragte Johnny, der

ebenso gut deutsch spricht wie ich englisch.

»Kann ich machen, ich habe mächtigen Hunger.« Ich ging mit Cloward in den Keller hinunter, obwohl ich nicht den geringsten Appetit verspürte und am liebsten allein gewesen wäre. Aber ich durfte mir den Amerikaner nicht verärgern - ich brauchte ihn noch; er war eine sehr wichtige Figur in meinem Spiel.

Nachdem mir Opa Melzer verraten hatte, wohin Ziegenhals verzogen war, hatte ich mich kurzerhand aufgemacht und sein neues Domizil unter die Lupe genommen. Im Feinkostgeschäft gegenüber hatte man mir gesagt, Muttchen Braatz habe noch ein weiteres Zimmer zu vermieten - und ich hatte sofort begriffen, welche Trumpfkarte mir da plötzlich in die Hand gespielt worden war: Cloward suchte seit Wochen nach einer angemessenen Unterkunft …

Eine halbe Stunde später hatte ich das Zimmer in seinem Namen gemietet. Der frei gewordene Raum - mit Küchen- und Badbenutzung - war von einem Ehepaar bewohnt worden, das ins Altersheim gegangen war. Ich ließ mir zwei Hausschlüssel von Muttchen Braatz geben, händigte Cloward später aber nur einen aus; den andern behielt ich.

Cloward sah ich fast jeden Tag, und meist gelang es mir, ihn geschickt auszufragen, sodass ich immer aufs genaueste wusste, was sich bei Ziegenhals zugetragen hatte. Einen besseren Spion als den Amerikaner konnte ich mir gar nicht wünschen. Und wenn Ziegenhals wirklich merkte, dass ich mit Cloward befreundet war, dann schadete es auch nichts: Es würde ihn höchstens unsicher machen, und das konnte mir nur recht sein.

Endlich waren wir an der Reihe und konnten unsere Wurstbrötchen in Empfang nehmen. Wir kauften uns noch jeder eine Flasche Florida Boy und suchten uns einen Tisch am Ende des langgestreckten Raumes.

Behutsam lenkte ich dann das Gespräch auf Clowards Wirtin, indem ich mich erkundigte, ob er hier in Berlin immer noch soviel Erfolg bei den Mädchen habe wie damals in Evian am Genfer See.

»Danke, ich kann mich nicht beklagen ...« Dann erzählte er mir in aller Ausführlichkeit von Muttchen Braatz und ihren Schrullen; dann erst kam er endlich auf Ziegenhals zu sprechen: »Der Mann ist völlig durcheinander - leidet offenbar unter Halluzinationen, Verfolgungswahn, was weiß ich ... Eine richtige Arbeit hat er auch nicht.«

Ich muss gestehen, dass ich diese Ausführungen mit innerem Frohlocken vernahm. Wenn das schon die Reaktion auf das gefälschte Statement von Charles Emery war, dann konnte ich wieder hoffen. Schön, er hatte den Trick schließlich durchschaut; er schien aber nichtsdestoweniger in eine nervliche Krise geraten zu sein.

»Ich hab mich ein bisschen mit ihm angefreundet«, sagte Cloward, »aber er ist irgendwie - scheu, ja? Scheu und verstört ... Er muss ein Problem haben, mit dem er nicht fertig wird. Ich möchte wetten, irgendwann dreht der mal durch und wirft sich vor die U-Bahn.«

Vieles, was ich daraufhin in den nächsten Tagen und Wochen tat, scheint auf den ersten Blick albern und kindisch und höchst absurd zu sein; doch es hatte Methode. Meine Strategie war klar: Ich musste Ziegenhals zum Selbstmord treiben.

Mit jeder Selbstmordhandlung wird ein Rückzug aus einer unerträglichen Situation angestrebt. Und ich wollte Ziegenhals so unsicher machen, so ängstigen, so isolieren, dass das Leben unerträglich für ihn wurde - jeden Tag eine kleine, vergiftete Injektion ... Um ein präsuizidales Syndrom in ihm aufzubauen, musste ich an sich belanglose Scherze, Streiche und Gags zu psychologischen Kampfmitteln umfunktionieren, musste ich ihm die Sinn- und Ausweglosigkeit seines Tuns klarmachen, ihn zwingen, sich in eine starke und ohnmächtige Aggression gegen mich hineinzuwühlen, musste ich in ihm den Wunsch nach Ruhe übermächtig werden lassen.

»Dieser Ziegenhals ist schon ein armer Hund«, sagte ich nachdenklich zu Cloward und seufzte ein wenig. »Er kann einem wirklich leid tun. Ich kenne ihn von früher - er saß mal bei mir im Seminar. Dann ist er irgendwie verschollen … jetzt will er wohl sein Studium wieder aufnehmen - aber es ist sinnlos, dass er es tut.«

»Wieso?«

»Ein Freund von mir ist Arzt, und Ziegenhals ist bei ihm in Behandlung. Na ja, und wie das so kommt - durch irgendeinen Zufall erfährt man's dann … Ziegenhals leidet an Leukämie. Nichts mehr zu machen …«

9

ZWISCHENSPIEL MIT EINEM MÖRDER

Er kam vom Fußballplatz und war völlig durchgefroren; hin und wieder fluchte er, weil es beim Spiel auf dem alten Kasernenhof wenig zu sehen gegeben hatte. Vorüberhuschende Mädchen mit Stiefeln und kurzen Röcken, die kräftige Schenkel erkennen ließen, lenkten seine Gedanken schnell in eine andere Richtung, aber einmal hatte die grimmige Kälte sein Blut allzu sehr ins Körperinnere getrieben, sodass er ein Versagen befürchtete, und zum andern hielt er es für besser, wenn man ihn mal eine Zeitlang nicht in der Gesellschaft leichter Mädchen sah.

Es war der zweite Advent, und die Kerzen, die er vom Bürgersteig aus brennen sah, stimmten ihn wehmütig und zornig zugleich. Trotz aller Bemühungen war es ihm noch immer nicht gelungen, eine feste Freundin zu finden. Manchmal kam es ihm so vor, als könnten es ihm alle vom Gesicht ablesen, dass er ein Mörder war. Das war natürlich Blödsinn, aber … Die Erwachsenen, ja: die Erwachsenen, seine Mutter, die Trainer, die Fürsorger, die Wärter und die Lehrer - die waren schuld. Weil sie es nicht geschafft hatten, einen normalen Menschen aus ihm zu machen … jetzt jagten sie ihn, jetzt war es zu spät. Er hatte gemordet. Im Rausch gemordet.

Er bereute es nicht; es gab viel zu viele Menschen auf der Welt, und wenn da plötzlich einer fehlte, fiel das gar nicht weiter ins Gewicht. Er fühlte sich nur von unerbittlichen Feinden umzingelt und fürchtete die Zelle, die ihn für lange Jahre erwartete. Das Grab für einen Lebenden … Er war kein Philosoph, doch eine Frage ließ ihn nicht mehr los: Warum bin ich ausgerechnet Karl-Heinz Prötzel - warum nicht Udo Jürgens, Tom Jones, Roy Black, Thomas Fritsch oder Franz Beckenbauer?

Er hatte es nicht getan. Andere hatten es durch ihn getan; andere ließen ihre Verbrechen durch ihn begehen. Damals im Heim in Ruhleben hatte er immer gesagt, Ralf ist es gewesen, wenn die Schwester am Morgen sein nasses Bett entdeckt hatte. Ralf hatte eine Etage über ihm gelegen.

Prötzel stieß die Tür zur *Heißen Ecke* auf und begrüßte Theo, den stämmigen Wirt, mit einem devoten Kopfnicken. Vor ihm, dem ehemaligen Catcher, hatte er einen höllischen Respekt.

»'Ne Bockwurst mit Salat, 'n Pils und 'n Korn ...« bestellte er.

Er bekam das Verlangte, doch es schmeckte ihm nicht, denn inzwischen war die langbeinige Babsy hereingekommen, und Babsy hatte eine verblüffende Ähnlichkeit mit der Frau, die er in Hamburg erwürgt hatte ... Warum hatte sie nicht tun wollen, wofür er vorher bezahlt hatte? Jedenfalls, er hatte den Ärger davon. Gemeines Aas.

»Willste nich rübakommen?« Er winkte Babsy zu, die ohne Miezi recht verloren wirkte.

»Nee!« Die Blondine wandte sich ab.

Prötzel stürzte den Klaren hinunter. Babsy wollte also nicht ... Seit Oberkommissar Rannow ihn verhört hatte, schienen sie alle zu glauben, er hätte die Miezi ermordet. Dabei war sein Alibi durch nichts zu erschüttern, seine Mutter hatte mehrmals versichert: Mein Sohn ist ab halb zehn zu Hause gewesen! Aber der Bulle hatte so komisch geguckt ... Fehlt bloß noch, dachte er, dass sie bei der Suche nach Miezis Mörder noch auf das Ding in Hamburg aufmerksam ... »Ach, Scheiße!« brummte er halblaut.

Doch der Alkohol, den er sich in immer kürzeren Abständen durch die Kehle rinnen ließ, versetzte ihn alsbald in eine euphorische Stimmung. Noch war die Schlinge für ihn nicht geknüpft; noch ahnte niemand, dass er der Mörder von St. Pauli war. Es sei denn, überlegte Prötzel, dass Bernd Ziegenhals - dass Zicke etwas von seiner engen Beziehung zu Miezi erzählte … Wie gern hätte wohl Rannow in sein Notizbuch geschrieben: Laut Aussage des Zeugen Ziegenhals waren Prötzel und die Ermordete sechs Monate lang miteinander verlobt.

Immer wenn er an Ziegenhals dachte, kribbelte es ihm in den Fingern. Er hasste ihn. Jahrelang aufgestaute Aggressionen drängten nach plötzlichem Abbau. Unzählige Male hatte Ziegenhals ihn besiegt, ausgebeutet, gedemütigt; Bilder zogen an ihm vorüber: Die Schule - Zieghals hatte ihn nie abschreiben lassen, sodass er sitzen geblieben war; das Heim - Ziegenhals hatte ihm nie beigestanden, und so war er regelmäßig verprügelt worden; der Fußballverein - Ziegenhals hatte ihm immer die Vorlagen weggeschnappt und selber die Tore geschossen; die Clique - Ziegenhals hatte sich die besten Mädchen herausgepickt; die Einbrüche und die Diebstähle - Ziegenhals hatte immer den Löwenanteil der Beute für sich beansprucht und war dann noch ungeschoren davongekommen, während er selbst zweimal eingelocht wurde.

Immer wieder Ziegenhals!

Jetzt hatte Ziegenhals ihn in der Hand, und wenn er der Kripo von seiner, Prötzels, Verbindung mit Miezi erzählte und andeutete, dass er sie schon einige Male geschlagen und auch gewürgt hatte … Wenn Ziegenhals aussagte, Vermutungen anstellte und die Beamten auf die richtige Spur führte … Lebenslänglich. Klarer Fall.

Dazu durfte es nicht kommen; soviel stand fest. Er hasste Ziegenhals mit aller Kraft, denn Ziegenhals war hier herausgekommen und hatte es zu was gebracht. Ziegenhals war kein Mörder, den hundert gerissene Bullen jagten. Ein Gedanke tauchte auf, setzte sich fest: Nun kommt es auf einen Mord mehr oder weniger auch nicht mehr an!

Er stand auf, um sich bei Opa Melzer nach Ziegenhals‘ neuer Adresse zu erkundigen. Für seine alten Freunde Ruhlsdorf und Drögnitz, die gerade in die *Heiße Ecke* stürzten, hatte er nur noch einen schnellen Händedruck übrig.

Aber Opa Melzer konnte ihm nicht helfen.

»Tut ma leid, ick hab total vajessen, wo a hinjezogen is …«

Prötzels pickelübersätes Gesicht verfinsterte sich. »Soll ick mal deine A'innerung uffrischen … ?«

»Jck weeß et wirklich nich, jloob ma doch!«

Prötzel stieß ihn brutal aufs Sofa. »Los, raus mitta Sprache!«

»Aua! Lass ma in Ruhe, du … du …!«

»Wo wohnta, he?«

»Jck hab‘s mir uff‘n Fahrschein uffjeschrieb‘n, aba den hab ick dem Kolczyk jejeb‘n.«

»Wer is‘n det?«

»Eena vonne Unni …«

»War det eena von Miezi ihre Kunden?«

»Ick gloobe ja …«

»Und wo wohnt det Arschloch?«

»Keene Ahnung, musste mal inne Telefonzelle nachsehn.«

»Na schön … Aba wenn et nich stimmt, dann schla'ck dir zusammen, dette in keen Sarch mehr passt!«

10

Betr.: Bernd Ziegenhals.
Anlage zum psychiatrischen Gutachten. Abschrift des Tonbandes 3/4.
Locker assoziierende Selbstdarstellung des Probanden. Vom Autor überarbeitet.

Kolczyk setzte seinen Kleinkrieg mit allen möglichen Mitteln fort, manchmal auch mit Mätzchen, die seiner unwürdig waren. Es war klar, dass er mich mit vorgetäuschten Mordanschlägen so lange systematisch zermürben wollte, bis ich Selbstmord beging. Und in mancher Nacht zweifelte ich kaum noch daran, dass seine Rechnung über kurz oder lang aufgehen würde. So wie die Dinge standen, war ich seinen Attacken völlig wehrlos ausgeliefert, und bei meiner fortgeschrittenen Zerrüttung brachten mich schon einige Mückenstiche aus dem Gleichgewicht. Mit meiner Drohung, ihn wegen des Plagiats anzuzeigen und seine steile Karriere jäh zu unterbrechen, besaß ich zwar gleichsam eine H-Bombe, aber Kolczyk wusste genau, dass ich sie nicht hochgehen ließ, weil wir in diesem Fall beide hopsgegangen wären. Solange er sich also unterhalb einer bestimmten Schwelle bewegte, konnte er mich mit seinen Schrotkugeln jederzeit in Angst und Schrecken versetzen.

Nehmen wir mal einen Vorfall, der mir recht typisch für Kolczyks Vorgehen erscheint. Und war es auch idiotisch und höchst kindisch, was er da tat, so hatte es zweifellos Methode.

Es war an einem Mittwoch, kurz vor Weihnachten, und ich war gerade von einer Grippe genesen. Ich stand auf, zum ersten Mal nach drei Tagen, und war noch ziemlich wacklig auf den Beinen. In meinem Kopf dröhnte es noch immer, und ich hatte verdammt trockene Lippen.

Auf dem Weg zur Toilette erlitt ich einen leichten Schwindelanfall und musste mich sekundenlang gegen die Wand lehnen. Obwohl ich am Abend zuvor meine Beruhigungspille geschluckt hatte, war ich nicht vor drei Uhr morgens eingeschlafen, und auch dann war mein Schlaf noch von wüsten Träumen gestört worden. Ich hatte mit Riesenkraken gekämpft, gefesselt auf glühenden Eisenbahnschienen gelegen und mich im klebrigen Schoß kolossaler Sirenen bis zur Bewusstlosigkeit betätigt.

Endlich stand ich vor dem Becken, klappte den Deckel hoch und schlug den Bademantel auseinander. Was ich dann sah, war so erschreckend, dass ich vor der Badewanne zusammenbrach.

Mein Urin war grünlich-blau.

Wie ich später rekonstruieren konnte, hatte Kolczyk seinen Freund Cloward besucht und in unserer gemeinsamen Toilette meine Medikamentensammlung entdeckt. Er hatte sofort geschaltet und ihr zwei spezielle Pillen hinzugefügt. So kam es dann, dass ich später statt meiner Beruhigungspillen sogenannte Desmoidpillen schluckte, Pillen, die man gemeinhin zur Magenfunktionsprüfung benutzt. An der Geschwindigkeit, mit der sie sich zersetzen und den Urin verfärben, können die Ärzte den Säuregehalt des Magens feststellen. Zwei Tage vorher hatte sich Kolczyk auf Anraten von Dr. Sievers einer solchen Prozedur unterziehen müssen, und er hatte die übriggebliebenen Pillen dann noch einige Zeit mit sich herumgetragen …

Jetzt erscheint mir das Ganze höchst albern, aber an dem fraglichen Morgen war mir durchaus nicht zum Lachen zumute. Da war ich so angeschlagen, dass mich schon der kleinste Luftzug umwarf. In dem Augenblick, in dem ich den blauen Urin sah, war ich sicher, dass Kolczyk mich vergiftet hatte. Ich träumte ja jede Nacht davon, dass er mich ermorden würde, und bei seiner heimtückischen Kampfesweise erschien es mir als ausgemacht, dass er es zuerst mit einem Gift versuchte.

Inzwischen hatte ich natürlich bemerkt, dass er mit Cloward befreundet war, aber das hinderte Kolczyk nicht im geringsten daran, den naiven Amerikaner zum Instrument seiner schmutzigen Pläne zu machen. Offenbar hatte Cloward ihm erzählt, dass ich öfter zu ihm herüberkam, um mir Zigaretten zu borgen. Ich traute mich ja nach Sonnenuntergang kaum noch auf die Straße hinunter, und manchmal gingen mir abends die Zigaretten aus. Da ich mir das Kettenrauchen angewöhnt hatte, war das immer besonders schmerzlich. Und was hatte Kolczyk mit dieser Information angefangen? Er hatte Cloward Zigaretten geschenkt und bei einigen von ihnen kleine Knallkörper in den Tabak gesteckt.

Nichtsahnend und in die Lektüre der *Blechtrommel* vertieft, lag ich an einem Sonnabend im Bett, als meine Zigarette mit einem mächtigen Knall auseinander flog und der Tabak wie Schnee von der Decke rieselte. Ein Schuss, war mein erster Gedanke, ein Kopfschuss, aus! Es dauerte Sekunden, bis ich begriff, was los war. Und auch als Cloward in der Tür stand und sich vor Lachen bog, zitterte ich noch immer am ganzen Körper. Es dauerte wohl eine halbe Stunde, bis sich mein Puls wieder normalisiert hatte. Und erst als ich eine halbe Flasche Dujardin ausgetrunken hatte, konnte ich einschlafen. Am nächsten Morgen, als ich dann brechend vor der Toilette kniete und sich mein Herz zusammenkrampfte, glaubte ich wirklich, mein letztes Stündchen hätte geschlagen. Aber schweißüberströmt hatte ich mich noch einmal aufrappeln können.

Der schlimmste Schlag aber traf mich, als ich eines Abends leise die Treppe hinunterging, um meinen Abfalleimer auszuleeren. Ich hörte Cloward im Zimmer von Muttchen Braatz, offenbar sprach er von mir. »... ein armer Kerl. Von seinem Arzt weiß ich, dass er an Leukämie leidet. Da ist nichts mehr zu machen!«

»Mein Gott!« rief Muttchen Braatz.

Das hörte ich noch, dann brach ich auf der Treppe zusammen. Ich kam erst wieder zu mir, als mir Dr. Sievers eine mächtige Spritze in den Arm jagte. Als ich meine Befürchtung hervorstieß, lachte er nur und erzählte was von den verschiedenen Phobien, die es gibt. Es dauerte vierzehn Tage, bis meine total verkrampfte Galle wieder einigermaßen arbeitete und ich etwas anderes als Haferschleim zu mir nehmen konnte. Dann stellte ich mich dumm und fragte, ob er Kolczyk kennen würde. Dr. Sievers lächelte: Natürlich, einer meiner besten Freunde ... Also hatte Kolczyk das eingefädelt. Dieses Schwein! Verzeihung, aber ich war völlig fertig, völlig mit den Nerven runter.

Langsam begann ich mich zu fragen, ob ich mein Parasitentum nicht zu teuer bezahlte. Lange hielt ich diese nervlichen Belastungen nicht mehr aus. Je mehr ich durchdrehte, desto schlimmer wurde die Wirkung der nächsten Attacke. Am Ende würde es noch so kommen, dass ich einen Herzschlag erlitt, wenn Kolczyk eine Papiertüte zerplatzen ließ. Ich war zu labil, ich war nicht zum Erpresser geboren, und die Nervenheilanstalt schien mir sicher. Es war schon so weit mit mir, dass ich Eier ohne Wasser zu kochen versuchte, meine Unterhose mit dem Schlitz nach hinten anzog und mich am Telefon mit Kolczyk meldete. Aber einen Weg zurück gab es nicht mehr!

Auch das Telefon nutzte Kolczyk für seine Zwecke aus, und mitunter klingelte es nachts und eine verzehrte Stimme stieß Drohungen aus oder ich hörte minutenlang nur ein metallisches Klicken, manchmal auch ein hämisches Lachen.

Ich erzähle Ihnen das nicht, weil ich auf mildernde Umstände oder auf den Paragraphen 51 hoffe, sondern nur, um zur Wahrheitsfindung beizutragen. Aber ich bitte Sie ganz inständig, sich einmal zu fragen, ob Kolczyk nicht ein wenig verrückt gewesen ist, ob er nicht einen kleinen Dachschaden hatte.

Aber damit nicht genug, Kolczyk schickte mir auch ab und zu recht zwielichtig aussehende Vertreter ins Haus, in denen ich jedes Mal professionelle Killer vermutete. Die meisten wollten mir Möbel, Fernlehrgänge, Versicherungspolicen, Autos und Zeitschriften verkaufen.

Mittlerweile wurde ich immer sicherer, dass Kolczyk mich schließlich doch ermorden würde, wenn er es nicht schaffte, mich zum Selbstmord zu treiben. Sehen Sie, erst hatte ich ja nur Angst vor einem gewaltsamen Tod haben sollen, um dann - nervlich völlig zerrüttet - Selbstmord zu begehen; jetzt aber, wo sein Rezept zu versagen drohte, musste er zur direkten Aktion übergehen, zum Mord. Anders konnte er mich nicht mehr loswerden, schließlich hatte seine psychologische Kriegführung nicht zum gewünschten Ergebnis geführt. Zwei Selbstmordversuche reichten mir!

Am 20. Dezember, einem Mittwoch, geschah es dann. Es mochte gegen 16 Uhr sein, ich hatte gerade Nabokovs *Lolita* vor, als es klopfte.

»Herein!« Ich hoffte im Stillen auf eine gut gebaute Kosmetik-Vertreterin, die sich vielleicht zu einer speziellen Vorführung eines Intim-Sprays überlisten ließ. Aber es war nur Muttchen Braatz. Sie hielt ein Päckchen in der Hand, nicht größer als eine Zigarrenkiste.

»... der Postbote hat es vorhin abgegeben. Und ich wollte mal sehen, wie's Ihnen geht. Huch, es schellt schon wieder!« Damit eilte sie nach unten.

Es war ein ganz gewöhnliches Päckchen, hellbraunes Packpapier, Tesafilm, zwei Briefmarken. Ich wog es kurz in der Hand, es mochte 500 Gramm wiegen, vielleicht auch ein wenig mehr. Ein Absender war nicht vermerkt - wer sollte mir auch schon ein Päckchen schicken. Aber irgendwie wurde ich jetzt stutzig.

Da! Ich hörte ein leises Ticken.

»Eine Höllenmaschine!« Ich federte hoch, riss die Tür auf, stürzte auf den Korridor, griff meinen Mantel und sprang die Treppen hinunter. Nur weg hier, sollte doch der ganze Schuppen in die Luft fliegen! Wenn sie Clowards Leiche fanden, war Kolczyk ein Mörder, und ich hatte meine Rache!

Erst unten im Wagen kam ich wieder zu mir. Natürlich war keine Detonation erfolgt, Kolczyk hatte mir einen großen Wecker geschickt ...

Ich schaltete das Radio ein und steckte mir eine Zigarette an. Diesmal überwand ich den Schock schneller als sonst, weil ich mir sofort geschworen hatte, dem ganzen Spuk ein für allemal ein Ende zu bereiten. Zwar verspürte ich wieder einen heftigen Brechreiz, und in meinen Ohren dröhnte es, als stünde ich unter einem Wasserfall, aber zugleich durchströmte mich eine lange nicht gespürte Kraft.

Jetzt wusste ich, was ich zu tun hatte. Ich war sicher, dass Kolczyk wie die meisten Intellektuellen unter einer tief verwurzelten Furcht vor körperlichen Schmerzen litt, und ich hatte Dutzende von Schlägereien durchgestanden, ich kannte alle Kniffe, ich beherrschte eine Menge Judogriffe, und meine Aufwärtshaken hatten schon manchen Gegner zu Boden geschickt.

»Jetzt schlage ich zurück, jetzt schlage ich dich zusammen ...« flüsterte ich, berauscht von meinem eigenen Mut. »Du wirst mir nie wieder ein Päckchen ins Haus schicken, du wirst mich nie wieder zum Narren halten! Ich mache dich fertig, ich verprügle dich wie einen räudigen Hund, ich bügle dir die Kimme aus dem Arsch - und du wirst alles einstecken, ohne um Hilfe zu rufen, ohne zur Polizei zu rennen, denn du hast viel zu große Angst, dass alles auffliegt. Du wirst mir für alles büßen, für die Zigaretten, für die Pillen, für die Vertreter, für das Päckchen, das garantiere ich dir!«

Es war dunkel geworden, und ich fuhr los, um mit Kolczyk abzurechnen.

Zehn Minuten später hielt ich in der Eppinger Straße, keine zwanzig Meter von seinem Anwesen entfernt. Der Platz war gut gewählt, denn von den ohnehin weit verstreuten Laternen war eine ausgefallen, sodass Passanten, die die Breisacher Straße entlang kamen, mich kaum sehen konnten. Und wenn wirklich jemand um die Ecke bog oder seine Gartentür öffnete, dann war es auch nicht weiter schlimm, ich brauchte bestenfalls dreißig Sekunden für meine Aktion.

In Kolczyks Arbeitszimmer brannte noch kein Licht, aber sein cremefarbener Mercedes 220 SE stand vor der Tür. Daraus konnte ich schließen, dass er drüben in der Uni hockte und arbeitete. Vom Gebäude der Wirtschafts- und Sozialwissenschaftlichen Fakultät in der Garystraße bis zu seinem Haus waren es zu Fuß kaum drei Minuten. Dieser Tatbestand kam meinen Plänen sehr entgegen.

Ich wartete, zehn Minuten, zwanzig Minuten, eine halbe Stunde. Keine Spur von Kolczyk. Aber ich fluchte nicht, ich genoss dieses Warten, denn so konnte ich meine Vorfreude voll und ganz auskosten. Endlich war der Tag gekommen, wo ich ihm eine Lektion erteilen konnte. Ich fieberte vor innerer Erregung, gleichzeitig spürte ich etwas wie Angst. Keine Angst vor Kolczyk und seinem Widerstand, sondern Angst davor, dass ich zu heftig zuschlagen und ihn töten könnte.

Da! Ich schreckte hoch, im Wohnzimmer war das Licht angegangen. Jemand kam herein und stellte eine silberne

Schale mit Mandarinen oder Apfelsinen auf den Tisch. Eine Frau, zwischen vierzig und fünfzig, ein wenig füllig, ein bisschen Studienrätin, ein bisschen Genossin, andererseits auch wieder auffallend mütterlich. Das graue Kostüm, das sie trug, ließ sie älter und massiger erscheinen, als sie eigentlich war. Ihre Züge hatten etwas Slawisches, das mich faszinierte. Im ersten Moment hielt ich sie für irgendeine Verwandte oder auch die Haushälterin, dann aber, als sie eine Art Safe öffnete und ein halbes Dutzend Geldscheine herauszog, wurde mir schlagartig klar, dass es sich um Kolczyks Frau handelte.

Ich will mich durchaus nicht entlasten, aber so wie sie habe ich mir immer meine Mutter vorgestellt. Sie können sich die Bilder, die mir von meiner Mutter geblieben sind, ja mal ansehen, dann werden Sie mir recht geben. Jedenfalls stand mein Wunsch, in dieses Haus und von seinen Bewohnern aufgenommen zu werden, von nun an fest.

Dabei war ich mir völlig über das Widersprüchliche meiner Situation bewusst. Ich fühlte mich instinktiv zu dieser Frau hingezogen, und dennoch saß ich hier draußen im Wagen und wartete darauf, ihren Mann zusammenzuschlagen und damit auch ihr Schmerzen zuzufügen.

Doch ich konnte nicht mehr zurück, es musste sein! Einer von uns beiden, hatte er gesagt, und wenn ich ihn jetzt nicht bremste und einschüchterte, dann konnte ich meine eigene Beerdigung bestellen.

Jetzt war es 18 Uhr, im zweiten Programm des RIAS begannen sie mit den Sportnachrichten, aber immer noch keine Spur von Kolczyk. Ich hatte Mühe, meinen Zorn am Kochen zu halten.

Ich hatte mir gerade eine Zigarette angezündet, die fünfte bereits, als sich die Haustür öffnete und das Mädchen erschien, das mir schon bei meinem ersten Besuch aufgefallen war. Graziös wie eine Balletttänzerin lief sie zur Gartentür.

Vor dem Nachbargrundstück hielt ein großer Opel, ein Admiral. Ein gut gekleideter Herr stieg aus.

»Guten Abend, Fräulein Kolczyk!« rief er über den Zaun. »Die besten Empfehlungen an den Herrn Papa!« Dann verschwand er in seiner Garage.

Fräulein Kolczyk, seine Tochter also!

Die Sekunde, die auf diese Erkenntnis folgte, ist wohl die entscheidende in meinem Leben gewesen.

Jäh schoss mir ein Gedanke durch den Kopf: Das ist die Lösung - du musst sie heiraten, dann hast du es geschafft, dann kann dir nichts mehr geschehen!

Sie stieg in den Mercedes ihres Vaters und fuhr los, ich folgte ihr ganz mechanisch, ganz von selbst.

Ein genialer Schachzug! Mit einem einzigen Zug konnte ich eine Unmenge von Zielen erreichen. Zuerst einmal begehrte ich sie, heftig sogar. Ich hatte schon immer ein Faible für diese langbeinigen, überschlanken Geschöpfe gehabt, mit diesem Hauch von Lolita-Verworfenheit. Außerdem - und das war nicht weniger ins Gewicht fallend -, wurde ich damit Mitglied dieser Familie, dieses Clans, konnte in diesem Haus aus und ein gehen und mich von dieser in sich ruhenden Frau bemuttern lassen. Ganz zu schweigen davon, dass ich als Kolczyks Schwiegersohn in den Genuss seiner Beziehungen kam. Schließlich - und das war wohl das Ausschlaggebende - hatte ich mit diesem Zug ein ewiges Patt, wenn nicht gar den Sieg über Kolczyk errungen. Was blieb ihm dann noch anderes übrig, als gute Miene zum bösen Spiel zu machen? Wenn seine Tochter mich liebte, dann würde er niemals die Kraft haben, sein und ihr Leben mit einer Anzeige zu zerstören, das war sicher. Wenn es mir also gelang, dieses Mädchen zu gewinnen, dann war er vollkommen machtlos, dann konnte ich ihm praktisch auf der Nase herumtanzen.

Fast tat sie mir leid, dass sie auf diese Art zur bloßen Figur in einem teuflischen Spiel werden sollte, das hatte sie bestimmt nicht verdient. Aber was half's - er oder ich! Und sie hatte ja eine faire Chance, sie brauchte mich nur abzulehnen. Schließlich wollte ich sie nicht entführen oder vergewaltigen.

Inzwischen rollten wir schon die breite Straße Unter den Eichen entlang und näherten uns dem Botanischen Garten. Ich hielt mich dicht hinter ihr, was aber bei dem immer noch lebhaften Verkehr nicht auffiel. Ab und zu suchte ich Deckung hinter den gelben Bussen der Linie 48 oder hinter Lastzügen, die vom Zehlendorfer Kleeblatt kamen und in die Innenstadt wollten. Mein weiteres Vorgehen hatte ich schon in allen Einzelheiten festgelegt.

Kurz hinter dem hellen Schlosspark-Theater war es dann so weit. Ich überholte ihren Wagen, schnitt sie etwas, fuhr ein Stückchen vor ihr her, wartete ein paar Sekunden, schaltete in den zweiten Gang hinunter und bremste urplötzlich. Und es gelang! Mein Oberkörper lag noch auf dem Lenkrad, als es hinter mir schepperte. Ein kleiner Stoß warf mich nach hinten in das Polster.

Wir lenkten die Wagen an den Straßenrand und stiegen aus, um uns den Schaden zu besehen. Ein zauberhaftes Mädchen! Dunkle Haare, dunkle Augen, lange Wimpern, eine schmale Nase, eine hohe Stirn, Lippen mit Perlmuttglanz, niedliche Zähnchen, ein reizend aufreizendes Kinn. Ein süßer Fratz! Am liebsten hätte ich sie auf der Stelle geküsst.

Sie war sehr unglücklich.

»Mein Gott, auch das noch! Mein Vater wird in Ohnmacht fallen, wenn er das sieht!«

»Seien Sie doch froh, wenn er in Ohnmacht fällt, dann kann er wenigstens nicht mehr schimpfen.«

Ein Augenaufschlag, ein prüfender Blick. Sie spielte mit dem Glas ihres zersplitterten Scheinwerfers. »Ich hatte gerade über was nachgedacht.«

»Ich nicht, aber von diesem Augenblick ab werde ich das bis an mein Lebensende tun ...« Ich warf meinen ganzen Charme in die Waagschale. »Die Schuld trifft mich wahrscheinlich - ich hätte nicht bremsen dürfen ...«

Sie war verwirrt. »Ja, aber ... Ach, der schöne Wagen!«

C'est le premier pas, qui côute ... ja, der erste Schritt entscheidet wohl immer, und ich hatte Angst, ihn zu tun. Doch schließlich, als wir schweigend die zerbeulten Stoßstangen gemustert hatten, sagte ich mit gepresster Stimme: »Hundert Meter weiter ist ein Café ... Hier ist es zu kalt ... Vielleicht sollten wir uns da reinsetzen und alles in Ruhe besprechen ... ?«

Sie zögerte ein, zwei Sekunden, dann sagte sie kühl und immer noch etwas abwesend: »Das dürfte wohl das Beste sein ...«

II

Tagebuchaufzeichnungen von
Prof. Dr. Rüdiger Kolczyk.
Anhand aufgefundener Fragmente vom Autor rekonstruiert.

Oft, und besonders in den Nächten, in denen ich nicht schlafen kann, frage ich mit zermürbender Verbissenheit nach den letzten Gründen meines Handelns. Doch eher könnte ich wohl die Schneeflocken zählen, die in der Dunkelheit vor meinem Fenster herabrieseln, als sie alle aufzuspüren.

Mord - welch faszinierendes Wort! Ah, nun gerate ich langsam in die Gesellschaft der Mystiker und Lyriker. Das allerdings ist kein Wunder, denn dies hier schreibe ich um fünf Uhr morgens nieder, und draußen wird es bereits hell. Aber andererseits entwickelt der Geist in diesen frühen Morgenstunden eine fast hellseherische Klarheit …

Der Tag, an dem ich beschloss, Bernd Ziegenhals zu töten, begann wie jeder andere. In meinem Innern war schon alles vorbereitet, es fehlten nur noch die Auslöser. Ich weiß noch das Datum, es war Dienstag, der 12. März.

Es war 7 Uhr, als mich der Wecker aus meinen letzten, recht plastischen Träumen riss. Wie so oft in letzter Zeit hatte Beate Blau, meine bislang nur leidenschaftlich geküsste und umarmte Sekretärin, darin eine Rolle gespielt.

»Einen recht schönen guten Morgen!« rief Reinhild, die schon Sekunden nach Verklingen des Weckers von ärgerlicher Munterkeit war.

»Morgen …« brummte ich.

»Du, Rüdiger, ich hätte heute Lust, mal wieder ins Kino zu gehen …«

»Kannst du ja machen …«

»Ich dachte, wir gehen zusammen und essen hinterher irgendwo am Kurfürstendamm.«

»Tut mir leid, ich muss heute Abend arbeiten!« erwiderte ich ziemlich schroff, obwohl ich an sich gern ins Kino ging und jetzt, während der Semesterferien, auch nicht viel zu tun hatte. Wusste ich in diesem Augenblick schon, dass der Tag X gekommen war?

»Schade … « Reinhild stand auf und streifte ihr zerknittertes Nachtgewand ab. »Es hätte mich auch sehr gewundert. Du bist in letzter Zeit so anders …«

Ich schloss die Augen, um dem Anblick ihrer Brüste zu entgehen.

»So … ?«

»Ja. Du trinkst zu viel, - du phantasierst jede Nacht, du siehst schlecht aus, du hast immer deinen Durchfall …«

»Hast du sonst noch was an mir auszusetzen!« Ich warf meine Decke zur Seite, griff mir meinen blauen Bademantel und lief aus dem Schlafzimmer.

Draußen auf dem Korridor stand Ginny, in ein fusseliges Ding gehüllt, und telefonierte mit Ziegenhals. Dass er ihr frühmorgendlicher Gesprächspartner war, schloss ich aus ihren leuchtenden Augen und dem etwas zu lauten Lachen.

Ich zog die Badezimmertür hinter mir zu, um nicht neugierig zu wirken und einen der gefürchteten Tobsuchtsanfälle meiner Tochter auszulösen. Aber das, was ich gehört hatte, reichte mir auch so. In hilfloser Wut drehte ich den Wasserhahn auf.

Mit allen mir verfügbaren psychologischen Mitteln hatte ich versucht, ihre Sympathie für Ziegenhals zu unterminieren, doch ich hatte nur das Gegenteil erreicht. Offenbar liebte sie ihn wirklich, und mich quälte jetzt die Frage, ob … Ich wusste mit ziemlicher Sicherheit, dass sie bereits mit achtzehn Jahren ihr erstes Liebeserlebnis gehabt hatte, was ich ihr ehrlichen Herzens gegönnt hatte. Aber wenn ich mir vorstellte, wie sie und Ziegenhals ... Der Gedanke daran versetzte mich in ohnmächtige Raserei. Das war Folter für mich, das waren Daumenschraube, Folterleiter, spanischer Bock, Rad und Schwitzkasten zugleich. Das war widernatürlich, das durfte nicht sein.

Ich hänge an meiner Tochter, ich liebe sie, und ich habe ein Recht darauf, sie zu behüten, Ziegenhals ist das Böse, ist das Übel, ist der Teufel, und sie darf ihm nicht verfallen! Ich habe sie nicht nur gezeugt, ich habe ihr auch manchmal das Leben gerettet. Es gibt Tausende von Männern, die ich akzeptiere, doch ich werde es nicht dulden, dass sie Frau Ziegenhals wird. Das darf einfach nicht geschehen!

Ich müsste Seiten und Seiten füllen, um darzustellen, was Ginny mir bedeutet. Ich habe sie nicht mehr als zwanzig Jahre geliebt, gelenkt und beschützt, um sie nun einem Erpresser, einem Verbrecher auszuliefern! Die Wahrheit konnte ich ihr nicht sagen, und mit warnenden, väterlichen Worten konnte ich sie nicht von Ziegenhals trennen - also blieb nur der Mord!

Getötet hatte ich schon einmal. Damals in der Schlacht um Berlin. Ich stand in der ersten Etage eines zerschossenen Mietshauses, zwei russische Soldaten liefen auf den Eingang zu, die Siegesfreude ließ sie unvorsichtig werden. Ganz automatisch zog ich meine letzte Handgranate ab und warf sie hinunter.

Ich muss erst einen Cognac trinken, ehe ich weiterschreiben kann, so jetzt geht es wieder!

Nun zu dem Morgen, an den ich immer zurückdenken muss. Ich hatte gerade gefrühstückt, als das Telefon läutete. Reinhild ging auf die Diele hinaus, nahm den Hörer hoch, lauschte einen Augenblick, verzog das Gesicht und kam ins

Zimmer zurück.

»Für dich. Fräulein Blau.«

»Nanu, warum denn das …?« Ich stand auf, nicht zu hastig, und machte ein möglichst mürrisches Gesicht.

»Morgen, Rüdi!« flötete sie. »Ich hab Halsschmerzen, ich kann heute nicht ins Büro kommen …«

»Das tut mir leid«, sagte ich mit der unpersönlichen Stimme eines Nachrichtensprechers. »Aber was wird dann mit meinem Manuskript für den RIAS, das soll doch heute Mittag da sein … ?«

»Hab ich noch gestern Abend getippt, es liegt hier bei mir auf dem Nachttisch …«

»Ah, gut. Ich lasse es dann abholen. Also gute Besserung, Fräulein Blau.«

Eine knappe halbe Stunde später hielt ich vor einem Neubau in der Lietzenburger Straße, wo Beatchen ein Zwei-Zimmer-Appartement bewohnte. Ich sah deutlich, wie sich oben die Gardine bewegte, sie wartete also schon auf mich. Doch ich zögerte, ich wagte einfach nicht, die Wagentür aufzumachen und auszusteigen. Ich wusste genau, was die nächsten Minuten bringen würden, zu lange hatten wir es hinausgezögert, zu viel Triebenergie hatte sich schon aufgestaut. Und mit einer nie gekannten Erregung hatte ich mir beim Fortgehen zwei Präservative in die Tasche gesteckt.

Endlich, es mochte inzwischen 10 Uhr geworden sein, stieg ich aus und fuhr mit dem Fahrstuhl hinauf. Beatchen empfing mich in einem karminroten Morgenmantel und Stiefeln. Sie wusste genau, wie sehr mich das erregte.

Doch als ich sie dann in den Armen hielt und sie mit erfahrenen Händen an meinem Körper herunterstrich, verflog meine Erregung plötzlich, und ich konnte wieder klar denken.

Ich durfte es nicht riskieren, mir eine zweite Front zu schaffen; Ziegenhals beanspruchte meine ganze Kraft. Ich wusste, dass Beatchen es darauf abgesehen hatte, mich zu heiraten, wobei ihr sicher jedes Mittel recht war. Bestimmt hatte sie diesen Tag mit Vorbedacht und unter Berücksichtigung ihres Thermometers gewählt, um ein Kind zu konzipieren. Dann hatte sie etwas, womit sie Druck auf mich ausüben konnte. Dass es mit meiner Ehe nicht zum Besten stand, wusste sie sowieso - andererseits unterschätzte sie aber die Macht der Gewohnheit, die aus einer so langjährigen Bindung entsteht. Nein, einen Skandal konnte ich mir jetzt nicht leisten - dann hatte Ziegenhals endgültig gesiegt.

Diese Gedanken schossen mir durch den Kopf, als es fast schon zu spät war. Wie ich es fertig brachte, mich zu beherrschen, das ist mir heute noch ein Rätsel, aber ich machte mich von ihr los. Leicht ist es mir nicht gefallen, das gestehe ich ein, denn ihre kalte Berechnung beeinträchtigte meine Begierde nicht im geringsten.

»Komm doch! Was ist denn? Worauf warten wir noch!« keuchte sie.

»Ich … ich … «

»Was hast du denn?« Sie begriff, dass etwas schiefgegangen war. »Du kannst wohl nicht, was? Ist ja zum Totlachen - der smarte Herr Doktor ist ein Schlappschwanz!« Sie begann wie wild zu lachen.

»Hör auf, hör doch auf!« Ich schlug sie, bis sie zur Besinnung kam und Hass in ihren Augen stand.

»Ich kündige, ich will dich nicht mehr sehen, mach, dass du rauskommst, aber schnell!«

Ich riss mein Manuskript vom Nachttisch, ordnete meine Kleidung und stürzte auf den Treppenflur hinaus. Ich schämte mich, und ich hätte mich ohrfeigen können. Ich war ein Narr, ich war ein Dummkopf! Aber die eigentliche Schuld an diesem Rückzug gab ich diesem verdammten Ziegenhals. Wäre er nicht gewesen, dann hätte ich freie Hand gehabt, dann …

Ich stöhnte noch jetzt.

Meine Erregung klang derart langsam ab, dass ich an der Ecke Lietzenburger und Joachimstaler Straße nur um Haaresbreite einem Zusammenstoß mit einem Doppeldeckerbus der Linie 81 entging. Mir blieb nichts weiter übrig, als den Wagen in der Rankestraße abzustellen und mit einer Taxe zum RIAS zu fahren. Dort war man höchst erleichtert, dass das Manuskript noch rechtzeitig eingetroffen war und bat mich, es gleich an Ort und Stelle auf Band zu sprechen. Doch nach fünf vergeblichen Anläufen erschien es den Herren dann sinnvoller, einen eigenen Sprecher einzusetzen, denn ich verhaspelte mich bei jedem Satz.

Nun erst recht verwirrt, lief ich durch den Volkspark und ging zu Fuß die Bundesallee hinunter. Wagen zogen an mir vorüber, Gesichter tauchten auf und verschwanden wieder, und wenn ich die Augen schloss, sah ich Ziegenhals vor mir. Ich war sein Gefangener, und er konnte mich nach Belieben foltern. Und da er mein eigenes Ich zu seinem Folterinstrument gemacht hatte, konnte ihn nichts an seinen Taten hindern. Es sei denn, ich hätte mich von Grund auf geändert und hätte auf Ruhm und Ehre und Ämter verzichtet. Aber das war unmöglich, ich war nun einmal so programmiert und konnte nicht anders. Also blieb mir nur die Möglichkeit, ihn auszuschalten, ihn zu vernichten, in ihm nur die Mücke zu sehen, deren Zerquetschen keine Sünde ist. Vielleicht war es schon Größenwahn, wenn ich mir sagte, dass ein elender Wicht wie dieser Ziegenhals nie und nimmer das Recht hatte, einen Mann wie mich auch nur eine Sekunde lang aufzuhalten. Hatte ich doch erst vor wenigen Tagen einen Ruf an eine westdeutsche Universität erhalten und damit mein langersehntes Nahziel erreicht, Ordinarius für Soziologie zu werden. Prof. Dr. Rüdiger Kolczyk - das hatte einen faszinierenden Klang. Im Freundeskreis war ich schon gebührend gefeiert worden.

Bei der zunehmenden Verwissenschaftlichung politischer Entscheidungen und dem Hang in diesem Lande, eigene Argumente mit professoralen Worten aufzuwerten, sah ich berechtigte Chancen, einmal zum Staatssekretär - wenn nicht gar zum Minister - zu avancieren.

Von diesen und ähnlichen Gedanken berauscht und erschüttert, erreichte ich meinen Wagen und stieg ein, um zum Essen nach Hause zu fahren.

Ich rollte den Kurfürstendamm hinunter. Niemand schenkte mir besondere Aufmerksamkeit, niemand ahnte, was mich bewegte, nichts hob mich von tausend anderen Bürgern ab.

Eine Stelle aus *Wilhelm Tell* fiel mir plötzlich ein. *Sie alle ziehen ihres Weges fort an ihr Geschäft - und meines ist der Mord!*

Reinhild, die Hausmannskost liebte, trug Erbsen mit Speck auf und schwärmte, als wir uns zum Essen niedergelassen hatten, pausenlos von Ziegenhals.

»... ein netter und wohlerzogener junger Mann. Du, ich hab so das Gefühl, dass Ginny und er ... «

Ich bekam einen Hustenanfall. »Unsere Tochter darf ja wohl etwas höhere Ansprüche stellen. Der junge Mann ist nichts und hat nichts ... «

»Willst du dich einer jungen Liebe entgegenstellen?«

Ihr sentimentales Lächeln brachte mich in Wut. »Bitte, verschone mich mit derartigen Gemeinplätzen.«

Reinhild war vernarrt in Ziegenhals, denn er umschmeichelte sie in einer geradezu unverschämten Weise. Er brachte ihr Rosen und Pralinen, küsste ihr die Hand, lauschte aufmerksam ihren langweiligen Geschichten, litt mit ihr, wenn sie von ihren diversen Krankheiten berichtete, und erweckte beinahe den Eindruck, als schwanke er ernsthaft, wem - Mutter oder Tochter - er den Vorzug geben sollte.

»Schön, er war ein bisschen verkommen, als Ginny ihn kennen gelernt hat«, gab Reinhild zu, während sie mit ihren kräftigen Zähnen eine Speckschwarte zermalmte, »aber er hat sich in letzter Zeit mächtig am Riemen gerissen. Mr. Cloward hat mir neulich erzählt, er wäre einer deiner besten Studenten …«

So ging es ohne Unterlass.

Nach dem unerquicklichen Mahl verschwand ich in meinem Arbeitszimmer und schloss das Geheimfach meines alten Schreibtischs eilig auf. Hier waren die Manuskripte versteckt, die ich aus Ziegenhals' alter Wohnung mitgebracht hatte. Sie waren alle mit der Hand geschrieben, denn offensichtlich hatte er nie das Geld für eine Schreibmaschine zusammen bekommen. Ziegenhals hatte etliche Romane, Schauspiele und Kurzgeschichten verfasst, aber meine besondere Aufmerksamkeit galt einem kümmerlichen Roman, der den schönen Titel *Das Ende eines Löwen* trug. Es war die Geschichte eines Fußballstars, der durch einen Tritt in den Unterleib seine Potenz verloren hatte und nun dahinvegetierte. Der Unglückliche hörte auf den Namen Bernd Zühlke und war schließlich so weit mit den Nerven runter, dass ihm nur noch der Selbstmord blieb. Doch bevor er die Gashähne aufdrehte, setzte er sich noch an den Küchentisch und verfasste einen Abschiedsbrief, der in etwa so lautet:

Ich bin am Ende, ich kann nicht mehr weiter. Kein Mensch versteht mich, keiner will wissen, wie es in mir aussieht. Das Leben ist so sinnlos, es gibt keine Zukunft mehr für mich. Ich verfluche die Welt, die mir meine Eltern genommen hat, die kein Mitleid kennt. Mich braucht ja doch keiner! Niemand wird mich vermissen. Ich hoffe nur, dass bald eine gewaltige Atombombe diese mistige Welt auseinander sprengt und alle zum Teufel gehen. Dann sehen wir uns wieder!

Bernd Z.

Das war sicherlich kein Meisterwerk von Abschiedsbrief, aber einmal hatte Ziegenhals diesen Bernd Zühlke als ziemlichen Einfaltspinsel und halben Analphabeten geschildert und zum andern war Ziegenhals selbst nur ein mäßiger Schriftsteller. Aber für mich war dieser Brief von unschätzbarem Wert, denn Ziegenhals hatte ihn mit der Hand auf einem gesonderten DIN-A 4-Bogen geschrieben, und die Angaben waren so allgemein gehalten, dass sie durchaus auf Ziegenhals selbst passten.

Dieser Brief forderte mich geradezu auf, ihn für meine Pläne zu verwenden. Wenn ich mich nun in Ziegenhals' Wohnung schlich, diesen Abschiedsbrief auf den Tisch legte und dann die Gashähne aufdrehte, so hatte ich den perfekten Mord begangen.

Wer wusste schon, dass Ziegenhals ihn in einer ganz anderen Absicht geschrieben hatte? Niemand, zumal Cloward bestimmt aussagen würde, dass Ziegenhals sich in einem nervlich zerrütteten Zustand befunden habe.

Ein genialer Gedanke! Und seine Verwirklichung ein Kinderspiel!

Aber wahrscheinlich hätte ich auch diesen Märztag ungenutzt verstreichen lassen, wenn ich nicht am Nachmittag mit Johnny Cloward zusammengetroffen wäre. Ich wollte gerade die Tür zur Bibliothek aufstoßen, wo ich Material für meine Vorlesungen im Sommersemester zusammentragen musste, als der Amerikaner um die Ecke bog. Er trug einen kleinen schwarzen Koffer in der Hand und strahlte übers ganze Gesicht.

»Du, ich fliege heute Abend nach Hamburg. Ich hab da

neulich ein Mädchen kennen gelernt, Mannequin, mit eigener Wohnung - die hat mich übers Wochenende eingeladen!«

»Na, dann viel Vergnügen!«

»Ach so, ja, ich hab dir ja noch gar nicht zu deinem Lehrstuhl gratuliert. Freut mich mächtig für dich. Herr Professor Dr. Rüdiger Kolczyk, nicht schlecht! Und in Bochum lässt sich's bestimmt auch leben.« Er schüttelte mir die Hand. »Meinen herzlichen Glückwunsch! Wann zieht ihr denn um?«

»Erst Ende des Jahres ... Dann beginnt auch bald der Wahlkampf. Du weißt ja, dass sie mir einen ziemlich sicheren Wahlkreis in der Nähe von Dortmund gegeben haben - pass auf, im nächsten Jahr sitze ich im Bundestag und mache Schlagzeilen.«

»Davon bin ich überzeugt, du wirst es schon schaffen! Wie wär's denn, wenn wir deinen unaufhaltsamen Aufstieg mit einer Flasche Sekt begießen, ein paar Minuten Zeit hab ich schon noch ... ?«

»Okay!«

Wir fuhren zu einem alten Restaurant am U-Bahnhof Dahlem und ließen uns eine Flasche Champagner bringen. Cloward wurde von Sekunde zu Sekunde fröhlicher und erzählte pausenlos von Muttchen Braatz und Ziegenhals.

»... Muttchen Braatz ist gestern zu ihrer jüngsten Tochter nach München geflogen ... Na, und ich bin auch nicht zu Hause, da hat ja Ziegenhals wieder 'ne sturmfreie Bude. Entschuldige, wenn ich deine Gefühle verletze, aber deine Tochter ... Ich krieg's ja immer aus nächster Nähe mit, die Wände sind nicht besonders dick. Und ich Idiot hab Ginny für ein Kind gehalten! Na, vielleicht krachen sich die beiden mal, oder er landet in 'ner Klapsmühle. Wundern tät's mich nicht.«

Heute oder nie, dachte ich, als ich mein Glas leerte; eine ähnlich günstige Konstellation war in den nächsten Monaten sicher nicht mehr zu erwarten. Mit Muttchen Braatz und Cloward außer Haus gefährdete ich auch keinen anderen. Und dass Ginny - wie Cloward annahm - den Abend mit Ziegenhals verbringen würde, damit war nicht zu rechnen, denn erst einmal arbeitete sie recht verbissen an einem Referat über das latente Lernen, und zum anderen hatte sie, wie ich aus einer angebrochenen o.b.-Packung im Badezimmer schließen konnte, gerade ihre Tage.

Als wir gegen 17 Uhr das Lokal verließen, wusste ich, dass ich es an diesem Abend tun würde.

Es kam sogar noch günstiger. Beim Abendessen stellte sich heraus, dass Ginny und Ziegenhals sich ernsthaft gezankt hatten. Meine Tochter machte ein finsteres Gesicht und zog sich gleich nach der Tagesschau in ihr Zimmer zurück. Damit gab es nun ein weiteres Motiv für Ziegenhals' Selbstmord, nämlich Liebeskummer.

Ich war nicht im mindesten nervös, ich maß dem Ganzen weniger Bedeutung bei als der Extraktion eines Backenzahnes. Der Knopfdruck war erfolgt, und nun lief alles nach einem genau kalkulierten Programm ab, ich hatte nur noch einer Reihe von Sachzwängen zu gehorchen. Ziegenhals war kein Mensch mehr für mich, sondern ein Objekt, das es zu zerstören galt.

Nach einem Film im Zweiten Programm, an dessen Inhalt ich mich nicht mehr erinnern kann, verabschiedete ich mich mit einem flüchtigen Kuss von meiner Frau.

»Ich habe noch zu arbeiten, sei nicht böse ...«

Das war nichts Ungewöhnliches, denn ich galt als Nachtarbeiter. Ich ging in mein Arbeitszimmer hinüber, schloss mich ein und knipste die Lampe über dem Schreibtisch an. Ein ausländischer Sender brachte Jazz, ich drehte den Radioapparat ein wenig auf. Ich hörte noch, wie Reinhild zum Schlafzimmer hinaufstieg und etwas zu

Ginny sagte, aber keine Antwort erhielt; dann war es still. Ich holte mir einen Kriminalroman hervor. Ich musste eine Stunde totschlagen, und an Arbeiten war natürlich nicht zu denken.

Gegen 23 Uhr nahm ich mir dann meinen dunkelblauen Regenmantel aus dem Schrank und stieg vorsichtig aus dem Fenster. Sekunden später stand ich auf der Eppinger Straße und war sicher, dass mich niemand bemerkt hatte. Ich fasste noch kurz in meine Jackettasche und vergewisserte mich, dass der Abschiedsbrief auch in seinem Umschlag steckte, dann ging ich zur Thielallee hinüber. Nach etwa vier, fünf Minuten winkte ich eine leere Taxe heran. Sicherheitshalber sprach ich mit stark amerikanischem Akzent und nannte als Fahrtziel den Breitenbachplatz, der zehn Minuten vom Tatort entfernt liegt.

Ohne Vorkommnisse erreichte ich gegen 23 Uhr 30 die Grunewaldstraße und sah das Braatzsche Haus im matten Schimmer zweier Laternen auf der anderen Straßenseite liegen. Nirgends brannte mehr Licht; auch kein Fenster stand auf, wohl wegen der nebligen Luft. So weit ich sehen konnte, war die Straße menschenleer, und aus den wenigen vorüberfahrenden Wagen mit ihren gelben Scheinwerfern würde bestimmt niemand auf mich achten. Diese Umstände, die mein Vorhaben außerordentlich begünstigten, gaben mir eine Sicherheit, die mir heute unfassbar erscheint.

Ich überquerte schnell die Straße, schloss mit dem zurückbehaltenen Zweitschlüssel erst die Gartenpforte und dann die Haustür auf. Wenige Atemzüge später stand ich in der geräumigen Diele. Im Schein meiner Taschenlampe erkannte ich die ausgestopften Bussarde und Habichte wieder, die ich von meinem ersten und einzigen Besuch im Haus noch im Gedächtnis hatte. Irgendwo tickte eine Standuhr, sonst konnte ich keinen Laut vernehmen.

Behutsam stieg ich die Treppe hinauf, und für einen Augenblick überfiel mich der Gedanke, Oberkommissar Rannow könnte dort oben sitzen und mein Tun verfolgen. Schließlich war Miezis Mörder noch immer nicht gefunden und ich noch nicht von der Liste der Tatverdächtigen gestrichen. Doch dann hatte ich mich wieder in der Hand.

Nach etwa zwei Minuten hatte ich die obere Etage erreicht. Die Tür rechterhand musste in Clowards Zimmer führen, geradeaus lagen Bad und Küche. Von Clowards Beschreibungen her wusste ich, dass von der Küche eine sogenannte Durchreiche in das Zimmer hinüberging, in dem Ziegenhals schlief.

Schon hatte ich die Küchentür aufgeklinkt und war in den schmalen Raum getreten, in dem es nach verschüttetem Bier und nach Curry roch. Links neben dem Fenster stand der Gasherd.

Die Durchreiche war geöffnet, und ich hörte, wie Ziegenhals schnarchte. Vorsichtig ließ ich den Strahl meiner Taschenlampe ins Nebenzimmer fallen. Ziegenhals lag halb zusammengerollt auf einer niedrigen Liege; auf dem Couchtisch davor stand eine leere Weinflasche, offenbar ein roter Wermut. Neben der Flasche konnte ich einen übervollen Aschenbecher und ein blau-weißes Röhrchen erkennen, das allem Anschein nach Schlaftabletten enthielt.

Ich handelte jetzt völlig unreflektiert. Ein Satz aus *Iphigenie* schoss mir durch den Kopf: Man tadelt den, der seine Taten wägt. Wenn dem so war, gab es nichts mehr an mir zu tadeln. Ich zog den Abschiedsbrief heraus, den ich nie anders als mit Handschuhen angefasst hatte, und legte ihn auf den Küchentisch.

In diesem Augenblick hustete Ziegenhals und murmelte etwas, das wie »Hilfe!« klang. Mein Herz setzte beinahe aus. Wenn er jetzt aufwachte und mich erkannte! Er konnte die

Polizei rufen, er konnte mich erschießen, er konnte … Aber er schlief weiter, er schnarchte sogar schon wieder.

Jetzt hatte ich es eilig. Schon hatte ich den Bratofen geöffnet und die vier Hähne oben aufgedreht. Zischend strömte das Gas raus …

12

Zwischenspiel mit einem Mordverdacht

Anfang Februar konnte man im Lokalteil der Berliner Tageszeitungen eine Notiz etwa folgenden Wortlauts finden: Gestern Abend gegen 19 Uhr wurde der 71jährige Rentner Georg Melzer vor dem Grundstück Manteuffelstraße 36 von einem hellblauen oder grauen Volkswagen erfasst und auf die Fahrbahn geschleudert. M. musste mit schweren Kopfverletzungen und einem Oberschenkelhalsbruch ins Urbankrankenhaus eingeliefert werden. Der Fahrer flüchtete in Richtung Hochbahn. Die Polizei sucht dringend Zeugen des Unfalls.

Am 11. März, als er die Folgen seiner Gehirnerschütterung schon weitgehend überwunden hatte, ließ Opa Melzer der Oberschwester sagen, er hätte eine wichtige Aussage im Mordfall Miezi Ihlow zu machen und sie möchte doch bitte Herrn Oberkommissar Rannow benachrichtigen.

Knappe 24 Stunden später stand Rannow am Bett des Alten und schüttelte ihm die Hand.

»Na, Opa Melzer, wird's denn wieder werden?«

»Nee, Herr Kommissar, nee, mit mir is nich mehr ville Staat zu machen. Mittem Kopp, da jeht's ja wieda, aba det Been will nicht mehr. Die morschen Knochen lassen sich nich mehr zusammennageln. Se ham ma zwar 'n Silbanagel vapasst, aba ick wer nie wieda richtich loofen könn … « Melzer begann zu weinen, und Rannow, der sich etwas hilflos vorkam, suchte nach einer Zigarre.

»Nun, lassen Sie mal den Kopf nicht hängen, wenn's erst wieder Frühling wird …«

Melzer richtete sich etwas auf. »Ick muss meine Wohnung uffjeb'n und rüba ins Hospital. Da lieg ick denn, bis ick sterbe.« Dieser Gedanke hatte für ihn etwas Furchtbares und zugleich etwas Beruhigendes.

Rannow spürte das deutlich. »Das ist natürlich traurig, ja, aber überlegen Sie doch mal, Sie brauchen sich nun nicht mehr selbst an den Herd zu stellen, um was zu kochen, Sie brauchen keine Kohlen mehr hochzuschleppen - und Sie brauchen keine Angst mehr zu haben, wenn Sie Ruhlsdorf, Drögnitz oder Prötzel treffen … «

Melzers Augen leuchteten. »Da ham Se int Schwarze jetroffen, Herr Kommissar, und darum hab ick Se ooch rufen lassen. Wenn ick jetzt auspacke, kann mir keener mehr an'n Kragen. Moment mal, mir is so kackrich um die Rosette …«

Rannow verließ taktvoll das Krankenzimmer. Nachdem ein Pfleger nach einigen Minuten die Bettschüssel abgeholt hatte, ging er wieder ins Zimmer zurück. Unwillkürlich drückte er sich das Taschentuch vor die Nase.

»Nun seinse man nich so zimperlich, Herr Kommissar«, lachte der Alte. »Ick bin ja schließlich nich das Veilchen vom Potsdamer Platz.«

Rannow grinste. »Also, worum geht's denn nun, Herr Melzer?«

»Um 'ne janze Menge … Die Miezi hat vor zwee, drei Jahren mal 'ne Menge Jeld vadient, da hatte se 'n paar reiche Geschäftsleute, Pelze und so. Ick hab selbst jesehn, det se mehr als zehn Mille zusammen hatte …«

»Was, 10.000 Mark?«

»Ja, det kann ick beschwörn!« rief Melzer. »Und nu frag ick Ihnen; wo is det Jeld wohl jeblieb'n?«

»Das frage ich Sie auch … «

»6000 Mark hatte sie Ziegenhals jeborgt, det weeß ick genau, det hatta mir azählt, und sie ooch. Davon hatta ja die janze Zeit üba jelebt. Und die restlichen viertausend, die hat ihr Prötzel jeklaut. Ick hab mit meine eijenen Oogen jesehn, wie der in ihren Schrank rumjewühlt hat …«

»Und das erzählen Sie mir erst jetzt!« Rannow schrieb eifrig mit.

»Wissen Sie auch, was Ihre Aussage bedeutet … ?«

»Klar weeß ick det! Aba hätt ick eha den Mund uffjemacht, da hätten mich Ziegenhals und Prötzel zur Minna jemacht!« Melzer verkroch sich ein wenig unter die Bettdecke.

Rannow versuchte, den Wahrheitsgehalt von Melzers Aussagen abzuschätzen. Prötzel hatte drei Monate in Tunesien verbracht, im Badeort Hammamet, das wusste er. Und zwar in der Gesellschaft einer nicht sehr billigen Dame. Gut möglich, dass er diesen Urlaub mit dem Geld der Ermordeten finanziert hatte. Ebenso sprach einiges dafür, dass Ziegenhals bei der Ermordeten in der Kreide gestanden hatte, er war ja niemals einer geregelten Arbeit nachgegangen.

»Und noch wat!« Melzer richtete sich steil auf und starrte Rannow an. »Jetzt kommt det Schönste: Kurz bevor die arme Miezi erwürgt worden is, war Prötzel in ihre Wohnung und is die Treppe runtajegangen!«

Rannow kratzte sich am Kopf und blickte ein wenig verwirrt auf den Mariannenplatz hinunter. »Seine Mutter behauptet aber, er sei den ganzen Abend über zu Hause gewesen.«

»Die Olle lücht.«

Der Oberkommissar steckte sich eine Zigarette an und suchte nach einem Aschenbecher. Es klang zu schön, um wahr zu sein. Die entscheidende Frage war, warum der alte Mann nun auspackte. War es nur deswegen, weil er sich jetzt in Sicherheit wähnte, oder kamen da irgendwelche Rachegefühle mit ins Spiel?

»Sagen Sie mal, Herr Melzer, hat Sie hier mal einer aus

Ihrem Kiez, aus der Naunynstraße, besucht - Prötzel oder Ruhlsdorf … ? Und war Ziegenhals schon bei Ihnen … ?«

»Nee, keen Aas lässt sich hier sehn, die ham ma alle vajessen! Aus den Oogen, aus dem Sinn!«

Aha, dachte Rannow, da liegt also der Hase im Pfeffer. Möglicherweise war Melzer auch schon ein wenig schwachsinnig und phantasierte sich da was zusammen.

Und wie zur Bestätigung sagte Melzer im gleichen Augenblick: »Und wissen Sie ooch, det Prötzel ma übafahrn hat? Ja, der wollte ma ermorden, weil ick zu ville weeß!«

Jetzt hatte Rannow genug. Er verabschiedete sich mit ein paar trostreichen Worten und fuhr in sein Büro zurück.

Er war sich lange Zeit unschlüssig darüber, was er mit Melzers Aussage anfangen sollte. Was wogen die Beschuldigungen eines senilen alten Mannes? Prötzel hatte für die Tatzeit das Alibi seiner Mutter, und auf die Frage, mit welchem Geld er die drei Monate Tunesien finanziert hatte, würde er bestimmt eine Antwort parat haben. Und Ziegenhals? Den wollte eine Bardame etwa zur Tatzeit im *Iglu* gesehen haben, und ein etwas merkwürdiger Wissenschaftler namens Kolczyk behauptete, ihm eine größere Geldsumme geliehen zu haben. Was es doch für edle Menschen gab. Rannow spürte, dass hier etwas faul war, aber er wusste auch, dass er im Augenblick keine Chance hatte, näher nachzuhaken. Er litt darunter, wie immer. Herbert Rannow liebte eine Welt, in der alles ordentlich, gewiss und beständig war, in der alle Gleichungen aufgingen. Ein ungelöstes Kreuzworträtsel brachte ihn um den Schlaf, und ein ungelöster Mordfall war für ihn wie eine schwere Krankheit.

Nur um sich selbst zu beweisen, dass Opa Melzer ein Spinner war, ließ er sich mit dem Postsparkassenamt

Hamburg verbinden und bat den zuständigen Beamten, ihm doch freundlicherweise per Fernschreiben alle früheren Salden der Marianne Ihlow schnellstmöglich zu übermitteln.

Gegen Abend lief das Fernschreiben aus Hamburg ein. Miezi hatte einmal 11.453,45 DM besessen und sie bis auf 722,45 DM abgehoben.

Am nächsten Morgen, am 13. März, stand Oberkommissar Herbert Rannow in der Grunewaldstraße und drückte auf den weißen Klingelknopf neben dem Schildchen B. Ziegenhals.

Drinnen im Haus rührte sich nichts. Rannow versuchte es noch einmal; es war erst acht Uhr, und um diese Zeit pflegte Ziegenhals noch zu Hause zu sein. Rannow hatte sich im Milchladen nebenan ein paar Hustenbonbons gekauft und sich so nebenher ein wenig erkundigt. Ziegenhals sollte das Haus noch nicht verlassen haben.

Rannow wurde langsam ungeduldig. Er machte ein paar Schritte zum Botanischen Garten hin und versuchte, in die einzelnen Fenster zu gucken.

In diesem Augenblick öffnete Ziegenhals die Haustür. Er trug einen dunkelbraunen Trainingsanzug und sah beängstigend blass aus. Mit unsicheren Schritten kam er Rannow entgegen und begrüßte ihn.

»Ich hätte Sie gerne ein paar Minuten gesprochen«, sagte Rannow, nachdem er ihm die Hand gegeben hatte.

»Wir können uns ins Zimmer von Frau Braatz setzen«, schlug Ziegenhals vor.

»Ick komme lieber zu Ihnen mit rauf …«

»Da sieht es schlimm aus, ich habe … wir haben gerade … Das möchte ich Ihnen nicht zumuten!«

»Ich bin hart im Nehmen, kommen Sie man!« Rannow ging voran.

Als er die zweite Etage erreicht hatte, blieb er stehen und sog schnuppernd die Luft ein. »Hier riecht es ja schlimmer als in einem Gaswerk!«

Ziegenhals lächelte gezwungen. »Ich wollte gerade Kaffeewasser aufsetzen, als sie klingelten, da hab ich wohl vergessen, das Gas anzuzünden … « Damit lief er schnell in die Küche.

»Ach so … « Rannow warf einen Blick auf die Gasuhr und prägte sich den Zählerstand ein: 4657. Die aufgerissenen Fenster hatten ihn misstrauisch gemacht.

Die Unterredung mit Ziegenhals verlief so ergebnislos, wie er es erwartet hatte.

»Ich hatte keine Schulden bei ihr!« beharrte Ziegenhals. »Wenn Sie meinen, ich hätte Miezi ermordet, um mich um die Rückzahlung meiner Schulden zu drücken, dann sind Sie auf dem Holzweg!«

»Und wovon haben Sie seit 1962 gelebt?«

»Erst habe ich ein Stipendium bekommen und dann … ja, dann habe ich mich mit Gelegenheitsarbeiten durchgeschlagen. Mal hier, mal dort … Eine Zeitlang habe ich bei Siemens Waschmaschinen verpackt, dann habe ich Büromöbel durch die Gegend geschleppt, manchmal habe ich auch auf Rummelplätzen gearbeitet und Luftdruckgewehre geladen. Eine doppelte Buchführung habe ich mir natürlich nicht zugelegt, wenn Sie wollen, können Sie mich ja beim Finanzamt anzeigen.«

Rannow schluckte eine Gegenbemerkung hinunter und verabschiedete sich. Von Ziegenhals aus fuhr er gleich zur Einziehungs-Abteilung der Berliner Gaswerke in der Brandenburgischen Straße und ließ sich die letzten Rechnungen von Ziegenhals und dessen Vorgängern zeigen. Tatsächlich, in diesem Monat war weitaus mehr Gas verbraucht worden als in den Zeiträumen davor. Es lag also auf der Hand, dass in der letzten Nacht eine große Menge Gas ausgeströmt war.

Für Rannow stellte sich nun die entscheidende Frage: Hatte man Ziegenhals ermorden wollen oder hatte er einen Selbstmordversuch unternommen?

13

Betr.: Bernd Ziegenhals.
Anlage zum psychiatrischen Gutachten. Abschrift des Tonbandes 3/5.
Locker assoziierende Selbstdarstellung des Probanden.
Vom Autor überarbeitet.

Das Telefon schrillt und schrillt, um mich herum zerplatzen grellbunte Farbbeutel, ich falle und falle, ich durchstoße blutrote Schleier, ich glühe auf wie ein Komet, und ich zerschelle schließlich auf einem glatten Felsplateau. Tausend schwere Hände pressen sich auf meinen Mund und ersticken meine Schreie. Meine Glieder sind so schwer, dass ich glaube, ich wäre auf dem Jupiter gelandet, und mein Gehirn leistet nicht mehr als das einer Schildkröte. Aber ich taste mich irgendwie zum Nachttisch und werfe den Hörer hinunter. Aus weiter Ferne, aus den Tiefen des Weltraums dringt eine heisere Stimme an mein Ohr.

»Ziegenhals, Gott sei Dank, Sie leben noch! Reißen Sie die Fenster auf, schnell, um Gottes willen, beeilen Sie sich! Ihre Gashähne stehen offen … !«

Ich begreife plötzlich, ich taumle aus dem Bett, ich breche zusammen, ich raffe mich wieder auf, ich schleppe mich zum Fenster, ich reiße es auf.

Was ich auch tue, wo ich auch bin, immer steht mir diese Szene vor Augen. Sogar in den Sekunden, in denen Ginny in meinen Armen liegt.

Kolczyk hatte es also nicht übers Herz gebracht, mich zu ermorden, der Gute! Und so schrecklich der Gedanke an den Gastod auch sein mochte, so trostreich war die Gewissheit, dass Kolczyk nicht die Nerven hatte, mich zu ermorden. Er schaffte es nicht, er hatte nur bis zur nächsten Telefonzelle durchgehalten. Ich konnte also aufatmen, von Kolczyk drohte mir nun keine unmittelbare Gefahr mehr. Es sprach vieles dafür, dass er sich nach diesem Fehlschlag mit einem lebenslangen Patt abfinden würde. Die Aktien des ehrenwerten Bernd Ziegenhals standen also an diesem denkwürdigen Märzmorgen höher als je zuvor.

Der Taifun war über mich hinweggegangen, und ich hatte überlebt. Jetzt hatte ich Jahre des Sonnenscheins vor mir, Jahre mit Ginny, von Kolczyk finanziert. Und auch der Besuch des »Tapirs« konnte meiner euphorischen Stimmung keinerlei Abbruch tun. Der »Tapir«, das war für mich der ehrenwerte Oberkommissar Rannow. Seine Ähnlichkeit mit diesem merkwürdigen Säugetier war für mich immer wieder frappierend. Vielleicht sollte ich mir diesen Vergleich verkneifen, aber Rannow ist sowieso mein Feind Nummer Eins und setzt ohnehin alles daran, mich fertig zu machen.

Es lag gar kein Grund vor, warum ich mich an diesem Morgen vor Rannow fürchten sollte. Möglicherweise nahm er an, ich hätte Selbstmord begehen wollen, und das war schließlich nicht strafbar.

In den nächsten Tagen und Wochen tanzte, sang und liebte ich und genoss meine Wiedergeburt. Dann aber kam ein schwarzer Freitag für mich, ein ziemlich verhängnisvoller Tag. Das Unheil kam, wie so oft, aus heiterem Himmel.

Um halb zwei verließ ich mein Domizil in der Grunewaldstraße und fuhr zur Gedächtniskirche hinüber, wo ich mit Ginny verabredet war. Wir wollten chinesisch essen. Es war Punkt 14 Uhr, als ich die Schaukästen vor dem Zoo-Palast erreichte. Sie stand schon da und wartete auf mich.

»Hallo, Schätzchen!« rief ich. »Du siehst mal wieder bezaubernd aus!«

Sie bedankte sich mit einem Pfefferminzkuss; in ihrem türkisfarbenen Kostüm sah sie wirklich umwerfend aus. »Wohin des Wegs, Gevatter?«

»Sie, verehrte Regina, zum Mampfen zu führen, bin ich gekommen!«

»Verführer befiehl, wir folgen!«

»*Wir* … ? Was denn, bist du etwa gesegneten Leibes?«

»Wie könnte ich denn! Eine unverheiratete Maid - diese Schande! Nein, das würde ich nicht überleben!« Sie schluchzte, und ein paar alte Damen drehten sich um.

Wir waren so vergnügt und ausgelassen, dass wir jedem Vorübergehenden ein herzliches Guten Tag zuriefen.

Dann ließen wir uns die fernöstlichen Spezialitäten schmecken oder, um mit Muttchen Braatz zu sprechen, trefflich munden. Nach dem Vorgericht, einer leckeren Frühlingsrolle, gab es für Ginny Bau-jü (Hühnerbrust mit Bambus und chinesischen Champignons, gedünstet) und für mich Sinjen Bolo Yading (Ente in Würfeln, süß-sauer, mit Ananas und Mandeln). Als Nachtisch wählten wir Lychees und als Getränk einen leichten Roséwein. Kein Wunder, dass wir von Minute zu Minute heiterer wurden.

»Wie geht's denn dem Herrn Vater?« fragte ich.

»Danke … Der hat gerade Besuch, Dr. Völker ist bei ihm, ein Rechtsanwalt, den er schon jahrelang kennt. Das ist 'ne Type, sage ich dir … Den müsstest du mal kennen lernen - 'n Kerl mit 'nem Monokel und so konservativ, dass sein Sohn nicht Apotheker werden darf, weil er glaubt, das hätte was mit den Anarchisten zu tun.«

Ich lachte schallend, sie war köstlich. »Das ist der Kalauer des Tages … Du, guck mal, da läuft ein ganz seltenes Tier herum!«

»… tut mir leid, ich sehe nur einen altersschwachen Pekinesen … «

»Nein, eine ganz ausgefallene Kreuzung ist das - da, direkt vor der Litfaß-Säule!«

»Du spinnst ja!«

»Hast du denn Tomaten auf den Augen - siehst du denn nicht, das ist doch ein ausgewachsener Bär-tiger!«

Es dauerte ein paar Sekunden, bis es bei ihr gezündet hatte. »Das ist aber noch gar nichts - ich habe sogar einen Tiger im Bad …«

Jetzt war es an mir, zu staunen.

»… einen Haarfes-tiger!«

»Hahaha! Dein Dr. Völker würde uns auf der Stelle rausschmeißen, wenn er das hörte.«

»Der würde das bestimmt nicht hören - der ist nämlich schwerhörig. Fehlte nur noch, dass er eine Hörtröte ansetzt, Modell 1871 … «

»Das ist doch unmöglich, dass Völker schwerhörig ist.«

»Wieso?«

»Na, sie singen doch immer: Völker, hört die Signale! Wie kann er denn schwerhörig sein, wenn er die Signale hört?«

Ginny, die nichts mehr liebte als das Blödeln, prustete los. »Zwei zu eins für dich!«

So ging es noch eine ganze Weile, und ich hatte wirklich allen Grund dazu, vergnügt zu sein. Ginny war ganz vernarrt in mich, und wir wollten uns im Sommer verloben. Kolczyk sah ich nun schon praktisch als künftigen Schwiegervater an. Finanzielle Sorgen hatte ich natürlich keine, denn er überwies mir anstandslos jeden Monat 1000 Mark. Überhaupt, es ging aufwärts mit mir. In den Zeitungen waren mehrere Kurzgeschichten von mir abgedruckt worden, eine wissenschaftliche Zeitschrift hatte meinen Artikel über die *Kriminalität in Berliner Berufsschulen* gebracht, in der

Studentenpolitik spielte ich eine ziemliche Rolle und in den Seminaren war ich einer der führenden Köpfe. Was wollte ich mehr?

»Was sagt denn Muttchen Braatz, wenn sie deine Stories liest?« wollte Ginny wissen.

»Immer dasselbe: Dass ich das noch erleben durfte!«

»Sie ist wirklich goldig!«

Wir redeten noch eine Weile, dann rief ich den Ober, um zu zahlen.

»Lass man, ich mach das schon!« Ginny schob mein Portemonnaie zur Seite. »So groß ist dein Stipendium ja nun auch wieder nicht. Heb dir lieber das Geld für Bücher auf.«

Wir stritten uns noch einige Zeit, dann teilten wir uns den Betrag, über 20 Mark, wenn ich mich recht erinnere. Immer wenn es ums Geld ging, lief es mir kalt den Rücken hinunter. Ich hatte Ginny erzählt, dass ich ein Stipendium bekäme und mir ein Onkel aus Erlangen jeden Monat eine gewisse Summe überwies, aber bei ihrer Intelligenz bestand immer die Gefahr, dass sie meine Lügen einmal durchschaute. Hatte sie nicht eben den Onkel unerwähnt gelassen … ?

Wir verließen das Lokal, um noch ein wenig den frühlingshaften Kudamm hinunterzubummeln. Als wir die Aushänge am Gloria-Palast betrachteten, zupfte mich Ginny am Ärmel.

»Du, da läuft uns schon die ganze Zeit über jemand hinterher!«

Ich drehte mich um. »Ach, Unsinn!«

»Doch, der da hinten an der Blumenschale.«

»Ich sehe nichts!«

»Jetzt ist er weg …«

Wir vergaßen den Vorfall und überließen uns unserem Glück. Ja, so kann man es schon nennen, wenn man's jetzt aus der Distanz betrachtet. Wir sahen uns die elegant aufgemachten Schaufenster an, grinsten ältlichen, aufgetakelten Damen ins Gesicht, ereiferten uns über das Establishment und die Polizei, und streiften Probleme aus Psychologie und Soziologie. Ginny liebte das Dozieren und hielt mir mehrere hundert Meter lang einen Vortrag über die Teilung von DNS-Molekülen.

Ich stöhnte laut und vernehmlich. »Verschone mich damit!«

Sie war sichtlich eingeschnappt und wies, um mich zu ärgern, auf die andere Straßenseite zum *Drugstore* hinüber. »Da habe ich oft mit Johnny Cloward gesessen … Ach, das waren noch Zeiten!«

Ich machte prompt ein finsteres Gesicht.

»Du bist doch nicht etwa eifersüchtig?« lachte sie.

Doch, das war ich. Cloward, dieser verdammte Schnüffler! Plötzlich flammte regelrechter Hass in mir auf. Erst vor ein paar Stunden, als Ginny mir von der Freundschaft zwischen Cloward und ihrem Vater erzählt hatte, war es mir wie Schuppen von den Augen gefallen. Daher also hatte Kolczyk gewusst, wie es bei mir aussah, deshalb hatte er die Gashähne ohne Mühe öffnen können! Cloward war sein Spion, und er brauchte ihn nur auszufragen, um zu wissen, wie es mit mir stand und was ich gerade unternahm. Dass sie sich kannten, hatte ich zwar gewusst, nur war mir die Tragweite dieser Beziehung nicht aufgegangen. Erst die aufschießende Eifersucht hatte mir die Szene wie mit einem Blitzlicht erhellt.

Jetzt galt es zu handeln und dieses Werkzeug unbrauchbar zu machen! Aber ich kam gar nicht dazu, detaillierte Pläne zu entwerfen, denn wieder schrie Ginny auf.

»Du, der Kerl läuft uns immer noch hinterher!«

Wir blieben stehen, und ich ließ mir den Mann zeigen, den sie meinte.

Es war Prötzel.

Das konnte nichts Gutes bedeuten; ich fuhr zusammen. Er wusste zuviel von mir, er konnte mich erpressen. Bernd Ziegenhals, der erpresste Erpresser, welch Hohn! Er hatte mich schon lange auf dem Kieker, und ich wusste nur zu genau, welcher Gewalttätigkeiten er fähig war.

Doch ich hatte Glück. An der Bordsteinkante hielt eine Taxe, ein junger Mann stieg aus. Sekunden später saßen wir im Fond des Wagens, und Prötzel hatte das Nachsehen. Er starrte uns mit zusammengekniffenen Augen hinterher.

»Zum Parkplatz an der Rankestraße«, sagte ich.

»Was wollte der denn, was ist denn los?« fragte Ginny.

Ich versuchte, gleichmütig zu bleiben. »Ach, das ist ein alter Schulkamerad von mir. Eine Nervensäge. Quatscht immer einen fürchterlichen Kohl zusammen und pumpt mich dann auch noch an. Von dem träume ich schon. Offenbar liebt er mich …«

Ginny schien misstrauisch geworden zu sein, stellte aber keine weiteren Fragen. Auf dem Parkplatz in der Nähe der Gedächtniskirche trennten wir uns, jeder setzte sich in seinen eigenen Wagen. Ginny musste ins Psychologische Institut, ich fuhr nach Hause.

Die Furcht vor Prötzel verdrängte meine Gedanken an den Amerikaner, und wahrscheinlich hätte ich meinen Groll hinuntergeschluckt, wenn Cloward nicht auf die unglückselige Idee gekommen wäre, bei mir auf Zigarettensuche zu gehen.

Als ich meine Zimmertür aufstieß, sah ich ihn nicht nur in meinem Nachttisch herumkramen, ich sah auch rot.

»Los, hau ab, du blödes Schwein!«

Cloward starrte mich entgeistert an.

»Na, wird's bald!« Ich packte seinen rechten Arm und riss ihn herum. »Raus hier und lass dich nicht wieder blicken!«

»Was ist denn … ? Yeah! Ich … ich … «

»Halt's Maul, ich brauch keine Erklärungen mehr! Los,

raus!« Ich stieß ihn zur Tür.

»*Damned*!« Cloward stolperte über den Teppichrand und schlug der Länge nach hin. Doch er rappelte sich blitzschnell wieder hoch und baute sich vor mir auf, als wäre er Cassius Clay persönlich. »*Come on*! Jetzt hast du Angst, was? Du traust dich wohl nicht.«

»Das wollen wir doch mal sehen!« Schon stürmte ich vor und schlug auf ihn ein. Mein rechter Haken saß genau in seiner Magengrube, und er gab einen Schmerzenslaut von sich. Doch er gab nicht auf, sondern keilte wild um sich. Ein rechter Schwinger traf mich an der Schulter und warf mich aufs Bett. Schon war er über mir und bearbeitete mein Gesicht.

Jetzt bekam ich's tatsächlich mit der Angst zu tun, und es war wohl mehr Notwehr, als ich ihn mit einer Art Karateschlag an der Halsschlagader traf. Er brach auf der Stelle zusammen und klatschte geradezu auf den Boden.

Er ist tot! schoss es mir durch den Kopf. Weg von hier, schnell weg!

Ich stürzte die Treppe hinunter, riss die Haustür auf und sprang in meinen Mercedes. Muttchen Braatz, die gerade vom Einkaufen kam, schaute mir ganz verdattert hinterdrein. Auch das noch!

Ich fuhr ziellos durch die Stadt und brütete die tollsten Pläne aus. Auf alle Fälle wollte ich an diesem Abend nicht in die Grunewaldstraße zurückkehren, sondern erst einmal abwarten, was die Morgenzeitungen brachten.

Mord in Steglitz! Amerikanischer Journalist erschlagen aufgefunden! Alte Dame sah den Mörder!

Und darunter mein Steckbrief.

Sollte das das Ende sein? Mein einziger Trost war, dass dann auch Kolczyk sein Spiel verloren hatte. Wenn ich vor dem Schwurgericht stand, würde ich auspacken und auch sein Leben zerstören. Geteilter Schmerz - halber Schmerz!

14

Tagebauchaufzeichnungen von
Prof. Dr. Rüdiger Kolczyk.
Anhand aufgefundener Fragmente vom Autor rekonstruiert.

Es war ein bitterer Frühling für mich, denn während ich die Tage grübelnd und die Nächte schlaflos verbrachte, genoss Ziegenhals die Stunden, die er mir verdankte, in Bars und Betten. Manche Konstellationen gibt es im Leben eines Menschen nur einmal - und ich hatte meine Sternstunde ungenutzt verstreichen lassen. Was sollte er nun befürchten, wo sich meine Schwächen so eklatant gezeigt hatten? Meine Feigheit war eine immerwährende Garantie für seinen Wohlstand und sein Glück. Der Letzte der Kolczyks war nur noch eine lächerliche Karikatur seiner ruhmreichen Väter, er hatte zuviel Ehrfurcht vor dem Leben internalisiert, er hatte nicht töten können.

Diese Erkenntnis meiner fortgeschrittenen sittlichen Reife erfreute mich nicht im mindesten, im Gegenteil, ich empfand den Sieg über mich selbst als Schande. Möglicherweise wäre es anders gewesen, wenn ich Freunde gehabt hätte und ihre Bewunderung. Aber innere Größe wird wohl immer dann zum Fluch, wenn sie von der Umwelt unbestätigt bleibt. Möglicherweise wäre alles anders gekommen, wenn Ziegenhals in diesem Mai mit mir gesprochen hätte, offen und unter vier Augen, denn in dieser Zeit war ich durchaus zur Aussöhnung bereit. Vielleicht wartete ich nur auf diesen Augenblick. Ich wollte keine Unterwerfung, nein, ich brauchte ihn nur als Spiegel, um mich selbst zu erkennen und mit mir zufrieden zu sein. Doch er kam nicht, und wenn wir uns sahen, dann wuchsen stets gläserne Wände zwischen uns auf.

Vielleicht ist es mir nie ganz gelungen, zu den tiefsten Schichten meines Wesens vorzudringen, aber so ratlos wie nach dem gescheiterten Mordversuch war ich nie zuvor gewesen. Warum nur war ich, kurz nachdem ich die Gashähne in der kleinen Küche geöffnet hatte, zur nächsten Telefonzelle gehetzt, um Ziegenhals zu wecken und zu retten? Gegen meinen Willen hatte ich das getan, gegen meinen Verstand. Was hatte mich dazu getrieben, das war und ist für mich die Frage. Angst vor der Entdeckung, Angst vor dem Gerichtsurteil und lebenslangem Zuchthaus - sie konnten es nicht gewesen sein, denn an jenem Tag war ich hundertprozentig überzeugt gewesen, den perfekten Mord begehen zu können. Auch an die Wirksamkeit christlicher Maximen wollte ich nicht so recht glauben, hatte ich doch seit etwa dreißig Jahren keine Kirche mehr betreten. Was natürlich nicht ausschloss, dass Werte, die man mir als Kind vermittelt hatte, noch immer wirksam waren. Dann durften es also verschwommene moralphilosophische Faktoren gewesen sein, die mein Handeln bestimmt hatten, und Ziegenhals konnte sich bei der Gesellschaft schlechthin bedanken, dass sie dem Bürger Kolczyk den Sinn fürs Gute vermittelt hatte. Aber er bedankte sich ja nicht bei ihr, im Gegenteil, er warf den eifrigsten Verfechtern bürgerlicher Sittlichkeit die Scheiben ein und beschimpfte sie. Aber Ironie beiseite, vielleicht liebte ich Ziegenhals insgeheim, vielleicht hatte ich mir immer einen Sohn gewünscht, der so skrupellos wie er ein hochgestecktes Ziel verfolgen konnte, vielleicht gewann mein Leben erst durch ihn den letzten Sinn.

Doch das ist Spekulation, nichts als Spekulation. Die Wirklichkeit sah anders aus, und ich hatte mich mit seiner Existenz und der lebenslangen Erpressung ebenso abzufinden wie ein Soldat - dem man einen Arm amputiert hatte - mit seinem Schicksal. Vielleicht gelang es mir, meine Aggressionen an einem Ersatzobjekt abzureagieren, möglicherweise an Reinhild, die ihn ja vergötterte, und den Rest der aufgestauten Energie zu sublimieren, indem ich neue Bücher schrieb.

Höchstwahrscheinlich hätte ich mich zu diesem Zeitpunkt mit meiner Machtlosigkeit abgefunden, wenn ich nicht eines Nachmittags durch eine kurze Bemerkung von seiten Reinhilds wieder wachgerüttelt worden wäre.

»Du, heute morgen hat jemand angerufen und nach der Adresse von Bernd ... von Ziegenhals gefragt ... «

»Und ... ?« Ich las gerade im neuen Spiegel und ließ mich nicht weiter stören. »Hast du ihm gesagt, wo er wohnt?«

»Ja - aber der Kerl hatte so eine unangenehme Stimme. Wie ein Ganove aus dem Film.« Sie schüttelte sich.

Ich zuckte zusammen, verbarg aber mein Erschrecken und entgegnete ironisch: »Woher sollte ein so guter Mensch wie Ziegenhals einen Ganoven kennen ... ?«

»Fängst du schon wieder an!« Sie lief auf den Korridor hinaus und warf die Tür hinter sich zu.

Aber ihre Bemerkung hatte mich mehr erregt, als ich mir selber eingestehen wollte. Prompt krampften sich meine Gedärme zusammen, und ich musste auf die Toilette eilen. Schwindel packte mich, und ein, zwei Minuten lang lehnte ich kraftlos an den lindgrünen Kacheln. Dann ging es wieder.

Man war also an einer Kontaktaufnahme mit Ziegenhals interessiert, und die Tatsache, dass man seine Adresse noch nicht gekannt hatte, ließ auf einen alten Bekannten aus seiner Zeit in der Naunynstraße schließen. Opa Melzer war überfahren und schwer verletzt worden, das hatte ich in der Zeitung gelesen, und es lag nun auf der Hand, dass der alte Mann einige seiner Geheimnisse preisgab und dem guten Rannow weiterhalf. Dass Ziegenhals der Mörder des Mädchens war, mochte ich nicht so recht glauben, viel wahrscheinlicher schien mir, dass er den wirklichen Täter kannte. Für mich war es ziemlich sicher, dass der Mörder aus der Gegend um die *Heiße Ecke* stammte.

Meine Lust zum Widerstand und zum Kämpfen flammte augenblicklich wieder auf, und ich suchte nach einer neuen Strategie, mit der sich vielleicht gewisse begrenzte Ziele erreichen ließen. Wohl konnte ich Ziegenhals kaum mehr daran hindern, mich bis ans Ende meiner oder seiner Tage zu erpressen, möglicherweise aber konnte ich meine Tochter noch vor einer Ehe mit ihm bewahren. Irgendwie musste es doch möglich sein, ihm einen Strick zu drehen und ein paar Jahre Tegel zu verschaffen! In diesem Fall war ich sicher, dass Ginny sich von ihm lossagen würde. Wenn er erst einmal einsaß, dann arbeitete die Zeit für mich: sie wurde älter, lernte andere Männer kennen und ersparte mir vielleicht das Schicksal, sein Schwiegervater zu werden. Es musste doch gelingen, ihm einige kriminelle Taten nachzuweisen oder gar als Mitwisser in den Mordfall Miezi zu verwickeln!

Nervös lief ich im Zimmer umher und entwickelte meine Pläne. Wenn ich ihn schon nicht mit den Händen zur Strecke bringen konnte, dann wenigstens mit dem Kopf! Es musste sich doch eine Falle konstruieren lassen, deren Mechanismus er nicht durchschauen, deren Köder er nicht erkennen konnte!

Ich war sicher, dass ich es schaffen würde, nur musste ich erst einmal selber wissen, wer Miezis Mörder war. Und da ich schon einen Ansatzpunkt hatte, machte ich mich noch am späten Nachmittag auf den Weg. Wie heißt es doch bei Geibel: Und viel vermag, wer überraschend wagt!

Doch ich erreichte mein erstes Ziel, die *Heiße Ecke*, nicht so schnell, wie ich erhofft hatte; in unmittelbarer Nähe meiner Villa lief mir Johnny Cloward über den Weg. Er hatte einen großen Koffer bei sich und machte einen ziemlich ramponierten Eindruck. Sein rechtes Auge hatte sich nahezu geschlossen, eine tiefblaue Beule, in Berlin »Veilchen« genannt, zierte sein klassisches Gesicht.

»Hallo, Johnny, wo kommst du denn her?«

»Frag mich lieber, wo ich hin will«, stöhnte Cloward. »Ich weiß es nämlich selber nicht - vielleicht fällt's mir dann ein.«

»Was denn, ist ein empörter Vater hinter dir her?« lachte ich.

»Nein, so schlimm ist's nun auch wieder nicht.« Er setzte den Koffer ab und lehnte sich gegen den Zaun. »Ich hatte nur eine kleine Auseinandersetzung mit deinem Freund und Schüler Bernd Ziegenhals ... «

»Wieso denn das?« Ich wurde sofort hellhörig.

»Weiß der Kuckuck, warum. Er muss plötzlich 'nen Koller gekriegt haben. Ich hab bloß in seinem Zimmer nach 'ner Schachtel Zigaretten gesucht, da kommt er reingeschossen und fällt über mich her. Ein brutaler Kerl!« Er tastete seinen Nacken ab. »Ich war bald zehn Minuten lang im Jenseits.«

»Willst du ihn anzeigen ... « Es war mehr eine Aufforderung als eine Frage.

»Das hat keinen Sinn, es war ja kein Zeuge dabei. Aber eins sag ich dir -« Cloward ballte die Fäuste - »dem werde ich's heimzahlen! Das kriegt er doppelt und dreifach zurück.«

»Nimm di nix vör, dann sleit di nix fehl«, spottete ich, einmal aus Schadenfreude, denn der »schöne Johnny« hatte eine solche Lektion schon längst einmal verdient gehabt, zum andern aber, um ihn anzustacheln. Sollte es wirklich einmal zu einer Gerichtsverhandlung kommen, dann war es von großem Nutzen für mich, wenn Johnny Cloward, Neffe eines US-Senators, Ziegenhals als brutalen Schläger hinstellte, als einen Menschen, der vor nichts zurückschreckte. Ich war ziemlich sicher, dass Ziegenhals, wenn man ihn wegen kleinerer

Straftaten verurteilte, bis zu vier Jahren Gefängnis hinnehmen würde, ohne mich in Gefahr zu bringen. Und vielleicht war Clowards Aussage dann das Zünglein an der Waage.

»Ich bin ausgezogen«, sagte Cloward. »Mit so einem Kerl kann ich nicht länger unter einem Dach wohnen.«

Das war mir nun gar nicht recht, denn damit verlor ich meinen besten Informanten. Trotzdem bot ich ihm unser Gästezimmer an. »Für ein, zwei Monate wird's schon gehen.«

»Heißen Dank!« rief Cloward. »Ich werde dich von heute an in mein Nachtgebet einschließen!«

»Aber eine Bedingung habe ich.«

Sein Gesicht verfinsterte sich. »Und die wäre … ?«

»Du lässt Ginny zufrieden! Ich will nicht auch noch Ärger mit Ziegenhals bekommen.«

»Nein, nein!« brummte er, aber ich sah, wie es in ihm arbeitete.

Ich grinste innerlich, denn damit hatte ich ihm einen Weg gewiesen, wie er sich auf höchst angenehme Art an Ziegenhals rächen konnte. Wenn es ihm gelang, Ginny von Ziegenhals zu trennen und sie zu seiner Frau zu machen, dann war ich bereit, ihm ein Denkmal zu setzen. Mochte auch mein eigenes Leben verpfuscht sein, so sollte meine Tochter nicht das ihre durch meine Schuld an der Seite eines schmutzigen Erpressers verbringen müssen.

Wir gingen ins Haus hinüber, und ich wies Johnny sein Quartier zu. Anschließend plauderten wir noch ein Weilchen, so dass es 18 Uhr wurde, ehe ich zur *Heißen Ecke* aufbrechen konnte. Johnny fragte mich zum Glück nicht weiter, wo ich hin wollte, sondern machte sich auf den Weg zu Dr. Sievers, um seine diversen Wunden versorgen zu lassen.

Während der halbstündigen Fahrt hatte ich Zeit genug, mir ein Leben ohne das ständig drohend über mir hängende Damoklesschwert auszumalen: Ruhe, Frieden und Gesundheit für mich, Liebesspiele mit Beate, endlich wieder ein freies Lachen und für Ginny einen Mann, wie sie ihn verdiente: ordentlich und ehrbar.

Beate! Beate hatte gekündigt, und ich hatte ihr zum Geburtstag 22 dunkelrote Rosen geschickt, ohne Absender, aber doch als von mir kommend erkennbar. Ich wusste, dass sie mir so lange nicht verzeihen würde, wie ich in ihrem Tagebuch noch ohne roten Haken war, doch ich wollte mir die Chance zu einer Nacht mit ihr auf alle Fälle offen halten. Einmal musste der Tag kommen, an dem es keinen Ziegenhals mehr gab! Und wenn ich noch soviel Schuld auf mich lud, er musste verschwinden! Wie sollte ich denn in Bonn jemals Karriere machen, wie konnte ich eine echte Karriere anstreben, wenn ich immerfort diesen Ballast mitzuschleppen hatte und Tag für Tag befürchten musste, am nächsten Morgen meine Geheimnisse in irgendwelchen Boulevardblättern lesen zu müssen? Viel schwerer als das Plagiat wogen jetzt die Mordversuche, die ich mittelbar und unmittelbar an ihm unternommen hatte und noch unternehmen wollte. Im Versuch, ihn zu vernichten, hatte ich ihm lediglich weitere Trümpfe zugespielt. Wahrhaftig, es war höchste Zeit, ihn trotz all seiner augenblicklichen Vorteile mit einem genialen Zug schachmatt zu setzen!

Ich war am Ziel, früher als erwartet, suchte mir in der Nähe der Naunynstraße einen Parkplatz und verließ nach kurzem Zögern meinen Wagen. Etwas geblendet von der untergehenden Sonne überquerte ich die Fahrbahn, wich ein paar spielenden Kindern aus und nahm dann den dumpfen Biergeruch der *Heißen Ecke* wahr. Zu dieser Stunde, und noch dazu am Dienstag, machte sie ihrem Namen wenig Ehre, trotzdem stieg ich leicht beklommen die zwei, drei Stufen zum Schankraum empor. In meinem ganzen Leben hatte ich kaum mehr als ein Dutzend Stunden in Kneipen, Pinten, Stampen, Budiken und Destillen zugebracht. Doch ich hatte insofern Glück, als gleich neben der Tür mein alter »Freund« Rainer Ruhlsdorf am Spielautomaten hantierte und mich mit einem lauten Hallo begrüßte.

»Na, Meister, was macht denn die Kunst?« rief ich laut und gönnerhaft. Ich hatte ihn vor etwa anderthalb Jahren im Verlauf unserer Zuhälterstudie kennen gelernt und allerhand Wissenswertes von ihm erfahren, wusste ich doch, wie man solche Leute zu nehmen hatte.

Ruhlsdorf streckte mir auch gleich die Pranke entgegen. »Die Kunst …? Die jeht Wassa saufen. Welcha Wind hat Sie denn hierher jeweht?«

»Mich … ? Ich hatte in einer Bank am Kottbusser Tor zu tun … Da dachte ich, mal sehen, ob einer von meinen alten Freunden Durst hat.«

»Den ham wa imma! Aba im Augenblick is keena weita da - Drögnitz schwirrt irjendwo in Wannsee rum, Ziejenhals is ja umjezogen, und Prötzel is vaschütt jejangen. Woll'nse wieda 'ne neue Untasuchung machen?«

»Nein, nein, ich bin ganz privat hier. Trinken wir was, ein Pils und einen Klaren, einen doppelten natürlich … ?«

»Da lass ick mir nich lange bitten.«

Wir nahmen am Ende des langgestreckten Raumes Platz, wo in einem gläsernen Schrank die Pokale und Wimpel der hier tagenden Fußballvereine zu bewundern waren, und warteten, bis uns Theo, der vierschrötige Wirt, das Gewünschte brachte. Ruhlsdorf fühlte sich sichtlich geschmeichelt, dass ein Angehöriger der oberen Zehntausend ein paar Minuten Zeit für ihn hatte und mit ihm zechte. Er konnte ja nicht ahnen, welche Überwindung es mich kostete, es länger als zwei Atemzüge in seiner Nähe auszuhalten. Der Arme litt nämlich unter einem penetranten Körpergeruch, der in mir pausenlos Erinnerungen an meinen letzten Zoobesuch wachrief. Er berichtete mir mit entnervender Ausführlichkeit von den Chancen der einzelnen Fußballklubs, in der nächsten Bundesligasaison zum deutschen Meister aufzusteigen.

»Herr Wirt, noch einmal dasselbe, bitte! - Wie geht es denn persönlich?«

Er guckte ein wenig misstrauisch. »Sie woll'n ma wohl uff'n Zahn fühlen, wat? Aba Fehlanzeije, ich dreh keene krummen Dinga mehr, ick bin kuriert. Vor drei Wochen hab ick jeheiratet, 'ne Vakäuferin von Bilka, 'ne resolute Puppe, die bringt ma schon uff Vordamann. Wat Kleenet is ooch schon untawegs. Ich arbeite jetzt bei de BVG als Gleisarbeita. Ville jibt's ja nich, und wir ham 'ne janze Menge Schulden, aba et wird schon jehn ...«

»Prost! Auf Ihr Wohl!« Wir leerten zum zweitenmal die Gläser, und langsam begann der Alkohol zu wirken.

»Da wären wir ja beim Thema ...« sagte ich nachdenklich.

»Wat denn«, lachte er, »woll'n Se mir etwa 'n Tipp vakoofen, wie ick 'ne Bank knacken kann ... ?«

»Das nicht ...« Ich wand mich innerlich. »Aber vielleicht könnten Sie mir einen Tipp verkaufen ...«

»Ick ... ? Ick kann Ihn'n sajen, wo Se abjetakelte Nutten uffjabeln könn'n, aba uff die stehnse ja wohl nich.«

»Allerdings ... Nein ...« Ich beugte mich etwas zu ihm herüber. »Sie wissen vielleicht, dass ich immer noch auf der Liste der Verdächtigen stehe ...«

»So ... ?« Sein Gesicht verfinsterte sich, man merkte direkt, wie er sich in sein Schneckenhaus zurückzog.

»Die Miezi, Sie wissen doch! Aber Ihnen geht es ja wohl nicht anders - oder ... ?«

»Hm ...« Er steckte sich eine Zigarette an und schnippte den verkohlten Streichholzkopf in die Gegend.

»Rannow ist ratlos ...«

Ruhlsdorf lachte auf. »Wir ooch!« Er stippte seinen rechten Zeigefinger in eine kleine Lache vergossenen Biers und zog verschlungene Kanäle über die blankgescheuerte Tischplatte.

»Das glaube ich nicht ganz …«

»Dann eben nich, dann kommt 'n andra und gloobt et Ihnen weg, dann ham Se iarnischt mehr!«

»Ja, ja …« Ich grinste. Aus seiner plötzlichen Schnoddrigkeit konnte ich schließen, dass er Angst hatte, Angst vor irgendwem oder irgendwas, Angst, die sich nun in Aggression umsetzte. Er musste also wissen, oder zumindest fundierte Vermutungen darüber haben, wer Miezis Mörder war, und es lag bei der Struktur des Falles auf der Hand, dass er den Mörder näher kannte. Wenn dem so war, dann hatte ich eine konkrete Chance, den entscheidenden Schlag gegen Ziegenhals zu führen. »Ach, es ist schon ein Kreuz, alle wissen etwas, aber keiner will den Mund aufmachen … !«

Ruhlsdorf biss nun prompt auf meinen Köder an. »Alle …? Wer weeß denn noch wat?« Sein Gesicht war gespannt, seine Augen waren schmal geworden.

»Ziegenhals zum Beispiel …«

»Der … ?« Ruhlsdorf zweifelte wohl zuerst, schien sich aber dann an die enge Verbindung zwischen Ziegenhals und Miezi zu erinnern.

»Ziegenhals, genau!« Ich spielte meine ganze Autorität aus, und er glaubte mir wohl auch. »Aber aus irgendeinem Grund hat er bisher geschwiegen …«

»Den Grund kenn ick, der hat ja selba Dreck am Stecken!« lachte Ruhlsdorf.

»So schlimm kann es nun auch wieder nicht sein«, wandte ich ein, »denn Oberkommissar Rannow hat mir gegenüber angedeutet, dass man Ziegenhals für seine früheren Straftaten eine Amnestie gewähren will, wenn er der Kripo Miezis Mörder nennt …«

»Jeht denn det?«

»Natürlich!« versicherte ich großspurig.

Ruhlsdorf war beeindruckt und nickte mehrmals; für ihn war ich einer der Götter von *da oben*. »Na, wenn det so is, denn wirta ja bald singen.«

»Nun will ich Ihnen mal was sagen ...« Ich beugte mich vertraulich zu ihm herüber, wobei ich mir am liebsten die Nase zugehalten hätte. »Wenn Sie mich fragen - dann halte ich Ziegenhals selber für den Mörder und sein Getue nur für ein Ablenkungsmanöver ...«

»So ... ?« Ruhlsdorf war ein wenig verwirrt, meinen Winkelzügen konnte er beim besten Willen nicht mehr folgen. Sein Misstrauen vor einer möglichen Fußangel wuchs von Sekunde zu Sekunde, was keineswegs in meiner Absicht lag.

»Und Ziegenhals will meine Tochter heiraten«, flüsterte ich. »Stellen Sie sich den Skandal vor, wenn er später als Mörder entlarvt wird - da bin ich in meiner Position doch erledigt! In drei Jahren bin ich Minister in Bonn - und mein Schwiegersohn bekommt lebenslänglich wegen Ermordung einer Prostituierten!«

Ruhlsdorf schauderte, der hehre Atem der Geschichte, den er zu spüren glaubte, ließ ihn frösteln. »Mensch!« stieß er hervor.

»Vor der Hochzeit muss ich unbedingt wissen, ob er der Mörder ist oder nicht, verstehen Sie?«

»Klar, ick bin doch nich von jestan!« Ruhlsdorf steckte sich eine Zigarette an und dachte nach. »Irjendwann muss ja der Ballon sowieso mal platzen ...« murmelte er.

Ich ließ ihm Zeit, zu einer Entscheidung zu kommen, und vermied es, in ihm das Gefühl des Eingekesseltseins zu erwecken.

»Ich würde mir den Tipp auch was kosten lassen«, sagte ich dann mit aller Vorsicht.

Ruhlsdorf kämpfte mit sich, das sah ich deutlich an seinen rot angelaufenen Ohren. Habgier und Ganovensolidarität rangen miteinander. »Hm … Theo, der Wirt da, hat uns die janze Zeit üba nich aus'n Oojen jelassen, und wenn … wenn der Mörda Wind davon bekommt, det ick ihn vapfiffen hab, und die Bullen nich schnell jenuch da sind, bin ick selba 'ne Leiche, nee!« Die Angst gewann die Oberhand, mit verkrampftem Mund zog er an seiner schnell herunterbrennenden Zigarette, Schweißperlen glitzerten auf seiner flachen Stirn.

»Sie könnten sich noch heute Abend in eine Maschine setzen und nach Hamburg fliegen oder nach Paris - am Geld soll's nicht scheitern.«

»Wat lassense denn springen?«

Die Gier nach leichtverdientem Geld war also doch stärker als die Angst; ich hatte richtig kalkuliert.

»Tausend.«

»Soll det 'n Witz sein?« Er lachte laut auf, wodurch sich seine Nervosität merklich verringerte.

»Anderthalb!«

»Nee, mein Leben is ma mehr wert!«

»Gut, lassen wir's! Ziegenhals wird ja bald zur Polizei gehen, und dann werden die Beamten den Mörder über kurz oder lang von sich aus finden …« Ich machte Anstalten, mich zu erheben.

»Momentchen mal!« Ruhlsdorf war sichtlich erschrocken. »So war det nich jemeint!«

»Zweitausend - das ist mein letztes Wort!«

»Hm … Plus Hin- und Rückflug nach Paris.« Seine Augen leuchteten auf. »Sajen wa: zwofünf … ?«

»Okay!« Ich bemühte mich um ein Pokergesicht und zog das Geld aus der Brieftasche, um es ihm in einem günstigen Augenblick hinüberzuschieben. Ich hatte mir vorsorglich

4000 Mark eingesteckt, konnte also durchaus zufrieden sein. »Also, wer ist es …?«

Ruhlsdorf ließ das Geld in seine Hosentasche gleiten, seine Züge konnte man nur als verklärt bezeichnen. »Er war 'n paar Monate in Tunesien, oder 'n paar Wochen jedenfalls …« Hier stockte er, denn offenbar hatte er eine panische Angst davor, den Namen des Mörders auszusprechen.

»Soll ich mir vielleicht alle Leute ansehen, die in letzter Zeit in Tunesien waren?« Ich verlor allmählich die Geduld.

Ruhlsdorf sah sich schnell nach allen Seiten um, dann flüsterte er: »Prötzel …!«

»Aha …« Ich nickte befriedigt; an Prötzel hatte ich selber schon gedacht. Nur … »Und was ist mit dem Alibi von seiner Mutter?«

»Die is nich jut uff'n zu sprechen, wo er mit 'ner verdammt teuren Nutte nach Tunesien jemacht hat und sie liegt krank zu Hause im Bette.«

»Aha …«

»Hier, sehn Se mal, det issa!« Ruhlsdorf zeigte mir eine überbelichtete Farbfotografie, auf der ein untersetzter Mann neben einer Blondine kniete, die in neckischer Absicht Sand auf die wichtigste Stelle ihres Bikinis rinnen ließ.

»Sehr schön!«

»Der wird sich wundan!«

Damit war meine Mission in der *Heißen Ecke* beendet, und ich konnte die mir verbleibende Zeit damit vertun, mit Ruhlsdorf über die diversen Kriminalserien der ARD und des ZDF zu plaudern. Wir knobelten noch ein Weilchen um die nächsten Lagen, tranken sie aus und gaben uns als zwei harmlose Zecher.

Gegen 20 Uhr 30 verließ ich dann das rauchige Lokal, das sich langsam mit lärmenden Jugendlichen und zwielichtigen Gestalten zu füllen begann. Richtig beschwingt war ich, denn meine Rechnung war aufgegangen.

Als ich die braune Holztür hinter mir zugezogen hatte und mich umdrehte, um nach einer Taxe Ausschau zu halten, lief ich einem gedrungenen jungen Mann in einer schwarzen Lederjacke in die Arme.

Es war Karl-Heinz Prötzel.

15

Betr.: Bernd Ziegenhals.
Anlage zum psychiatrischen Gutachten. Abschrift des Tonbandes 3/6.
Locker assoziierende Selbstdarstellung des Probanden.
Vom Autor überarbeitet.

Es war schönes Wetter, und Ginny hatte mich zum Tennisspielen abgeholt. Wir hatten einen netten Platz in der Nähe des S-Bahnhofs Halensee entdeckt.

Seit anderthalb Stunden kämpften wir schon. Jetzt, als die Dämmerung hereinbrach, ging es um die Wurst, und zwar um die Curry-Wurst, die der Verlierer dem Sieger zu bezahlen hatte. Außerdem stand natürlich unsere Ehre auf dem Spiel, Adam contra Eva. Ginny, die schon von Kindesbeinen an das Rackett schwang, war mir in puncto Technik um Längen voraus, doch wenn ich meine rohen Kräfte einsetzte, konnte ich ganz gut mithalten. Für einen Neuling war ich sogar blendend, versicherte man mir allgemein. Das war schon etwas anderes, als abends mit Prötzel und Ruhlsdorf in einem alten Keller Tischtennis zu spielen.

Den ersten Satz hatte ich knapp mit 7:5 gewonnen, im zweiten hatte mich Ginny geradezu vernichtend mit 6:1 geschlagen. Mag sein, dass mich ihre entzückende Figur zu sehr abgelenkt hatte. Wenn ich sie so sah, schön braungebrannt, mit wehendem Pferdeschwanz und wehendem Röckchen, dann konnte ich kaum glauben, dass dieses Kleinod mir gehören sollte. Meine Gedanken gingen erneut auf Wanderschaft, bis es plötzlich im dritten und entscheidenden Satz 5:3 für Ginny stand. Ich war völlig entnervt, und sie konnte drei weitere Bälle für sich buchen.

»Hi-ha-ho, Berndchen ist k.o.!« rief sie übers Netz und warf den Ball zum Aufschlag hoch. Er krachte in mein Aufschlagsfeld, roter Staub wirbelte hoch.

»Denkste!« Ich sprang nach links und donnerte den Ball mit einer geglückten Rückhand in die äußerste Ecke ihres Feldes. Im gleichen Augenblick stürzte ich zum Netz vor.

Doch sie hatte aufgepasst und jagte den Ball zurück. Ich konnte nur noch instinktiv den Schläger hochreißen. Der Ball stieg hoch und war eine sichere Sache für sie. Ginny ließ ihn in aller Ruhe auftippen und schmetterte dann. Ich konnte nicht mehr zur Seite springen und bekam ihn vor die Brust geknallt.

»Getroffen!« schrie ich, warf die Arme hoch und markierte den Sterbenden. »Winnetou, mein roter Bruder, warum hast du das getan?! - Grüß mir meine deutsche Heimat!«

Ginny kam herübergelaufen und küsste mich mit Hingabe. »Komm, wir trinken noch was.«

»Und dann … ?«

»Gehen wir 'ne Curry-Wurst essen …«

»Und dann?«

»Geht die kleine Ginny nach Hause und schreibt ihr Referat zu Ende …«

»Schade …!« Ich schmollte.

»Ach, armes Herz, verzage nicht, schlag alles in den Wind!« sang Ginny.

Ich konnte nur mein Haupt schütteln. »Du bist vielleicht ein Ferkel! Das ist doch schon in der Bibel verboten worden.«

Eine Viertelstunde später saßen wir bei Lampionlicht auf einer kleinen Terrasse, über uns wucherte wilder Wein. Die Waldmeisterbowle schmeckte phantastisch, braune Falter tanzten um die mattierten Birnen, aus den offenen Fenstern der angrenzenden Häuser tönte leise Musik, im nahen Park kicherten die Mädchen … es war einer der Augenblicke, in denen ich an eine friedvolle und harmonische Welt glauben und das letzte *teach-in*, Vietnam und Suez vergessen wollte. Aber im Glück dieses Abends war schon eine gewisse Schwermut angelegt, ja, anders kann ich's nicht ausdrücken, denn nie war ich mir der Vergänglichkeit meines Seins und meiner Jugend stärker bewusst als in diesen Sternstunden, die Ginny mir schenkte. Was würde morgen sein, übermorgen, in einem Jahr? War denn mein Glück dauerhafter als eine Sternschnuppe?

Ginny schien Ähnliches zu empfinden, denn sie schwieg wie ich. Wir trauerten um die Millionen Jahre, die wir nicht mehr erleben durften.

»In fünfzig Jahren ist alles vorbei«, sagte ich. »Und dann sitzt du mit deinen Freundinnen im Café und erzählst von mir …« Ich krümmte mich zusammen, ließ meine Hände zittern, steckte meine Zunge unter die Unterlippe und mimte die Ginny des Jahres 2020. »Ja, ja, mein Seliger konnte auch Tennis spielen! Ach ja, ich hatte einen herzensguten Mann, gütig und hilfsbereit, einen besseren konnte ich mir gar nicht wünschen. Nun deckt ihn schon drei Jahre lang der kühle Rasen. Ja, ja, die Besten müssen immer zuerst gehen …«

»Du bist ja ein Optimist!« lachte Ginny. »Wenn du einen solchen Nachruf von mir erwartest, dann musst du dich noch ganz schön bessern.«

»Will ich ja, aber du willst ja unbedingt dein Referat vollenden …«

»Pst … Sei doch mal still, ist das nicht 'ne Nachtigall … ?«

»Klar …« grinste ich. »Sie flötet gerade: Ein Männlein steht im Walde … !«

»Kannst du denn an nichts anderes denken?«

»In deiner Gegenwart nicht!«

»Ich bin müde!« stöhnte sie.

»Seit Cloward bei euch wohnt, bist du ziemlich oft müde.«

»Duelliert euch doch! Oder messt eure Kräfte im Marathonlauf. Ich stelle dann mein Bett hinter dem Ziel auf und erwarte den Sieger … «

»Haha!« Schon der Name Cloward wirkte auf mich wie ein rotes Tuch. »Wir können ja auch ein Wett-Trieseln rund um den Ernst-Reuter-Platz veranstalten oder ein Zielpinkeln auf ein Gänseblümchen!«

»Nun werd nicht wieder ordinär!«

»Entschuldige, dass ich vom Hinterhof stamme! Kann ja nicht jeder so einen reichen Vater haben wie Johnny Cloward!«

»Wenn du eifersüchtig wirst, bist du zum Schießen«, lachte sie.

»Diesen Klo-Wart kastriere ich noch mal mit einem heißen Lötkolben!«

»Den musst du erst mal finden …«

»Wen - den Lötkolben oder Cloward?«

»Cloward!«

»Wieso - hat der sich in eurem Palast verlaufen?«

»Das nicht, aber er ist ausgezogen.«

Das war neu für mich. »Warum denn?«

»Manch einer ist es nicht gewohnt, mit Körben umzugehen.«

»Aha, von daher weht der Gegenwind! Na, dann kann ich ja beruhigt sein.«

Wir zahlten, standen auf und gingen zum Parkplatz hinüber, wo wir uns noch gut und gern zehn Minuten intensiv miteinander beschäftigten.

»Mensch, hör auf!« stöhnte Ginny schließlich und erinnerte sich an den *Lieben John.* »Mit dir ist es ja wieder mal ganz schlimm! Mir geht's nicht so gut wie Anita, ich kann deine Hose nicht vorm Fenster zum Trocknen aufhängen.«

Sie machte sich los und lief zu ihrem, das heißt, zum Wagen ihres Vaters hinunter, schloss blitzschnell auf und schlüpfte auf die roten Polster. Ich folgte ihr, und wir balgten uns noch ein paar Minuten wie übermütige Kinder. Plötzlich war sie nicht mehr Geliebte, sondern Schwester und Spielgefährtin. Endlich bugsierte sie mich mit einem kräftigen Nasenstüber aus dem Wagen und brauste lachend davon. Ich blieb noch ein paar Sekunden im Gras sitzen und winkte ihr hinterher. Schließlich setzte ich mich pfeifend in meinen Mercedes und fuhr die Paulsborner Straße hinunter. Ich war vom Schmerz des Alleinseins und vom Unglück der Armut erlöst worden, ich konnte mich minutenlang durch bloßes Träumen in LSD und Haschischwelten versetzen. Franzensbader Straße, Hohenzollerndamm, Berkaer Straße, Warnemünder Straße, Podbielskiallee, Königin-Luise-Straße, ich fuhr wie im Rausch. Ich hätte die ganze Welt auf den Kopf stellen können, das war ein Abend, wo man unbedingt ein Fass aufmachen musste! Umziehen, Ginny abholen, tanzen gehen, Sekt trinken, die Nacht durchfeiern, leicht betrunken durch den rosaroten Morgen wandern, ja, das war's!

Ich erreichte die Grunewaldstraße, fand in der Nähe meines Domizils einen Parkplatz und stieg aus. Immer noch beschwingt, ging ich auf das schwach beleuchtete Gartentor zu.

Da wurde neben mir die Tür eines hellgrauen Volkswagens aufgestoßen und ein untersetzter Mann in einer schwarzen Lederjacke kam zum Vorschein. Wie eine Schlange schoss sein rechter Arm auf mich zu, und der Kopf der Schlange bestand aus einem 38er Smith & Wesson, wie ich als ehemaliger John Drake und Jerry Cotton-Leser sofort erkannte. Ich erstarrte und brauchte Sekunden, bis ich den Mann im Wagen erkannte.

Es war Karl-Heinz Prötzel.

»Hast du 'ne Macke!« stieß ich hervor.

»Halt die Schnauze und steich ein!«
»Was soll der Quatsch?«
»Ick will mit dir reden ...«
»Das können wir doch oben bei mir viel besser erledigen. Komm, ich hab auch was zu trinken da ...«
»Nee, deine Tricks kenn ick. Los, steich ein!« Er rutschte hinters Steuer und zwang mich, auf dem rechten Vordersitz Platz zu nehmen.
»Und nun?«
»Fahrn wa 'n bisschen spazieren ...«
Der Wagen ruckte an, und wir rollten die Grunewaldstraße hinunter. Ich war wie chloroformiert, ich weigerte mich einfach, die Tatsachen anzuerkennen. Gottergeben fand ich mich zunächst mit meinem Schicksal ab. Ich war aus dem siebenten Himmel gestürzt, und zwar ohne Fallschirm, aber ich behielt die Nerven und sagte mir, dass der Sturz selber nicht so schlimm war, sondern erst der Aufprall. Vielleicht gab es doch noch eine Chance für mich.
»Jetz ha ick Obawassa!« grinste Prötzel. »Oft jenuch haste mir zur Minna jemacht und mir die besten Bissen wegjeschnappt, jetzt ha ick den Spieß umjedreht.«
»Mensch, Kalle, red doch kein Blech, wir waren doch immer Freunde. Wie oft hab ich dir geholfen, in der Schule, im Heim, im Verein ...«
»Ja, denkste, dein Schuhputzer war ick, dusslich war ick! Du hast mit ma jemacht, watte wolltest! - Bleib sitzen, sonst knallt's!«
Wir waren am Hermann-Ehlers-Platz auf eine rote Ampel gestoßen, und ich hatte versucht, die Tür aufzustoßen und mich auf die Fahrbahn fallen zu lassen.
»Worum dreht sich's denn eigentlich?«
»Die Bullen wollen ma den Mord an Miezi in de Schuhe schieben.«

»Und - warst du's?«

»Det jeht dir 'n Scheißdreck an!« Die Ampel sprang auf Grün. Prötzel bog nach rechts ab und fuhr die Schloßstraße entlang. Aus dem Schlosspark-Theater strömten die ersten Besucher auf die Straße. Festlich gekleidete, freie Menschen - wie ich sie beneidete! Ich sah mich zwischen ihnen, Ginny war an meiner Seite, ich sah einen hellgrauen Volkswagen vorbeihuschen, der mich nichts anging.

»Wo willst du denn überhaupt hin?« fragte ich, als wir an der dunklen Wand des Botanischen Gartens vorbeiglitten.

»In den Grunewald …«

»Du bist wohl von allen guten Geistern verlassen?«

»Meinste denn, ick knall dir hier ab … ?« Prötzel hatte Schwierigkeiten, Revolver und Lenkrad zugleich festzuhalten. Um ein Haar wäre ihm die Smith & Wesson aus der Hand geglitten. Ich war schon zusammengezuckt, um sie zu greifen. »Denkste!« Er lenkte jetzt mit der linken Hand und hatte die rechte mitsamt der Waffe auf dem Steuerrad liegen. Zu schalten brauchte er nicht, sein Wagen war mit einer Automatik ausgestattet.

»Was hast du denn davon, wenn du mich umlegst!?« stieß ich hervor.

»Det möchste wissen, wa?« höhnte er. »Det janze Leben lang biste mit ma Schlitten jefahrn, so uff die feine Tour. Ick ha ma die Finga schmutzich jemacht und ma abjerackert - und du warst der feine Pinkel und hast kassiert. Und jetzt machste uff Playboy und mir jagen se alle. Aba wenn ick schon vor die Hunde jehe, will ick wenichstens vorher noch wat von meinem Leben hain! Und dir ha ick schon lange uff'n Kieka.«

»Komm, Kalle, vergiss doch, was gewesen ist. Ich hab jetzt Beziehungen, ich kann dir helfen, dass du endlich festen Boden unter die Füße bekommst … « Ich redete mit Engelszungen.

»Du brauchst mir nischt vorzumachen!« sagte Prötzel, während er die Kreuzung Habelschwerdter Allee und Drakestraße passierte. »Wenn de den Bullen azählst, watte weeßt, dann isset aus mit mir. Noch wissen se nich, det ick mit Miezi valobt war und zu ihr ziehn wollte.«

»Mein Gott, bis jetzt habe ich doch auch den Mund gehalten. Wenn ich gewollt hätte, hätte ich ihnen ja schon längst alles erzählen können.«

»Bis jetzt isset ja ooch noch nich hart uff hart jekommen«, erwiderte Prötzel. »Aba nu hat dein Herr Schwiejavata se ja uffgescheucht wie die Hühna.«

»Was denn - Kolczyk?« Ich verstand nicht, was er damit sagen wollte.

»Jenau der! Der hat Ruhlsdorf azählt, det du Beweise jejen mich gesammelt hast, Beweise, det ick der Mörda bin.«

»Das ist doch Quatsch! Ich weiß von nichts!«

»Der wird schon keenen Quatsch azählen, der is schließlich Professa.«

»Aber Mensch, wenn ich was wüsste, wäre ich doch schon längst zur Polizei gegangen!«

»Det kannste deiner Jroßmutta erzähln. Bis jetzt haste Schiss jehabt, dette dich selba in de Nesseln setzt. Wenn se mich erst mal ham, könnte ick ja den Bullen flüstan, watte für 'n Dreck am Stecken hast, Autodiebstähle, Einbrüche und so!«

»Na bitte, ich wäre doch schön dumm, wenn ich singen würde.«

»Ja, und mir kannste nich für dumm vakoofen! Zufällich weeß ick von Kolczyk, det dir Rannow Straffreiheit zujesichert hat, wenn de im Mordfall Miczi auspacken tust!«

»So was gibt's doch gar nicht!« Ich war verzweifelt, ich war den Tränen nahe. »Das ist doch glatter Unsinn!«

»Sachst du, aba ick weeßet bessa!«

Ich musste einsehen, dass es unmöglich war, Prötzel von

seiner vorgefassten Meinung abzubringen. Er war ein primitiver Mensch, und der Professor Dr. rer. pol. Rüdiger Kolczyk stellte für ihn eine gottähnliche Autorität dar - was der sagte, musste stimmen. O ja, das hatte der Herr Kolczyk wunderbar eingefädelt. Dass ich nicht schon vorher drauf gekommen war! Es war ja so einfach, einem armen Schwein wie Prötzel einzureden, ich hätte Beweise gegen ihn und würde jetzt auspacken, weil mir die Kriminalpolizei Straffreiheit zugesichert hatte. So konnte man mit wenigen Worten andere zum Mord aufhetzen, wenn man's schon selber nicht fertig brachte. Und ich Narr hatte geglaubt, Kolczyk würde endlich klein beigegeben haben.

»Das hilft dir doch auch nicht weiter, wenn du mich jetzt umlegst«, sagte ich mit einer Stimme, die ich nie gehört hatte.

»Auf einen mehr oda wenija kommt's ooch nich mehr an!« stellte Prötzei fest.

Es war sinnlos, an Prötzels Verstand zu appellieren, da war ja nichts. Er war anscheinend felsenfest davon überzeugt, dass er seinen Kopf noch aus der Schlinge ziehen konnte, wenn er mich umlegte. Damit hatte er seinen vermeintlichen Hauptbelastungszeugen ausgeschaltet. Diese Schlussfolgerung musste für ihn zwingend sein.

Oder war es nur der lang aufgestaute Hass gegen mich, der ihn zu dieser Tat trieb? Wenn es so war, wenn er Miezi nicht erwürgt hatte, dann hatte ich immer noch eine kleine Chance, ihn umzustimmen.

»Nun nimm doch mal Vernunft an!« schrie ich. »Ich habe keine Beweise gegen dich in der Hand, und ich glaube auch nicht, dass du die Miezi umgebracht hast. Kein Mensch sägt den Ast ab, auf dem er sitzt! Ich habe dem Rannow x-mal gesagt, dass du nicht der Mörder sein kannst, weil du ja von und mit Miezi leben wolltest. Mensch, glaub mir doch!«

»Quatsch dich ruhich aus, det is Musik für mich!« höhnte er.

»So sei doch vernünftig! Wenn wir zusammenhalten, können sie uns alle mal den Buckel runterrutschen. Ich habe Beziehungen, ich verschaffe dir Arbeit und eine vernünftige Wohnung. Hör auf mich, es kann noch alles gut werden.«

»Die Töne kenn ick!« Prötzel war nicht umzustimmen. »Du hättest Pfarra werden sollen! Aba wenn de erst mal aus der Reichweite meina Kanone raus bist, dann redeste janz anders, dann verpfeiste ma wieda - wär ja nich det erste Mal ...«

Ich redete noch minutenlang auf ihn ein, doch es war vergebene Liebesmüh. Wir waren inzwischen die Berliner Straße hinuntergefahren und erreichten gerade die Onkel-Tom-Allee. Der nächtliche Grunewald war nahe, keine fünf Kilometer mehr bis in den Tod.

Mein Mund war wie verklebt, ich konnte nicht mehr sprechen. Warum musste ausgerechnet mir das passieren, warum nur! Millionen Menschen lachten in dieser Sekunde, und ausgerechnet ich sollte jetzt sterben. Welch Hohn, da hatte ich mich nur mühsam hochgekämpft und es zu was gebracht, und nun kam ein Kretin wie Prötzel und plötzlich sollte alles aus sein. Nein, nein! Was würde aus Ginny werden, sie brauchte mich doch!

Ach was! In zwei Jahren war alles vergessen, und sie heiratete einen großkotzigen Bankierssohn. Ziegenhals - ach, eine kleine Jugendsünde, eine Torheit! Ob sie mich bis dahin schon gefunden hatten? Wahrscheinlich nicht, wer hatte denn schon ein Interesse daran, mich auszubuddeln? Niemand! Wenn Ginny erfuhr, wem sie wirklich ihre Liebe geschenkt hatte, dann würde sie wohl keine Träne um mich vergießen. Aber wie ich Prötzel kannte, würde er mich nicht einbuddeln, sondern mit einem Stein beschweren und in der Krummen

Lanke versenken. Und da saß ick mit der Emma uff de Banke ... In diesem Augenblick drehte ich durch.

Ich warf mich nach links, um Prötzel zu packen und ihm die Waffe zu entreißen.

Doch er hatte aufgepasst. Blitzschnell fuhr seine rechte Hand herum, und er zögerte keinen Augenblick, den Abzug durchzuziehen.

In der nächsten Sekunde schien die Welt zu explodieren. Ein beißender Knall, splitterndes Glas, ein Wagen, der wie auf einer Achterbahn herumwirbelte, ein sengender Schmerz in meinem Gesicht, die Kugel musste mir das halbe Kinn weggerissen haben. Mit einem wilden Aufschrei fuhr ich zurück.

»Du verdammter Idiot du!« schrie Prötzel und versuchte, den Wagen zu bändigen. Ein entgegenkommender Ford geriet auf den linken Bürgersteig und prallte gegen eine Litfaß-Säule.

Es schepperte gewaltig. »So 'ne Scheiße!«

Ich betete, dass wir ebenfalls gegen ein Hindernis stießen, aber Prötzel bekam den VW wieder unter Kontrolle. Er entfaltete plötzlich Kräfte, die ich ihm nie zugetraut hätte. Sein Gesicht hatte sich verzerrt, er wirkte jetzt wie ein Wahnsinniger.

Das Blut rann mir am Hals entlang. Durch das Taschentuch hindurch fühlte ich die Furche auf meinem Kinn. Ein Streifschuss, die Kugel war durch das rechte Fenster geschlagen. Ich hatte Glück gehabt, aber was nützte mir dieser Aufschub.

Vor uns tauchte die Argentinische Allee auf, von dort aus war es nur noch ein Katzensprung bis zum Riemeisterfenn und zur Krummen Lanke. Fünfzehn Jahre musste es her sein, da hatten wir dort Karl May gespielt, Schatz im Silbersee, bei einem Schulausflug. Ich war Old Firehand gewesen, Prötzel der Brinkley.

Jetzt kam die Reue. Ich dachte an Kolczyk. Hätte ich ihn doch niemals erpresst, wäre ich doch in der Naunynstraße geblieben und hätte das Leben gelebt, für das ich geschaffen war! Welch Wahnsinn, es mit einem Mann wie Kolczyk aufzunehmen! Ich schwor mir, ihn für immer in Frieden zu lassen, nach Südamerika zu gehen und einen anderen Namen anzunehmen, wenn ich lebend hier herauskam. Ja, ich würde auch auf Ginny verzichten!

»Haste Papier und Bleistift mit?« fragte Prötzel, als wir die Argentinische Allee überquerten.

»Wieso … ?«

»Damit de dein Testament machen kannst!«

Er genoss mein Sterben. Er war ein Verdammter dieser Erde, aber er hasste nicht die, die an seinem Verhängnis Schuld waren, sondern die, die sich aus eigener Kraft befreit hatten.

Sein Gesicht erinnerte mich an eine riesige Möwe, die hinunterstößt, um sich einen Fisch zu schnappen. Seine blassblauen, starren Augen waren etwas aus ihren Höhlen getreten, sein Mund war halb geöffnet, er keuchte ein wenig. Er war am Ziel, er hatte einen Menschen in seiner Gewalt, er konnte ihn zwingen, eine ganz enge Bindung zu ihm einzugehen. Vielleicht deute ich es falsch, aber mir schien es so, als wollte er sich auf seine Art und Weise nur das verschaffen, was andere mit der Liebe bekamen.

Aber diese Erkenntnis nutzte mir wenig. Ich saß im Wagen eines Verrückten und war ihm hilflos ausgeliefert. Mir blieb nichts weiter übrig, als den Kopf in den Sand zu stecken und abzuwarten. Meine einzige Waffe war das Wort gewesen, und die hatte kläglich versagt.

Schweigend fuhren wir die Onkel-Tom-Allee entlang, vor uns dehnte sich die dunkle Weite des Grunewalds.

Prötzel hatte etwas Gas weggenommen, offenbar suchte er nach einem festen Waldweg. Ob ich die Tür aufreißen und hinaushechten sollte? Ab und an kam uns ja ein Wagen entgegen, und in etwa hundert Metern Entfernung folgte uns ein Volkswagen. Ja, das war meine letzte Chance!

Mit klopfendem Herzen tastete ich mit der rechten Hand nach dem Türgriff. Prötzel schien nichts zu merken.

Ich hatte ihn gefunden.

Jetzt!

Doch in diesem Augenblick gab Prötzel Vollgas, und der Wagen schoss wie eine Rakete davon. Jetzt zu springen wäre glatter Selbstmord gewesen.

»Ein Funkwagen is hinta uns her!« schrie Prötzel. »Diese verdammten Schweine!«

Ein Wunder, ich konnte es gar nicht fassen. Ich war erleichtert, ich hätte jubeln können. Sicherlich hatte man den Schuss gehört. Noch ein paar Minuten, dann war alles vorbei, dann war es nur noch ein Albtraum.

»Die kriejen ma nich!« keuchte Prötzel. »Vielleicht als Leiche, aba nich lebendich!«

»Hör auf, es hat doch keinen Sinn mehr. Die haben uns gleich. Da drüben am Wasserwerk wartet der nächste Funkwagen, überall Blaulicht!«

Prötzel riss den Wagen herum. Auf zwei Rädern schlitterten wir in den schmalen Sprungschanzenweg hinein.

»Wenn de denkst, die holen dich hier raus, dann biste schief jewickelt. Du hast mir det hier einjebrockt, und wenn ick abkratze, dann kratzt du mit ab! Mach dir bloß keene falschen Hoffnungen!«

Er steckte die 38er Smith & Wesson in seine rechte Jackentasche, um besser lenken zu können.

Die Jagd begann. Und da er ein vorzüglicher Autofahrer war, konnte es Stunden dauern, bis sie uns schnappten. Es konnte aber auch sein, dass er ihnen entkam …

Ich konnte nichts weiter tun, als beten und hoffen. Da

Prötzel sich um kein Vorfahrtsschild und keine Ampel kümmerte, hatte ich keine Chance, mich auf ihn zu werfen und ihn zu überwältigen. Bei der Geschwindigkeit, die wir draufhatten, wäre das das Ende für uns beide gewesen.

»Abjehängt!« Prötzel frohlockte. Irgendwie hatte er aus dem Labyrinth der kleinen Straßen um den Wald-Friedhof Dahlem herausgefunden und die breite Clayallee erreicht. Jetzt fuhren wir in Richtung Roseneck/Hohenzollerndamm. Offenbar war er sich unschlüssig darüber, was er nun tun sollte.

»Die ganze Stadt jagt uns jetzt«, sagte ich. »Am besten ist, du steigst hier aus, und ich fahre alleine weiter. In dem Wagen hier hast du doch keine Chance mehr, Dutzende von Funkwagen und Hunderte von Taxifahrern suchen jetzt nach unserer Nummer!«

»Du hast wohl 'ne Macke! Damit du denen allet azählst!«

»Mache ich ja nicht! Und wenn - dann hast du wenigstens einen kleinen Vorsprung und kannst dich noch aus dem Staub machen!«

»Nee, so unjeschoren kommste ma nich davon! Ick wandre in 'nen Knast und du jenießt det Leben, nee! An der nächsten Ecke isset aus mit dir!«

»Eh du deine Pistole herausgerissen hast, bist du schon im Land der Träume!« warnte ich ihn.

Prötzel fluchte, musste aber einsehen, dass wir ein gewisses Patt erreicht hatten. Um die Smith & Wesson in die Hand zu bekommen, musste er langsamer fahren - in dem Moment aber war ich schon über ihm. Es blieb ihm also gar nichts weiter übrig, als wie ein Rallye-Fahrer durch die nächtliche Stadt zu rasen.

Irgendwann musste ja einmal das Benzin ausgehen, und dann kam es darauf an, wer die besseren Nerven hatte.

Prötzel kochte vor Wut. Er konnte mich nicht erschießen,

und er konnte den Wagen auch nicht in einer stillen Nebenstraße abstellen und zu Fuß flüchten. Er saß im wahrsten Sinne des Wortes in der Falle.

Wir rasten ziellos durch die Stadt. Vom Hohenzollerndamm bog er auf die Stadtautobahn ab und fuhr in Richtung Norden. Die Tachonadel pendelte sich bei 110 ein. Ausfahrt Rathenau-Platz, Avus-Verteiler, Kaiserdamm, Spandauer Damm, Nordwestbogenbrücke, Ende der Stadtautobahn und Abfahrt zum Kurt-Schumacher-Damm.

Dort wartete ein Funkwagen auf uns, stellte sich quer zur Fahrbahn, um uns aufzuhalten. Doch Prötzel riss das Steuer herum, flog geradezu auf den Bürgersteig und schoss an dem Hindernis vorbei. Dann bog er in den Heckerdamm ab und erreichte schließlich den breiten Goerdelerdamm.

Jetzt blies die Funkleitzentrale der Polizei zum großen Halali, von überall her ließ man Funkwagen auf uns los. Aber Prötzel fuhr wie ein Irrer und er hatte verdammt viel Glück. So zum Beispiel am Ernst-Reuter-Platz, zu dem er sich mühsam durchgekämpft hatte. Wir kamen die Marchstraße entlang, die Ampel zeigte rot. Doch Prötzel kümmerte sich schon längst nicht mehr darum. Mit kreischenden Rädern umrundete er den Platz, um in die Hardenbergstraße zu gelangen. Eine Taxe, die aus der Bismarckstraße kam, hatte die gleiche Absicht. Es krachte gewaltig, und unser Wagen wurde auf Höhe des Rücksitzes mehrere Handbreit eingedrückt, aber Prötzel kam wieder frei und setzte seine Fahrt unbeirrt fort. Ein Amokfahrer, den nichts mehr aufhalten konnte.

Ich hatte den Haltegriff fest umklammert und stemmte mich mit aller Kraft gegen das Blech vor mir. Immer noch tropfte Blut von meinem Kinn, der eisige Fahrtwind, der durch die zerschossene Scheibe hereinfuhr, ließ es sofort gerinnen.

Ich hatte nicht auf den Kilometerzähler gesehen, aber dreißig Kilometer mussten wir schon gefahren sein. Wenn Prötzel gerade frisch getankt hatte, konnte diese Höllenfahrt noch Stunden dauern.

Straßenschilder tauchten auf und verschwanden wieder - Tauentzienstraße, Kleiststraße, Nollendorfplatz, Bülowstraße, Potsdamer Straße - ich erinnere mich noch ganz genau daran. Vertraute Gebäude flogen an uns vorüber - die Gedächtniskirche, das KaDeWe, die Urania, der Sportpalast.

Jetzt fuhren wir wieder in Richtung Süden, und Prötzel suchte noch immer fieberhaft nach einem Ausweg. Schließlich glaubte er, einen gefunden zu haben.

»Du kannst dir ja die Kanone während der Fahrt aus meina Tasche nehmen, und ick halte dann an, steije aus und vadufte ...«

»Okay!« Ich atmete auf.

»Nee!« Prötzel hatte den Pferdefuß sofort entdeckt. »Und wer garantiert mir denn, dette ma nich abknallst ...?«

»Ich geb dir mein Wort! Meinst du denn, ich ermorde dich und kassiere anschließend lebenslänglich?«

»Nee, aba du brauchst ja nur zu saren, et wäre Notwehr jewesen.«

»Ach, Unsinn!«

»Oda du hältst ma so lange in Schach, bis die Bullen da sind!«

Er ärgerte sich jetzt darüber, dass er weich geworden war und trat das Gaspedal bis zum Anschlag durch.

Schöneberg, Kaiser-Wilhelm-Platz, das Postamt, der alte Dorfanger, die Villen der Millionenbauern - alles ein wirrer Film.

Dominicusstraße! Vor der Stahlhochstraße wartet ein Funkwagen, von links und rechts schießen zwei andere Wagen auf uns zu. Prötzel versucht, rechts neben der

Stahlhochstraße durchzubrechen, und zwar auf der Fahrbahn, die sonst dem A 48 und den Anliegern vorbehalten ist.

Ein Funkwagen stellt sich quer, zwei Beamte springen heraus.

Prötzel reißt den Wagen nach links - und verliert die Kontrolle über ihn. Wir drehen uns, die himbeerfarbene Dorfkirche wirbelt mehrmals durch mein Blickfeld, dann löst sich die Welt in Milliarden Splitter auf, ich zerplatze irgendwie.

16

Zwischenspiel mit einem Toten

Oberkommissar Rannow sah kurz dem kleinen roten Wagen nach, der mit Blaulicht die Hauptstraße hinunterjagte, um Ziegenhals ins nächste Krankenhaus zu bringen, dann wandte er sich wieder den Feuerwehrleuten zu, die sich um Prötzel bemühten. Prötzels rechter Oberschenkel war eingeklemmt, und sie mussten ihn heraussägen. Ein Arzt versuchte, ihm durch die Trümmer des total zerstörten Wagens ein schmerzstillendes Mittel zu injizieren. Prötzel schrie, wimmerte und flehte so sehr, dass Rannow in eine angrenzende Gaststätte lief und einen doppelten Weinbrand hinunterstürzte.

Als er wieder zurückkam, schob man Prötzel gerade in einen der bereitstehenden Unfallwagen. Er war nur noch ein Klumpen Mensch, blutüberströmt, eine einzige Zusammenballung von Schmerz. Rannow folgte dem Unfallarzt ins Wageninnere, hinter ihnen wurden die Türen zugeschlagen, der Fahrer gab Gas. Prötzel hatte das Bewusstsein verloren. Der Arzt fühlte ihm den Puls und zuckte nur die Achseln.

Im Krankenhaus hatten sie schon alles für die Notaufnahme vorbereitet. Vor dem Operationssaal stieß Rannow auf Kriminalobermeister Steinert, der an der Jagd auf Prötzel teilgenommen hatte und gleich vor dem Auguste-Viktoria-Krankenhaus gehalten hatte, als er über Funk von dem Unfall unterrichtet worden war.

»Sicht's schlimm aus?« fragte er.

»Hm … Schwere innere Verletzungen«, brummte Rannow. Er mochte Steinert nicht sonderlich.

»Hat's den andern ebenso erwischt?« fragte Steinert.

»Keine Ahnung ...«

»Wie sind Sie denn Prötzel auf die Spur gekommen?«

»Tja ... Dieser Opa Melzer hat endlich ausgepackt. Daraufhin bin ich noch einmal zu seiner Mutter gegangen, zumal mir auch Professor Kolczyk gesagt hatte, sie würde bald umfallen. Sie war nämlich sauer auf ihren Sohn, weil der nach Tunesien gefahren ist - mit so 'nem leichten Ding, während sie zu Hause im Bett lag - Venenentzündung - und Hilfe gebraucht hätte. Von ihr hatte er ja das entscheidende Alibi für die Tatzeit. Na ja, nach 'ner Stunde ist sie dann mit der Wahrheit herausgerückt, obwohl's ihr verdammt schwer gefallen ist. Prötzel war also zur Tatzeit nicht zu Hause. Das reichte, um die Fahndung nach ihm einzuleiten. Wir hatten zwar seine Autonummer, aber keiner wusste genau, wo er steckte. Hm! Den Rest wissen Sie ja selber.«

Sie warteten und warteten. Prötzel hatte die Operation überstanden, aber niemand wusste, ob und wann er wieder zu Bewusstsein kommen würde. Sie wanderten den Flur vor Prötzels Zimmer auf und ab, sie unterhielten sich, sie lasen und schließlich schliefen sie auf den harten Bänken ein.

Gegen 6 Uhr morgens weckte sie einer der jungen Ärzte, ein Mann aus Nigeria. Sie schreckten hoch, als er vor ihnen stand.

»Sie können ihn sprechen. Aber ein paar Sekunden nur!«

Sie folgten dem Arzt, der aufreizend munter war, und wurden noch um einige Grade bleicher, als sie Prötzel sahen. Überall Schläuche, künstliche Beatmung, ein Tropf. Er war eingehüllt in Mullbinden, aber sein Gesicht war weitgehend frei geblieben. Es war eingefallen, und Rannow dachte: vom Tode gezeichnet.

Prötzel erkannte ihn, und in seinen Augen stand die Freude über Rannows Erscheinen. Für Sekunden erfüllte ihn eine wunderbare Hoffnung: Wenn ich jetzt rede, wenn ich gestehe, wenn ich bereue, dann werde ich am Leben bleiben.

»Ich … ich war's …« flüsterte er mit äußerster Anstrengung. »Miezi … und … die in Hamburg … Rosi … Ich … «

Weiter kam er nicht. Aber er sah noch, wie Rannow ihm zulächelte, so als wollte er ihm die Absolution erteilen.

»Der macht nicht mehr lange«, sagte Steinert mit einer gewissen Genugtuung. »Für den brauchen wir keine Gerichtsverhandlung mehr anzusetzen. Ein Doppelmörder also …«

Rannows Gesicht verfinsterte sich wieder. »Kommen Sie!«

Sie fuhren nach Hause und schliefen lange, aber sehr unruhig.

Als Rannow dann am späten Nachmittag in sein Büro kam, sagte man ihm, dass Prötzel um 13 Uhr 11 verstorben sei. Rannow nickte nur und machte sich daran, Prötzels Sachen zu durchsuchen.

In der schwarzen Lederjacke fand er neben einigen Geldscheinen auch ein Stück einer herausgerissenen Telefonbuchseite. Es war die Seite 729, Kol-Kol. Ein Name war rot unterstrichen: Kolczyk, Rüdiger, Dr. rer. pol. 33 Eppinger Straße 81.

Kurz danach stieß er auf einen blauen U-Bahnfahrschein, gelöst auf der Station Görlitzer Bahnhof. Auf der Rückseite war eine Adresse notiert: Ziegenhals, Grunewaldstraße Ecke Schmitt-Ott-Straße, bei Braatz.

Rannow starrte aus dem Fenster. Plötzlich roch es nach Gas. Die dunkle Ahnung, die er immer schon gehabt hatte, dass zwischen Ziegenhals und Kolczyk eine besondere Beziehung bestand, eine Beziehung, die in sein Ressort fiel, verstärkte sich.

17

Tagebuchaufzeichnungen von
Prof. Dr. Rüdiger Kolczyk.
Anhand aufgefundener Fragmente vom Autor rekonstruiert.

Hatte ich zuerst mit Camus geglaubt, dass Auflehnung dem Leben seinen Sinn gibt, so dachte ich nun mit Kolczyk, dass erst Anpassung das Leben ermöglicht und ihm eine gewisse Größe verleiht. Verlangte nicht das gelassene Hinnehmen widriger Umstände und die Einordnung in vorgegebene Muster von einem Menschen wie mir mehr innere Größe als die Auflehnung? Auflehnung gegen Gegebenheiten ist für den Intellektuellen etwas Selbstverständliches und damit gleichsam etwas Geringes - die seiner ganzen Natur zuwiderlaufende Anpassung dagegen etwas Großes.

Nachdem sich meine Werthaltung gewandelt hatte, bereitete es mir keine großen Schwierigkeiten, zum längst fälligen Waffenstillstand mit Ziegenhals zu gelangen.

Wir schlossen ihn ohne jegliche Zeremonie und ohne ein Wort darüber zu verlieren, als ich drei Tage nach Prötzels tragischem Ende mit Ginny zusammen im Auguste-Viktoria-Krankenhaus erschien, wo man Ziegenhals mit einer leichten Gehirnerschütterung, zwei angebrochenen Rippen, diversen Prellungen und einem Streifschuss am Kinn eingeliefert hatte. Die Tatsache, dass ich gekommen war, besagte alles.

»Freut mich, dass Sie alles so gut überstanden haben«, sagte ich, nachdem Ginny ihn zur Genüge geküsst und gestreichelt hatte. »Wie geht es denn so?«

»Danke, es wird schon gehen, wenn ich mal wieder in die

Verlegenheit kommen sollte. Nett, dass Sie mitgekommen sind, Herr Professor … !«

»Ich bin gerade mit Ginny vorbeigefahren, und da dachte ich …«

»Wirklich, ich bin direkt gerührt.« Ziegenhals richtete sich etwas auf. »Und vielen Dank auch für das Buch. Jetzt habe ich ja Zeit zum Lesen.«

Ginny strahlte über das ganze Gesicht, war doch mit meiner scheinbaren Sinnesänderung ihr Leben um einiges leichter geworden.

Merkwürdigerweise konnte ich keinerlei Hassgefühle registrieren. Ziegenhals war mir zwar nicht sympathisch geworden, aber irgendwie akzeptierte ich ihn jetzt als gleichberechtigtes Mitglied eines imaginären Bundes von tragisch ausgeglittenen *white collar*-Kriminellen, und als solcher war er tabu für mich. Die Hypothese mancher Kollegen, dass Konflikt die Gegner emotional aneinander binde, ließ sich also in diesem speziellen Falle durchaus verifizieren.

Allerdings fehlte uns beiden zunächst die Unbefangenheit, um ein harmloses Gespräch zustande zu bringen, und auch Ginny kam gegen die bedrückende Atmosphäre dieses Krankensaals nicht an. Im letzten Bett an der Wand lag ein Krebskranker. Zum Skelett abgemagert, die gelbliche Haut straff über die Backenknochen gespannt, wimmerte er vor sich hin und wartete auf die nächste Spritze. Alle vier Minuten stirbt in unserem Land ein Mensch an Krebs, und dieser hier hatte keine Woche mehr zu leben. Bald würde man Frau und Tochter zum Abschiednehmen rufen und ihn ins Sterbezimmer rollen. Ich hatte das alles beim Tod meines Bruders miterlebt, und düstere Erinnerungen quälten mich.

»Muttchen Braatz hat mir geschrieben«, sagte Ziegenhals in die Stille hinein. »Ich soll mich auf die Terrasse packen und dann braungebrannt nach Hause kommen.«

»Das ist doch nett von ihr«, sagte Ginny.

»Schon«, meinte Ziegenhals. »Aber nun muss ich mir extra eine Büchse braune Farbe kaufen, wenn ich nach Hause fahre.«

»Das bringt mich auf eine Idee!« setzte ich in ihr Gelächter hinein. »Ein Freund von mir besitzt ein nettes kleines Sommerhaus in List auf Sylt, und das steht einen ganzen Monat lang leer, weil er zu Ausgrabungen nach Anatolien reist. Wie wäre es denn, wenn wir uns dort gemeinsam die braune Farbe holten - ich lade euch ein!«

Sie waren beide begeistert, und Ziegenhals flüchtete sich in einen Hustenanfall, um seinen Triumph zu verbergen. *Per aspera ad astra* - er war über raue Wege zu den Sternen gelangt. Er hatte mich besiegt, aber in den Schmerz meiner Niederlage mischte sich der Trost, einem unaufhaltsamen Gegner unterlegen zu sein. Zweifellos besaß er Gaben, die ihn zu einer steilen Karriere befähigten, und warum sollte ich nicht eines schönen Tages davon profitieren. Mit meinem Wissen um die Hintergründe seines Starts konnte ich ihn zeit meines Lebens zwingen, mir zu Diensten zu sein. Unsere Beziehungen liefen also auf einen wechselseitigen Parasitismus hinaus, und die Symbiose, von der er bei unserer ersten Begegnung andeutungsweise gesprochen hatte, lag nun durchaus im Bereich des Möglichen. Es ließ sich eben alles arrangieren, wenn man nur wollte, und der Modus vivendi musste nun stabilisiert werden.

Hinterher zerbrach ich mir den Kopf darüber, warum ich die beiden so spontan zu dieser Reise eingeladen hatte. Möglicherweise hatten meine Schuldgefühle nach einem Ventil verlangt, denn schließlich hatte ich mit meinem Besuch in der *Heißen Ecke* Prötzel auf Ziegenhals gehetzt und mein Anruf bei Rannow war das Signal zur Jagd auf den Doppelmörder gewesen.

Es war mir bei meinem Einfühlungsvermögen in die Psyche anderer Menschen nicht sonderlich schwergefallen, Prötzel über den Umweg Ruhlsdorf weiszumachen, Ziegenhals hätte handfeste Beweise für seine, Prötzels, Täterschaft gesammelt und stehe kurz davor, sie Rannow zu übergeben. Dem Oberkommissar hingegen hatte ich mitgeteilt, meine diesbezüglichen Erkundigungen im Kreuzberger Milieu hätten ganz eindeutig ergeben, dass alles auf Prötzels Täterschaft hindeute und seine Mutter nun bereit sei, ihr früher gegebenes Alibi zurückzunehmen. Damit hatte ich Prötzel auf Ziegenhals gehetzt, mir also gleichsam einen Killer verschafft. Um den Druck auf Prötzel noch zu verstärken, ihn quasi zu einem auf Ziegenhals fixierten Amokläufer zu machen, hatte ich schließlich Rannow alarmiert.

In dem Augenblick nun, in dem Ziegenhals von mir als Teilhaber an einem Bündnis zum angenehmen Überleben betrachtet wurde und nicht mehr als Feind Nummer eins, musste ich naturgemäß in Gewissensnöte geraten, weil ich ihm mehrmals nach dem Leben getrachtet hatte. Darum also, um mich zu entlasten und meine Taten gleichsam aufzuheben, hatte ich ihn zum Familienausflug auf die Insel eingeladen.

Doch der Entschluss, den August am Lister Weststrand zu verbringen, hatte auch eine Nebenfolge, mit der ich ganz und gar nicht gerechnet hatte. Als ich nämlich eines Spätnachmittags ein großes Reisebüro in der Steglitzer Schloßstraße betrat, um unsere Tickets für den Flug nach Hamburg zu bestellen, teilte sich der Vorhang am Ende des langgestreckten Raumes und keine andere als Beate Blau eilte mir entgegen.

»Ah, der Herr Professor, so trifft man sich also wieder! Was darf's denn sein - eine Reise in den Süden mit der Frau Gemahlin?«

An ihrer geschraubten Art des Redens erkannte ich sogleich, dass sie mir ihre Niederlage von damals immer noch nicht ganz verziehen hatte. Andererseits musste sie damit gerechnet haben, dass wir uns eines Tages hier in diesem Reisebüro wieder begegnen würden, denn sie selber hatte jahrelang die vielen Reisen unserer Institutsmitglieder über diese Firma abgewickelt. Ihr Hiersein konnte also bedeuten, dass sie einer Wiederaufnahme der Beziehungen nicht völlig abgeneigt war.

»Beatchen - welche Überraschung!« Ich beschloss, das Gewesene zu übergehen und streckte ihr die Hand entgegen. »Ich finde, das muss gefeiert werden. Wie wär's - wollen wir irgendwo zusammen essen gehen?«

Nach einigem Hin und Her erklärte sie sich einverstanden, und vier Stunden später lagen wir in ihrem Bett.

Wenn ich jetzt bedenke, habe ich Ziegenhals diese Wandlung zu verdanken. Mein Sexualleben war alles andere als ausgefüllt gewesen, aber ich hatte einfach zu viele Hemmungen gehabt, um mich außerehelich zu trösten. Als es dann damals in Beates Wohnung doch beinahe so weit gekommen war, hatte ich überall Erpressung gewittert und diesen Rückzieher gemacht. Jetzt, wo ich mich mit Ziegenhals arrangiert hatte, kam es mir vor, als habe ich Ketten abgeschüttelt, die ich jahrelang mit mir herumgeschleppt hatte - auch die Ketten meiner Hemmungen.

Beate war meine Geliebte geworden, aber allzu oft konnte ich mich ihr in den nächsten Wochen nicht widmen, denn ich fühlte mich ständig müde und zerschlagen und litt zunehmend unter Durchfällen und lästigen Kreuzschmerzen. Ich erklärte mir beides als physiologische Folgen der zermürbenden Auseinandersetzungen mit Ziegenhals und hoffte, dass sie nach unserem Friedenschluss von selber verschwinden würden, zumal Dr. Sievers keinerlei Anzeichen einer organischen Erkrankung hatte finden können.

Von nun an behandelte ich Ziegenhals wie meinen Sohn und hieß ihn zu jeder Tages- und Nachtzeit in meinem Hause willkommen. Er war bei allen Empfängen, Geburtstagen und sonstigen Feiern dabei, ich lobte ihn allen Freunden gegenüber und baute ihn systematisch als meinen »jungen Mann« auf, immer eingedenk der These, dass man auch den erbittertsten Feind mit bestimmten Belohnungen ködern kann, um ihn dann in die eigene Gruppe zu integrieren und vor den eigenen Karren zu spannen. In der Soziologie nennt man so etwas Kooptation, die Auswahl der Nachfolger durch die Machthabenden beziehungsweise Vorgesetzten. Solche Strategien führen in den meisten Fällen zu einer stabilen Struktur. Und Ziegenhals ließ sich nur allzu gerne kaufen und in die Schar meiner Freunde einreihen; mein Schwiegersohn zu werden war seine optimale Zielsetzung gewesen.

So war ich auch gar nicht weiter erstaunt, als er in List, während wir faul am Strand lagen, formvollendet um die Hand meiner Tochter anhielt. Nach einigem Zögern, das meines Erachtens zum Ritual gehörte, willigte ich ein.

Ich hatte also alles erreicht, was bei meiner schlechten Ausgangsposition überhaupt zu erreichen war. Das Damoklesschwert der Enthüllung schwebte zwar noch immer über meinem Haupt, war aber mit beiderseitigem Einverständnis an einem soliden Eisenträger befestigt.

Die Zeit der schlaflosen Nächte war vorüber, der wilde Sturm zu einem milden Lüftchen abgeflaut. Ich konnte mich wieder auf meine Arbeit konzentrieren und der Zukunft gelassen entgegensehen.

18

Betr.: Bernd Ziegenhals.
Anlage zum psychiatrischen Gutachten. Abschrift des Tonbandes 3/7.
Locker assoziierende Selbstdarstellung des Probanden.
Vom Autor überarbeitet.

Ende August waren wir wieder in Berlin, tatsächlich braungebrannt. Nordseeluft und Meereswasser hatten mir meine Spannkraft zurückgegeben, vom Trauma keine Spur mehr. Es war wirklich eine erholsame Ferienreise gewesen. Insbesondere wenn wir nach ausgiebiger Umarmung glücklich und faul auf Ginnys oder meinem Sofa lagen, schwärmten wir von den weißen Dünen, dem endlosen Strand, den reetgedeckten Friesenhäusern und dem Spiel in der Brandung. Und wenn wir besonders übermütig waren, besangen wir die alten Männer der Sylter Orte.

Meist begann Ginny. »Der alte Mann von Kampen hält in der Hand zwei Lampen.«

»Mäßig!« meinte ich. »Der alte Mann von Puan Klent, der hat 'ne Frau, die niemand kennt!«

»Jetzt kommt der Knüller: Der alte Mann von Rantum trank morgens schon sein Quantum - von drei Litern Schnaps, drum hat er jetzt 'nen Klaps!

»Bravo!« Ich küsste sie. »Aber meiner ist noch besser: Der alte Mann von Hörnum beschläft sein Weib nur vörnrum!«

»Du Schwein!«

Sie fiel über mich her und kitzelte mich. Ich strampelte und kreischte und rettete mich schließlich mit einem Sprung aus dem Bett. Glückliche Tage! Sie wurden nur ein wenig getrübt, als es an die Vorbereitung unserer Verlobung ging. Meine Schwiegermutter wollte sich nicht von einer großen Feier abbringen lassen, während Kolzcyk für einen kleinen Kreis war.

»Gina ist unsere einzige Tochter«, beharrte meine Schwiegermutter. Schließlich einigten wir uns auf fünfzehn Personen.

»Zum Glück hast du niemanden, den wir einladen müssen«, sagte Kolczyk zu mir.

»Wieso? Ich lade Ruhldorf und Drögnitz ein!« entgegnete ich grinsend

Zum Schluss fand sich aber doch noch eine standesgemäße Person, die man zu meiner Seite rechnen konnte.

Als ich Ginny zum ersten Mal nach unserer Reise mit in die Grunewaldstraße nahm, fing Muttchen Braatz uns unten im Flur ab.

»Wohl sehen Sie aus«, rief sie. »Oh, die Narbe sieht man aber immer noch, trotz der Bräune.«

»Erwähnen Sie bloß die Narbe nicht«, sagte Ginny, »da ist er sehr empfindlich.«

»Die verblasst mit der Zeit, warten Sie's ab. So, und jetzt kommen Sie beide mit rein zu mir. Heut gibt's Kartoffelpuffer. Ich reib schnell noch 'n paar Kartoffeln mehr, dann langt's für uns alle.«

Ich war so gerührt, dass ich ganz spontan reagierte. »Herzlichen Dank für die Einladung. Dabei sind wir an sich nur gekommen, um Sie einzuladen - zu unserer Verlobung nämlich!«

Muttchen Braatz war sprachlos, sie bewegte zwar die Lippen, brachte aber kein Wort hervor.

»Dass ich das noch erleben durfte!« spottete Ginny, die von diesem zusätzlichen Gast nicht sonderlich erbaut war. Doch zum Glück war Muttchen Braatz schon ein wenig schwerhörig.

Ich erzähle Ihnen das bestimmt nicht, um meine Richter davon zu überzeugen, dass ich trotz allem ein gutes Herz habe, es ist nur meine - hm - Chronistenpflicht mir selbst gegenüber. Man hat mich als kalt und berechnend abgestempelt, ich könnte eine ganze Wagenladung Kinder aus einem brennenden Haus retten - es würde mir nichts nützen! Vorurteil nennt man so was. Ziegenhals … ? Der geborene Verbrecher, sage ich Ihnen!

Zurück zu der Zeit, in der sich mein Leben wieder weitgehend normalisierte und sozusagen auf einer höheren Ebene zu einer neuen Gleichgewichtslage kam. Es war die glücklichste Zeit meines Lebens. Mit Ginny verstand ich mich besser als je zuvor, mein Schwiegervater schien sich in das Unvermeidliche gefügt zu haben, und meine Schwiegermutter strahlte.

Ziegenhals im Glück! Warum eigentlich nicht? Schließlich hatte ich einige Mordanschläge überlebt und etliche Blessuren davongetragen, mir also den Aufstieg und das ruhige Leben sauer genug verdient. Man kann im Leben alles erreichen, man muss nur dafür bezahlen, heißt es immer auf dem Abreißkalender …

Auch Kolczyk zahlte, nämlich meine monatliche Unterstützung, und er zahlte sie wohl auch ganz gerne. Denn gerissen wie er war, setzte er nun schon auf Bernd Ziegenhals, den Senkrechtstarter. In zehn Jahren konnte ich es schon zu einigem Einfluss gebracht haben und ihm wirksame Schützenhilfe leisten. Warum auch nicht? Seine Attacken hatte ich ihm vergeben, ich trug Kolczyk nichts mehr nach. Es war sein gutes Recht gewesen, sich mit allen Mitteln zu wehren.

Die Tage des kalten und des heißen Krieges waren vorüber, wir hatten nicht nur einen Waffenstillstand, nein, wir hatten einen dauerhaften Frieden miteinander geschlossen. Das dachte ich jedenfalls.

Und da war Ginny! Wir verlobten uns, und damit war ich nun offiziell in Kolczyks Familie aufgenommen worden - ich, der Sohn eines Hilfsarbeiters, der Enkel eines Melkers. Ich bekam eine Frau, die mich liebte und aus einer angesehenen Familie stammte.

Die Welt war für mich in Ordnung gekommen, ich hatte einen festen Platz in ihr gefunden, ich konnte mich geborgen fühlen. Ich hatte es geschafft, ich hatte alles, was das Leben lebenswert macht - Geld, einen Beruf, eine Wohnung, ein wunderbares Mädchen, wohlhabende Schwiegereltern, eine lockende Zukunft, inneren Frieden und einen guten Ruf. Ich fühlte mich als Eroberer und war als solcher stolz auf meinen Erfolg. Und ich war mir keiner Schuld bewusst. Wer hatte mir denn meine Eltern genommen, wer hatte mich denn in Armut und Lieblosigkeit aufwachsen lassen - die Gesellschaft! Sie hatte die Gesetze der Menschlichkeit gebrochen, also konnte ich auch ihre Gesetze brechen, um mir zu nehmen, was mir zukam.

Die folgenden Wochen waren voller Liebe, Erfolg, Genuss und Harmonie. Wir spielten, arbeiteten, aßen, tanzten, sangen, feierten, maximierten unsere Lust und genossen unsere Jugend in vollen Zügen. Es war wie ein Märchen, und meinetwegen hätten sich diese Tage bis in alle Ewigkeit wiederholen können.

19

Zwischenspiel mit einem Todesurteil

Dr. Curt Sievers, knapp über 40 Jahre alt, war ein etwas untersetzter, kräftiger Mann, der sich in den langen Jahren seiner Praxisausübung einen forsch-munteren Ton angewöhnt hatte, der von manchen Leuten als Ausdruck einer gewissen Oberflächlichkeit gedeutet wurde, was keineswegs stimmte. Dr. Sievers war ein sehr gewissenhafter Arzt.

Es war Dienstagnachmittag, und seine Praxis leerte sich langsam.

»Na, Oma, wo fehlt's denn diesmal?« rief er einer robusten alten Dame zu, die auf sein Klingelzeichen hin in die Ordination gekommen war.

»Mein Rheuma, Herr Doktor, mein Rheuma macht mir zu schaffen!«

»Ach, das kriegen wir schon hin, bis Sie heiraten, ist alles wieder gut!« Seine dröhnende Fröhlichkeit ließ die alte Dame verschämt schmunzeln.

Kaum hatte sie auf dem rotgepolsterten Stuhl vor seinem Schreibtisch Platz genommen, da erschien die Sprechstundenhilfe, eine hochbeinige Blondine.

»Der Befund von Professor Kolczyk ist gekommen ...«

Aus Sievers' Gesicht war mit einem Mal alles Strahlende gewichen.

»Geben Sie her ...« Er nahm dem Mädchen ein großformatiges, gelbraunes Kuvert aus der Hand und studierte mit übertriebener Genauigkeit den Stempel des Spezialisten, der Kolczyk in seinem Auftrag untersucht hatte. Die Sprechstundenhilfe blieb mit kaum verhohlener Neugierde an seiner Seite, denn ihr Verlobter war einer von Kolczyks besten Diplomanden.

»Eben gekommen …« wiederholte sie.

Sievers hörte und sah sie nicht mehr. Er kannte Kolczyk seit mehr als dreißig Jahren, sie waren zusammen zur Schule gegangen, sie hatten zusammen an derselben Universität studiert, sie hatten vieles gemeinsam erlebt und ausgekostet; er konnte sich der Flut der Bilder, die an ihm vorbeizogen, kaum erwehren.

Dann holte er tief Luft und riss den Umschlag auf. Während er den getippten Bericht überflog, wechselte er die Farbe. Sein sonst lebhaft getöntes Gesicht war grau geworden.

»Krebs?«

»Karzinom, ja … Der Darm. Nichts mehr zu machen …«

20

Tagebuchaufzeichnungen von
Prof. Dr. Rüdiger Kolczyk.
*Anhand aufgefundener Fragmente vom Autor rekonstruiert.**

… ein Mann ist immer ein Geschichtenerzähler, er lebt, umgeben von seinen und den Geschichten anderer, durch sie hindurch sieht er alles, was ihm zustößt. Und er versucht sein Leben so zu leben, als ob er es erzählte. Eben, als ich in dem kleinen Taschenbuch *Der Ekel* von Jean-Paul Sartre blättere, um einen Brief von Beate zu finden und zu vernichten, bin ich auf diese beiden Sätze gestoßen, die all das aussagen, was ich mit meinen Tagebuchaufzeichnungen versucht habe.

Nun, ich habe meine Geschichte erzählt, und ich habe sie noch einmal durchlebt in den fünf Tagen, die vergangen sind, seit ich mein Todesurteil aus dem Munde meines Freundes Sievers vernommen habe.

Ich schreibe dies an einem Sonntagmorgen im November, dem Totensonntag. Ich bin allein im Haus. Reinhild und meine Tochter sind noch in Mannheim, wo sie am Freitag eine Tante beigesetzt haben, die ich nie sonderlich gemocht hatte. Sie werden erst am Montagmittag mit dem Flugzeug aus Frankfurt zurückkommen. Vor sechs Tagen haben wir Abschied voneinander genommen - flüchtig und mit den üblichen Wünschen für eine gute Reise, wie man das so tut. In den Nächten, in denen mich die Schmerzen nicht schlafen ließen, ist mir klar geworden, dass es für alle besser sein dürfte,

---

* *Da die letzten Seiten des Tagebuchs vollkommen verbrannt sind, beruhen die Passagen am Ende dieses Kapitels auf logischen Schlussfolgerungen.*

- Ky

wenn wir uns nicht mehr wiedersehen. Wozu die Familie mit meinem langsamen Sterben belasten, wenn ich mich aus freiem Entschluss von der Bühne des Lebens hinwegstehlen konnte.

Ich habe also beschlossen, Selbstmord zu begehen, und zwar bis spätestens Montag morgen; nur weiß ich noch nicht, wie.

Jetzt muss ich den Füller aus der Hand legen, die Schmerzen werden wieder unerträglich …

Inzwischen ist es 15 Uhr geworden, ich habe ein wenig Haferschleim zu mir genommen, einige Tabletten hinuntergewürgt, mit Ziegenhals telefoniert und einen Brief an Dr. Sievers geschrieben.

Das Gespräch mit Ziegenhals dauerte keine fünf Minuten.

Er meldete sich wie immer mit einem kurzen »Hallo«.

»Bernd … ?« Es fiel mir noch immer schwer, ihn beim Vornamen zu nennen.

»Ach, du bist's, Schwiegerpapa! Wo brennt's denn?«

Seine Fröhlichkeit, seine Vitalität waren die reine Folter für mich. Ich vermochte ihm nicht sofort zu antworten.

»Hallo, bist du noch da?«

»Ja, ich bin noch da …!« presste ich hervor. »Es ist etwas passiert.«

»Was denn - soll ich hinkommen?«

»Nein, nicht nötig. Kannst du morgen Reinhild und Ginny vom Flugplatz abholen und ihnen schonend beibringen, dass ich …«

»Mensch, du willst dich also scheiden lassen!« rief er. »Beate - ich hab's ja kommen sehen.«

»Nein, ich habe Krebs, Darmkrebs … !«

»Was sagst du da? Das ist doch nicht dein Ernst …«

»Doch! Und du weißt ja wohl, was das bedeutet!«

Ich legte auf, ein neuer Anfall schickte mich auf die Toilette. Mein Stuhl wurde immer blutiger. Sievers hatte recht gehabt, da wäre jede Operation zwecklos gewesen.

Apropos Sievers! Nach dem Telefonat mit Ziegenhals hatte ich an Dr. Sievers geschrieben, der am Mittwoch - nach einer langen Unterredung mit mir einem Zusammenbruch nahe - zu einer Kur in die Schweiz abgereist war. Und in diesem Brief, der jetzt in meiner Jackettasche steckt, steht alles über mein Plagiat und die Erpressung durch Bernd Ziegenhals. Ich kann sicher sein, dass Sievers, gewissenhaft und gesetzesgetreu wie er ist, noch in der Stunde, da er diesen Brief erhält, Anzeige gegen Ziegenhals erstatten wird. Ich weiß ja nicht, ob mir noch genügend Zeit verbleibt, es selber zu tun.

Ja, ich habe mich entschlossen, Ziegenhals seiner gerechten Strafe zuzuführen. Aber nun, da ich intensiver darüber nachdenke, erscheinen mir die zwei oder drei Jahre, die man ihn möglicherweise inhaftieren wird, als lächerliche Strafe für das, was er mir angetan hat. Wie hatte ich doch an Sievers geschrieben: Ich bin sicher, lieber Curt, dass das Krebsgeschwür in mir einzig und allein durch den Ärger ausgelöst worden ist, den Ziegenhals mir bereitet hat. Er hat mich systematisch vergiftet, er ist mein Mörder!

Wut steigt in mir hoch, Hass, grenzenloser Hass. Was sind drei Jahre Gefängnis - vernichten will ich ihn! Er soll nicht ernten, was ich gesät habe, er soll niemals das Leben führen dürfen, das mir verwehrt worden ist!

Doch wie kann ich ihn erledigen, ihn ein für allemal zertreten? Ich kann mir keine Pistole besorgen und hingehen und ihn einfach erschießen. Bei seiner Intelligenz weiß er doch, dass ich auf diese Idee kommen könnte - und er wird sich gebührend zu schützen wissen. Ich zweifle keinen Augenblick daran, dass er das Zeichen meiner Erkrankung richtig zu deuten weiß. Ob er herkommen wird, um mich zu töten … ? Wieder ein Schwächeanfall …

Eben war Dr. Völker hier, um mit mir ein paar Fragen zu besprechen, die sich aus meinen diversen Kapitalanlagen ergeben hatten. Er riet mir, eine Firmenbeteiligung zu verkaufen, dann waren einige Wertpapiere ausgelöst worden und das Geld musste wieder angelegt werden. Das alles interessiert mich nicht mehr, weiß Gott, aber das durfte ich dem alten Freund nicht sagen - und mit dem Grund dafür wollte ich ihn nicht belasten.

Schließlich ging er wieder, ohne von meinen persönlichen Sorgen erfahren zu haben.

… 18 Uhr ist es bereits geworden, und Ziegenhals ist noch immer nicht gekommen. Was mag er ausgebrütet haben - ganz passiv wird er doch sicherlich nicht untergehen wollen? Vielleicht wäre es gut, wenn ich mich mit Oberkommissar Rannow in Verbindung setzte …

So, das wäre erledigt! Es war nur ein sehr kurzes Gespräch.

»Rannow … !«

»Ah, Frau Rannow, guten Tag. Hier ist Kolczyk. Ich hätte gerne einmal Ihren Gatten gesprochen … «

»Der ist gestern Abend nach Hannover geflogen. Kommt morgen wieder. Kann ich ihm etwas ausrichten?«

»Ja … Sagen Sie ihm doch bitte, ich würde morgen früh in sein Büro kommen, ich habe ihm etwas außerordentlich Wichtiges mitzuteilen.«

»Ja, mache ich.«

»Vielen Dank!«

»Bitte sehr!«

Das war also eingefädelt, und ich konnte zufrieden sein. Doch meine Aktivität ließ mir erst richtig bewusst werden, wie wenig Zeit ich noch hatte. Es ist immer später als du denkst, hatte Dr. Sievers oft genug gesagt.

Wieder sind mehrere Viertelstunden vergangen, es wäre wohl Zeit, die Tagesschau einzuschalten. Ich hab mich wieder gefangen. Damals beim Tod meines Bruders - er war ebenfalls an Darmkrebs gestorben - hatte ich mir geschworen, nie ähnlich qualvoll zugrunde gehen zu wollen - dann schon lieber ein kurzes, schmerzliches, freiwilliges Ende. Aber so etwas ist leicht gesagt. Wer besitzt schon als Nichtmediziner ein schnellwirkendes Gift? Bei Schlaftabletten riskiert man in letzter Sekunde, gefunden und gerettet zu werden ... Gas gibt es nicht in unserem Haus ... Soll ich mich vor einen einfahrenden U-Bahnzug werfen oder aus einem Hochhaus stürzen? Ich weiß es nicht.

Ich will den Tod, ich will das Todsein, aber ich fürchte mich vor der Lächerlichkeit, vor dem Plebejerhaften des Sterbens.

Ich will nicht immer daran denken!

Der Tod ist nichts Schreckliches, sagt Epiktet, nur die fürchterliche Vorstellung vom Tod macht ihn furchtbar.

Da, das Telefon schellt, ich will schnell hingehen ...

Es war Ziegenhals.

»Ich muss mit dir sprechen!« hatte er gesagt, mit heiserer Stimme gesagt. »Wir müssen unbedingt einen Weg finden...«

»Gut ...«

»In einer halben Stunde bin ich da, ich muss mich nur noch umziehen ...«

»Gut ...«

... beim Telefonieren ist mir eine Idee gekommen, die ich schlechthin für genial halte: Ich weiß, dass er jedes Mal mit viel zu hoher Geschwindigkeit die Thielallee herunterrast, wenn er zu uns kommt. So brauche ich mich nur vor seinen Wagen zu werfen - und bei den bekannten Fakten wird alle Welt, und insbesondere Rannow glauben, er hätte mich ermordet, um meine bevorstehenden Enthüllungen zu verhindern.

Mein Selbstmord wird als sein Mord ausgelegt werden!

Ich vernichte ihn, indem ich mich von der Last des langwierigen Sterbens befreie, ich räche mich, indem ich mich opfere. Ja, das ist meine Art zu sterben!

Ich habe noch zwanzig Minuten Zeit, ich muss sie mir sorgfältig einteilen. Ich werde meine Aufzeichnungen dann im Kamin verbrennen. Dann werde ich ein paar Akten auf den Schreibtisch legen und mir mein Abendbrot in der Küche zurechtmachen, damit niemand auf den Gedanken kommen kann, ich hätte einen Selbstmord geplant. Das habe ich übrigens auch Dr. Sievers verschwiegen, ja, ich habe sogar mehrmals beteuert, dass ein solcher Schritt für mich niemals in Frage käme. Auch eine Taxe werde ich für morgen früh bestellen, zum Flugplatz …

… so, das ist geschehen. Er wollte ja noch zum Flugplatz fahren, um seine Familie abzuholen, wird Rannow sagen.

Jetzt ist alles vorbereitet - noch eine Viertelstunde, dann ist alles vorbei. Aber ich werde standhaft bleiben! Ich werde, wie gesagt, diese Aufzeichnungen verbrennen und dann zur Thielallee hinübergehen, um erst den Brief an Dr. Sievers in den Kasten zu werfen, und dann auf meinen Mörder warten.

Ich werde weiterleben in meinen Büchern, in meiner Tochter und in der Erinnerung von Bernd Ziegenhals. Er wird Zeit und Muße genug haben, sich an mich zu erinnern! Die Nächte in einer Zelle können lang sein …

Mein Gott, ich könnte noch stundenlang schreiben, noch jahrelang, jahrzehntelang! Nein, ich werde es nicht fertig bringen …

Ich werde es nicht fertig bringen!

Vielleicht durchschaut Ziegenhals meine Absicht.

Ja, er wird sie durchschauen, er wird nicht kommen!

21

Betr.: Bernd Ziegenhals.
Anlage zum psychiatrischen Gutachten. Abschrift des Tonbandes 3/8.
Locker assoziierende Selbstdarstellung des Probanden.
Vom Autor überarbeitet.

Kolczyks Anruf kam für mich wie ein Blitz aus heiterem Himmel. Mit allem hatte ich gerechnet, nur damit nicht. Das war der Windstoß, der das Gebäude meines Glücks wie ein Kartenhaus zusammenstürzen ließ. Jetzt hatte Kolczyk freie Hand, unser Duell mit einem tödlichen Stoß zu beenden. Was hatte er noch zu verlieren - nichts mehr! Den Tod vor Augen, mussten ihm alle Titel und Ehren trivial erscheinen. Mein Spiel war ausgespielt. Mir blieb nichts weiter übrig, als seine Rache hinzunehmen.

Aber wollte er mich denn wirklich hochgehen lassen? Für einige Augenblicke zweifelte ich daran. Ich ließ mir unser Gespräch noch einmal durch den Kopf gehen. *Kannst du morgen Reinhild und Ginny vom Flugplatz abholen und Ihnen schonend beibringen, dass* … Ein Satz, aus dem ich keinen Doppelsinn herauslesen konnte. War das wirklich so sicher? Während ich auf dem Flugplatz stand und wartete, konnte er schon mit Rannow sprechen … *und du weißt ja wohl, was das bedeutet!*

Ja, das war der entscheidende Satz. Natürlich wusste ich, was sein Todesurteil für mich bedeutete: Aufhebung des Waffenstillstandes und meine Auslieferung an die Justiz!

Heute will mir alle Welt weismachen, er hätte damit lediglich gemeint, dass diese Diagnose den sicheren Tod für ihn bedeutete. Ich halte das für ausgemachten Unsinn. Schließlich bin ich kein Idiot, das brauchte er mir nicht extra zu sagen. Und, zum Teufel, hatte er nun den Brief an Dr. Sievers geschrieben oder nicht?! Mein Gefühl hatte mir ganz deutlich gesagt, dass er mich ans Messer liefern wollte, sein Tonfall ließ gar keinen Zweifel zu. Aber die Leute hier wissen ja alles besser, die haben ja die Weisheit mit Löffeln gefressen. Ja, ich weiß, diese Äußerungen schaden mir nur und beschleunigen meinen Untergang, aber das ist mir nun auch scheißegal!

Mein erster Gedanke war, ob er sich schon mit Rannow in Verbindung gesetzt hatte. Mit zittrigen Fingern blätterte ich im Telefonbuch und suchte Rannows Nummer heraus. Nachdem ich mich zweimal verwählt hatte, bekam ich seine Frau an die Strippe.

»Hier Obermann«, sagte ich mit verstellter Stimme. »Bitte Herrn Oberkommissar Rannow!«

»Bedauere, mein Mann kommt erst morgen früh von einer Dienstreise zurück ... Soll ich ihm ... ?«

»Nein, danke! Auf Wiederhören!«

Aha! Mit Rannow konnte er also noch nicht gesprochen haben. Bei seiner Scheu vor allen Beamten war ich mir ziemlich sicher, dass er sich keinem anderen als Rannow - wie sagt man so schön? - offenbaren würde.

So war ich zunächst ein wenig ruhiger geworden. Noch war Polen nicht verloren! Während ich mir einen doppelten Whisky einschenkte, überlegte ich, an wen er sich noch wenden konnte. Reinhild und Ginny schieden aus, den Kummer wollte er ihnen offenbar ersparen. Blieb vielleicht noch Dr. Sievers. Aber der war ja in die Schweiz gefahren ... Das schloss natürlich nicht aus, dass Kolczyk mit ihm telefonierte oder ihm einen dicken Brief schrieb, aber ... Einerseits sprach viel dafür, dass er sich an Sievers wandte, andererseits aber durfte er wie alle eitlen und prestigebedachten Menschen eine beträchtliche Scheu davor haben, sich einem Freund oder einem Bekannten anzuvertrauen. Für solche Geständnisse benutzte man ja in der Regel lieber neutrale Personen, Ärzte oder Pfarrer etwa. Aber Sievers war ja nicht nur Freund, sondern auch Arzt!

Ich sprang auf. Es war höchste Eisenbahn, ich hatte keine Zeit mehr zu verlieren. Wenn ich noch länger zögerte, dann konnte alles aus sein. Und ich hatte so verdammt viel zu verlieren: Ginny, das neue Zuhause, die Familie, das Geld, das angenehme Leben, die Karriere, die Zukunft! Ja, es ging um mein Leben, denn was hatte ich noch vom Leben zu erwarten, wenn sie mich nach zwei, drei Jahren aus dem Gefängnis entließen? Entweder wurde ich Hilfsarbeiter oder aber Berufsverbrecher - und beide Möglichkeiten waren für mich schlimmer als der Tod.

Ich musste also handeln. Aber, um Gottes willen, was sollte ich denn tun? Ich konnte doch nicht zu ihm hinfahren, mich vor ihm auf den Boden werfen und um Gnade bitten! Wie ich ihn kannte, gab er mir die Schuld an seiner Krankheit und sah mich als seinen Mörder an - was sollte ich da machen? Er würde nie zulassen, mich so leben zu lassen, wie er sich sein eigenes Leben vorgestellt hatte. Wie hatte doch einer seiner Vorfahren nach der Schlacht bei Mars-la-Tour geschrieben: Koleczyk sein heißt siegen! Die Karte, im August 1870 abgeschickt, lag immer griffbereit in seinem Schreibtisch. Und er konnte sicher nicht aus seiner Haut heraus. Er, der letzte der Kolczyks! (Vielleicht war er's gar nicht, vielleicht hatte er der dussligen Beate schon ein Kind gemacht, einen Jungen. In letzter Zeit war sie ja auffallend dick geworden.)

Mein Hass wuchs wie eine Lawine, und ganz automatisch kam ich auf die einzige Lösung, die noch möglich war. Töte ihn, bring ihn um! Das war der Gedanke, der von nun an ununterbrochen in meinen Gehirnwindungen rotierte. Er machte mich wahnsinnig, und schließlich musste ich ihn akzeptieren. Nachdem ich diesen Entschluss gefasst hatte, fühlte ich mich maßlos erleichtert.

Doch sofort geriet ich in einen neuen Spannungszustand, denn nun tauchte ja die Frage auf: *wie* bringst du ihn um und wie machst du es, dass man dich nicht erwischt?

Ich hatte ein Stück Bleikabel im Keller liegen sehen - sollte ich ihn vielleicht erschlagen wie eine Robbe? Nein, das brachte ich nicht fertig. Sollte ich ihn abstechen (wie ein Kalb)? Nein, dazu hatte ich zu schwache Nerven. Vergiften? Erst mal Gift haben. Und erwürgen? Da bekam ich nur Kratzer ins Gesicht und war von vornherein als Mörder gekennzeichnet.

Von Minute zu Minute geriet ich stärker in eine blinde Raserei, in ein psychisches Chaos. Mein Nervensystem bestand nur noch aus Kurzschlüssen. Ich kippte die Milch um, stieß mir die Knöchel an den Stuhlbeinen blutig, zertöpperte mein Whiskyglas und zertrat einen Kugelschreiber, der auf den Boden gerollt war. Mein Herz schlug wie verrückt, in meiner Galle schienen Nadeln zu stecken, meine Zunge schmeckte nach Grünspan, in meinem linken Ohr rauschte es, als würde ich unter einem Wasserfall stehen, und schließlich fing auch noch meine Nase zu bluten an. Ich musste mich hinsetzen und den Kopf nach hinten halten.

Als ich das helle Blut auf dem weißen Taschentuch sah, kam ich schlagartig auf die Lösung meines Problems. Eine innere Stimme sagte mir irgendwie: Du musst ihn erschießen!

Natürlich, das war am einfachsten und ließ am wenigsten Hemmungen aufkommen. Aber, verdammt noch mal, wo sollte ich eine Pistole hernehmen?

Ich überlegte fieberhaft. Ja, ich hätte mir in der Zoo-Gegend eine beschaffen können, ich kannte da noch einige Quellen, aber das dauerte alles zu lange. Blieben nur noch meine alten Freunde aus der *Heißen Ecke*. Prötzel hätte mir bestimmt innerhalb einer halben Stunde eine Kanone besorgen können, aber der war tot. Und Ruhlsdorf, der hatte doch eine alte Beretta … ? Nein, das ging nicht, der würde mich bestimmt verpfeifen. Also Drögnitz! Ja und nein! Der würde mir schon eine organisieren - aber ich konnte mich diesen Männern nicht ausliefern. Am Nachmittag verkauft er mir eine Pistole - und am Abend wird mein Schwiegervater erschossen! So dumm, um da keinen Zusammenhang zu sehen, waren sie nun auch wieder nicht. Wie ich Drögnitz kannte, würde er keine Sekunde zögern, um mich zu erpressen. Vielleicht wartete er auch, bis Reinhild und die Polizei genügend hohe Belohnungen ausgesetzt hatten.

Verdammt! Völlig entnervt warf ich mich aufs Sofa. So ging das nicht! In Amerika wäre es gar kein Problem gewesen, wo man sich in jedem Laden einen Revolver kaufen konnte. Ich überlegte hin und her, aber mir wollte nichts einfallen. Wie hatte Opa Melzer immer gesagt: Man kann sich drehn und wenden, wie man will, der Arsch bleibt hinten! Und so war es auch.

Es ist reiner Selbstmord, dass ich Ihnen das alles erzähle, ja, aber ich kann nicht anders, ich muss es loswerden. Vielleicht ist es mein Todestrieb, der mich dazu zwingt, weiß der Kuckuck! Vielleicht protestiere ich auch nur gegen diese beschissene Gesellschaft, die mich dahin gebracht hat, wo ich nun bin, ich weiß es nicht!

Dann kam ich schließlich auf die rettende Idee, und zwar über einen makaberen Umweg. Ich fragte mich, was ich mit Kolczyks Leiche tun sollte, wenn es soweit war … Sollte ich sie im Haus liegen lassen oder irgendwo verscharren? - Verscharren, einbuddeln, vergraben, das war das Stichwort! Mir fiel ein, dass Drögnitz‘ Eltern eine kleine Laube besaßen, irgendwo in Neukölln, ja am Neuköllner Schifffahrtskanal, Loraberg hieß die Kolonie. Und in dieser Laube, unter ein paar lockeren Dielen, pflegte Drögnitz seine Waffen zu verstecken. Jedenfalls hatte Opa Melzer das mal erzählt, und an ein paar Andeutungen von Drögnitz konnte ich mich auch noch erinnern.

Das war's! Ich sprang auf, warf mir den ältesten Anorak über die Schulter und lief zu meinem Wagen hinunter. Langsam brach die Dämmerung herein, das war gut so. So schnell es ging, fuhr ich nach Neukölln hinüber.

Friedenau, Schöneberg, Tempelhof, Neukölln, ich brauchte eine halbe Stunde, bis ich die Treptower Brücke erreicht hatte. Drüben am anderen Ufer des Kanals erkannte ich den schlanken Schornstein einer Dachpappenfirma. Hinter den flachen Werkhallen, alles roter Backstein, erstreckte sich das Laubengelände, das ich suchte. Von der Naunynstraße bis hierher waren es zu Fuß vielleicht 35 Minuten, und als Schulkind war ich mit Prötzel, Ruhlsdorf und Drögnitz öfter hier gewesen, um im Sand zu spielen. Dunkel konnte ich mich noch an Form, Farbe und Lage der gesuchten Laube erinnern. Ein roter Würfel in der linken Ecke des Geländes.

Das Wetter war, wie meistens am Totensonntag, diesig, nasskalt und regnerisch. Da jagte man keinen Hund auf die Straße.

Ich parkte meinen Wagen in der Treptower Straße und lief über die Brücke. Unten auf dem schwarzen Kanal schnatterten die Enten. Ein paar Schritte noch, dann hatte ich das Tor zur Laubenkolonie Loraberg erreicht. Ich wartete noch ein, zwei Sekunden, bis der hell erleuchtete Doppeldeckerbus der Linie A 4 vorbeigeholpert war, dann machte ich mich daran, das Tor mit Hilfe eines schnell gebogenen Drahtes zu öffnen. Die Erfahrung früherer Jahre zahlte sich jetzt aus, es war im Handumdrehen geschafft.

Fünf Minuten später hatte ich die fragliche Laube gefunden. Die Erinnerungen aus meiner Kindheit hatten sich als zuverlässig erwiesen. Im Schein meiner Taschenlampe zerschlug ich eine schmutzige Fensterscheibe, die nicht viel größer war als ein Aktendeckel, drehte einen Riegel herum, stieß die beiden Fensterflügel auf und schwang mich ins Innere des kleinen Raumes. Eine Liege, ein wurmstichiger Schrank, ein kleiner Tisch, zwei Stühle, ein elektrischer Kocher, das war alles. Obwohl alles sauber und aufgeräumt war, roch es wie in einer Gruft.

Ich machte mich sofort an die Arbeit und klopfte die Dielen ab. Es dauerte kaum fünf Minuten, dann hatte ich einen Hohlraum gefunden. Ich überlegte nicht lange, sondern griff mir den Schraubenzieher, der auf dem niedrigen Schrank lag, und stemmte die ziemlich lockere Diele hoch.

Zum Vorschein kamen eine FN-Pistole vom Kaliber 6,35 mm und eine 7,65er Walther-Pistole, beide schön eingefettet und sogar geladen.

Ich lächelte. Darauf sollte Rannow erst mal kommen, dass ich mir die Mordwaffe hier besorgt hatte! Schon steckte die FN-Pistole in meiner Tasche und die Diele klappte wieder herunter. Und dass Drögnitz den Diebstahl nicht anzeigen würde, war ja wohl sicher.

Drögnitz! Wenn der mich hier erwischte …

Aber es ging alles gut, und ich kam ohne viel Mühe zur Straße zurück. Kein Mensch weit und breit.

Doch in dem Moment, wo ich die Gittertür hinter mir zuziehen wollte, bog ein Funkwagen um die Ecke und rollte neben dem Kanal her. Seine Scheinwerfer erfassten mich schon.

Ausgerechnet! Mein Gott! Kein vernünftiger Mensch sitzt an einem kalten Novembertag in seiner Sommerlaube, das musste ins Auge gehen! Gleich würden sie anhalten. Sagen Sie mal, was machen Sie denn um diese Zeit hier … ? Und ich mit der Pistole in der Tasche …

Ich war wie gelähmt. Der Funkwagen kam näher, war fast auf gleicher Höhe mit mir ... Na gut, dachte ich, sollen sie dich doch kriegen, dann wirst du wenigstens nicht zum Mörder.

Doch irgendwie riss ich mich noch einmal zusammen. Ganz automatisch zog ich meine eigenen Wohnungsschlüssel hervor und fummelte damit am Schloss herum. Es sollte so aussehen, als ob ich abschließen wollte.

Und der Trick gelang, der Funkwagen fuhr vorbei.

Mit wankenden Knien setzte ich mich in meinen Wagen und fuhr nach Dahlem zurück.

Unterwegs hatte ich Zeit, noch einmal alles zu bedenken. Ich musste Kolczyk töten, um dem Gefängnis zu entgehen und das Leben weiterführen zu können, das ich nun kennen gelernt hatte. Außerdem wollte ich Ginny behalten - das vor allem. Jedes allein wäre für mich Motiv genug für einen Mord gewesen. Übrigens - wieso Mord? Kolczyk war bereits so gut wie tot. Die paar Wochen, die ihm noch blieben, würden eine einzige Hölle für ihn sein. Meine Kugel wäre direkt eine Gnade ...

Aber es gab natürlich auch Einwände. Ich hatte zwar eine Waffe, deren Erwerb mir niemand nachweisen konnte, aber ich hatte kein Alibi für die Tatzeit. Einerlei, sie mussten mir erst mal die Tat nachweisen. Tut mir leid, ich habe die ganze Zeit über in meinem Zimmer gesessen! Doch da war noch etwas anderes. Wovon wollte ich denn leben, wenn Kolczyk tot war? Dann gab es keinen mehr, der mir monatlich ein ganz hübsches Sümmchen überwies. Und hatte es überhaupt noch Zweck, ihn zu erschießen? Wahrscheinlich hatte er schon mit Dr. Sievers telefoniert und ihm von meiner Erpressung erzählt. Wenn einer entschlossen ist, reinen Tisch zu machen, dann geht das meistens ziemlich schnell.

Trotz dieser Bedenken parkte ich meinen Mercedes in der Nähe des U-Bahnhofs Thielplatz und machte mich auf den Weg. Die FN-Pistole in meiner Tasche übte einen regelrechten Zwang auf mich aus, es doch zu tun.

Langsam formte sich in meinem Kopf ein Plan, wie es am schnellsten zu erledigen war. Ich würde über den Zaun des Nachbargrundstücks klettern und mich von hinten der Terrasse nähern. Durch das Toilettenfenster, das immer offen stand, konnte ich dann ohne viel Mühe ins Innere der Villa gelangen. Dann brauchte ich bloß zu warten, bis er auf die Diele hinaustrat. Ich konnte ihn dann erschießen, ohne ihn dabei ansehen zu müssen.

Es lief auch alles so ab, wie ich's mir gedacht hatte. Die Eppinger Straße war menschenleer wir immer. Mit einer Flanke setzte ich über den Holzzaun des Nachbargrundstücks und kroch dann durch dichtes Buschwerk auf Kolczyks Villa zu. Hier war ein Loch im Zaun, das wusste ich. So gelangte ich ohne Mühe zur Terrasse hinüber. Noch fünf Minuten, dann musste alles überstanden sein.

Da ging vorne die Tür auf, und ich hörte Stimmen. Kolczyk verabschiedete sich von Dr. Völker, seinem alten Rechtsanwalt. Verdammt, an diese Möglichkeit hatte ich überhaupt nicht gedacht! Jetzt hatte er diesem dämlichen Völker alles gebeichtet.

Im ersten Impuls stürzte ich nach vorn, um den kleinen Dr. Völker mit einem Schuss zwischen die Schulterblätter niederzustrecken. Ich zielte auch schon, aber ich bekam es einfach nicht fertig, abzudrücken.

Zähneknirschend, aber unfähig zu einer entscheidenden Tat, musste ich mit ansehen, wie Völker in seinen Opel stieg und in Richtung Thielallee davonfuhr.

Hilflos starrte ich ihm nach. Jetzt war es sinnlos geworden, Kolczyk zu töten.

Niedergeschlagen trat ich den Rückweg an. Ehe ich in meinen Wagen stieg, ging ich noch einmal zum langgestreckten Park zwischen Landolt- und Faradayweg zurück und warf die FN-Pistole in einen kleinen Tümpel.

Zu Hause in der Grunewaldstraße warf ich mich auf mein Sofa und heulte. Ich war völlig am Ende.

Es dauerte etwa eine halbe Stunde, bis ich mich wieder gefangen hatte. Mein Gott, es musste doch noch eine Rettung geben!

Endlich, nachdem ich schon wahnsinnige Kopfschmerzen hatte, kam ich auf den einzig möglichen Ausweg. Ich musste mit Kolczyk reden - von Mann zu Mann - und ihn zum Verzicht einer Anzeige bewegen. Das war meine letzte Chance! Und an Überredungskunst mangelte es mir nun wahrlich nicht. Ich konnte wieder hoffen. Es war nur ein Funke, aber dennoch!

Ich wurde von Minute zu Minute zuversichtlicher. Es musste klappen, denn schließlich hatte ich einige Trümpfe in der Hand. Ich konnte seine Familienehre retten, seine Tochter glücklich machen, seiner Frau helfen, sein wissenschaftliches Werk fortführen, für eine gebührende Würdigung seines Namens sorgen, seinen Enkeln von ihm erzählen - war das etwa nichts?

Ich stürzte zum Telefon.

»Ich muss mit dir sprechen!« rief ich, kaum dass er sich gemeldet hatte. »Wir müssen unbedingt einen Weg finden …«

»Gut …«

»In einer halben Stunde bin ich da, ich muss mich nur noch umziehen …« Das war notwendig, weil ich ja nach dem Einbruch in der Laube und dem Robben durch seinen Garten über und über mit Lehm beschmiert war.

»Gut …«

Ich beeilte mich, doch in der Aufregung wollten mir meine

Finger nicht gehorchen. Beim Zuknöpfen des Hemdes riss ich einen Knopf ab, dann konnte ich den zweiten schwarzen Halbschuh nicht finden und musste erst halb unter das Sofa kriechen … Schließlich war ich soweit und stürzte zum Wagen.

Ich fuhr wie ein Irrer, irgendwie hoffte ich, die hohe Geschwindigkeit würde meine Erregung dämpfen. Mir war heiß, ich schwitzte wie in einer Sauna, was sich auch nicht änderte, als ich das Fenster herunterkurbelte.

Grunewaldstraße, Königin-Luise-Straße, U-Bahnhof Dahlem Dorf, die Dorfkirche, ich überholte einen flachen Bus der Linie A 68 und ein paar Volkswagen, Straßenschilder flogen an mir vorüber, Leuchtreklamen tauchten auf und verschwanden wieder, Fußgänger hetzten auf die andere Straßenseite hinüber - es war alles wie ein wirbelnder Traum.

Ich erreichte die Thielallee und bog nach links ab. Die Straßen waren regennass und so leer wie an Heiligabend. Was mochte wohl Ginny in dieser Sekunde tun und denken? Wenn sie doch hier wäre! Nein, es war besser so. Ich würde es auch allein schaffen!

Ich wurde von einer Euphorie erfasst. Kolczyk war ein rationaler, ein vernunftbetonter Mensch. Wir würden bestimmt zu einer Einigung kommen. Ich war vielleicht der einzige, der ihn aufrichten konnte. Er brauchte mich. Es würde alles gut werden.

Ich rollte über die U-Bahnstrecke hinweg, unten blitzten die roten Schlusslichter eines Zuges auf, der zum Wittenbergplatz fuhr.

Da tauchte schon der Corrensplatz auf. Noch zweihundert Meter, dann musste ich links abbiegen.

Ich wollte gerade die Geschwindigkeit herabnehmen, da löste sich ein Mann vom Fahrbahnrand und sprang in zwei, drei Sätzen auf meinen Wagen zu.

Kolczyk!

Ich hatte ihn erkannt. Seine Figur, seine Bewegungen, sein Mantel.

Ich schrie auf und riss das Steuer herum.

Zu spät.

Ich erfasste ihn mit dem rechten Kotflügel und schleuderte ihn durch die Luft. Meterweit. Sein Körper schlug gegen einen Baum.

Aus! Aus! Alles aus!

Nur weg von hier, nur weg!

Wie von Sinnen trat ich das Gaspedal durch.

22

EPILOG IN DEN RÄUMEN DER MORDKOMMISSION

Es war ein diesiger Dezembertag, und Oberkommissar Herbert Rannow kam mit denkbar schlechter Laune ins Büro. Er hatte geschlagene zwei Stunden im Untersuchungsgefängnis zugebracht, aber auch bei diesem Verhör war es ihm trotz aller Mühe nicht gelungen, Ziegenhals zu einem vollen Geständnis zu bewegen.

Rannow begrüßte ein paar Kollegen und setzte sich dann an seinen Schreibtisch, um einen Apfel zu essen. Als er die Morgenzeitung aufschlug, fiel sein Blick auf eine ungewöhnlich große Anzeige.

> Allen, die meinem lieben Mann, meinem lieben Vater
>
> Prof. Dr. rer. pol. RÜDIGER KOLCZYK
>
> die letzte Ehre erwiesen haben,
> uns tröstende Worte der Teilnahme aussprachen
> und in Liebe und Verehrung seiner gedachten,
> sagen wir unseren herzlichsten Dank.
>
> Reinhild Kolczyk, geh. Reschinski
> Regina Kolczyk

Rannow, der selbst an der Trauerfeier teilgenommen hatte, fühlte sich in den Dank miteinbezogen und nickte. Die Tragik, die in diesem Fall lag, ließ auch ihn nicht gänzlich unberührt, gewiss nicht, aber irgendwie fühlte er eine tiefe Genugtuung, dass alles so gekommen war. Er fragte sich oft, warum das so war, aber er fand keine Antwort, die ihn befriedigt hätte. Schön, er hatte die spezielle Bindung, die zwischen diesen beiden Menschen bestanden hatte, frühzeitig erahnt, aber das allein war es nicht.

»Na, sind Sie diesmal weitergekommen ... ?«

Rannow blickte auf und sah in das runde Gesicht von Kriminalobermeister Steinert. Er unterdrückte eine mürrische Bemerkung, die er schon auf der Zunge hatte, und nahm es gelassen hin, dass Steinert sich auf die rechte Kante seines Schreibtischs setzte. Es wäre unklug gewesen, Steinert unnötig zu verärgern, denn einmal hatte er eine gute Nummer beim Chef und zum andern war er mitunter auch auf seine Hilfe angewiesen.

»Nein, er leugnet noch immer ab, Kolczyk absichtlich überfahren zu haben. Er schreit in einer Tour, er sei kein Mörder...«

»Aber es spricht doch alles gegen ihn ...«

»Das will ich meinen!« Rannow wurde um einige Grade lebhafter. »Versetzen Sie sich doch mal in die Lage von Ziegenhals. Kolczyk ruft ihn an und sagt ihm, dass er unheilbar krank sei, Ziegenhals weiß sofort, was das bedeutet: Kolczyk wird ihn anzeigen! Denn was um alles in der Welt sollte Kolczyk zu diesem Zeitpunkt noch daran hindern, er hatte ja nichts mehr zu verlieren. Und tatsächlich hat ja Kolczyk bei mir angerufen und mich sprechen wollen. Das war am Sonntagnachmittag. Montag früh wäre also alles aufgeflogen - und Ziegenhals wusste das. Da ist es doch ganz logisch, dass er Kolczyk ermorden musste!«

Steinert nickte, obwohl er von Rannows Beweisführung nicht ganz überzeugt war. »Ist es denn wirklich sicher, dass Ziegenhals von dem Krebs erfahren hat ... ?«

»Natürlich!« Rannow wurde ein wenig ärgerlich. »Er gibt es ja selber zu, und außerdem steht es in dem Brief, den Kolczyk an Dr. Sievers geschrieben hat. Das ist gar keine Frage!«

»Ich habe die letzten Protokolle gelesen …« Steinert zündete sich ein Zigarillo an. »Da sagt er doch, er wäre zu Kolczyk gefahren, um alles in Ruhe mit ihm zu besprechen …«

»Glauben Sie!« Rannow fasste sich an den Kopf. »Das ist doch eine faule Ausrede! Was soll er uns sonst erzählen? Seine beiden Motive sind doch klar wie Kloßbrühe: Einmal musste er Kolczyk ermorden, um sich selbst zu retten, und zum andern hasste er Kolczyk und wollte sich rächen. Denken Sie doch mal daran, wie oft Kolczyk versucht hat, Ziegenhals um die Ecke zu bringen. Da kann er ja nicht anders reagieren!«

»Die Erpressung hat Ziegenhals also zugegeben?«

»Er hat alles zugegeben - bis auf den Mord. Das ist ja sein Trick!« Rannow dachte einen Augenblick lang nach. »Und wie brutal er sein konnte, das beweist uns die Aussage von diesem Mr. Cloward - den hätte er ja auch um ein Haar umgebracht. Na ja, bei dem Milieu, aus dem er kommt, ist es doch kein Wunder, dass er sich in dieser Richtung entwickelt hat!«

Steinert breitete die Hände aus und wiegte seinen massigen Kopf hin und her. »Ich weiß nicht … Sagen Sie mal, was hat denn Kolczyk überhaupt auf der Straße zu suchen gehabt?«

Rannow warf ihm einen mitleidigen Blick zu. »Ich denke, Sie haben die Protokolle gelesen, das steht doch lang und breit drin! Er hat den Brief an Dr. Sievers in den Kasten geworfen! Zufällig haben ihn zwei Studenten dabei gesehen und gegrüßt. Und kurz danach musste er die Thielallee überqueren.«

»Sie können sagen, was Sie wollen, ich weiß nicht …«

»Ich aber!« Rannow verlor langsam die Geduld. »Sie meinen also, es wäre ein Unfall gewesen?«

»Ja, warum nicht? Und Kolczyk könnte doch auch ... ?«

»Klar, könnte er!« Rannow geriet in Rage. »Aber warum in aller Welt hat Ziegenhals dann nicht angehalten? Weshalb ist er denn wie ein Irrer weitergefahren?«

»Weil er die Nerven verloren hat!«

»Ach, hören Sie doch auf! Ziegenhals ist doch ein hochintelligenter Mensch. Wenn er keine Mordpläne gehabt hätte und es so wäre, wie Sie sagen, dann hätte er doch sofort anhalten müssen, um Kolczyk zu helfen. Erkannt hatte er ihn ja, das gibt er selber zu. Wenn ich jetzt weiterfahre, hätte er sich sagen müssen, werden sie mich für den Mörder halten, also muss ich anhalten, um meinen Kopf zu retten. Nur wenn ich anhalte und mich um Kolczyk kümmere, werden sie mir abnehmen, werden sie mir glauben, dass es ein Unfall oder ein Selbstmordversuch war! Nur so kann ich meinen Kopf aus der Schlinge ziehen. Bei seiner Intelligenz musste ihm das doch schlagartig klar werden! Ich bitte Sie!«

Steinert war vom Schreibtisch gerutscht. Er sah ein, dass er gegen dieses Argument keine Chance hatte. »Kann ihm denn das Mädchen nicht helfen - Gina, Ginny ... ?«

Die erholt sich gerade von den verschiedenen Schocks, die sie erlitten hat«, sagte Rannow ein wenig abfällig. »Und zwar in Oklahoma auf einer Ranch, die Clowards Vater gehört. Natürlich ist Johnny mitgefahren, man kann doch das arme Kind nicht allein lassen!«

»Sie haben also doch Sympathien für Ziegenhals?«

»Lassen Sie mich in Frieden!«

»Könnte es nicht doch sein, dass Kolczyk ...«

Rannow war am Ende. Er sprang auf und schrie Steinert an: »Ja, es kann sein, aber kein Mensch weiß sicher, dass es so ist! Soll sich doch der Richter den Kopf darüber zerbrechen, der verdient dreimal so viel wie ich! Aber der wird zu dem gleichen Ergebnis kommen, die Indizien sprechen eindeutig gegen Ziegenhals. Das sieht doch ein Blinder! Man wird ihn verurteilen, das ist so sicher wie das Amen in der Kirche!«

»Wann ist denn die Verhandlung … ?«

»Bald!«

Rannow lief aus dem Zimmer und knallte die Tür hinter sich zu.

»The key to success«
-ky (Horst Bosetzky) erzählt
Protokolliert von Jürgen Alberts

Diesem Mann ist nicht zu trauen. Jahrelang hat er sich hinter einem Pseudonym versteckt. Doch wenn man ihm gegenüber sitzt, denkt man: ein netter, etwas gealterter Hippie mit silbrigem Pferdeschwanz und Lederweste, ein verschmitztes Lachen und eine ungebrochene Gesprächsfreude. Die Rede ist von -ky, dem Berliner Krimikollegen, der mit richtigem Namen Horst Bosetzky heißt und viele Jahre dem SYNDIKAT vorstand. Verlässlich und berechenbar.

Es spricht der Autor. Direkt und ungeschminkt.

Mein Traum ist, eine Turnhalle zu haben und da die ganze Bundesrepublik im Modell nachzubilden. Landschaften, Berge, Flüsse, Städte. Man fühlt sich als Gott, wenn man so etwas tut. Ein bisschen bin ich darin Karl May gefolgt, der hat ja auch schöne Städte erfunden, besonders in den in Deutschland spielenden Büchern. Mich hat das einfach gereizt, eine Stadt zu erfinden.

Meine Stadt heißt Bramme.

Das klingt ein bisschen nach Bremen. Es sind aber eher die Gemeinden, die ich in den Jahren besuchte, in denen ich in Bremen gearbeitet habe: Worpswede, Achim, Osterholz, im Umkreis von hundert Kilometern. Bramme ist die Summe der niedersächsischen Gemeinden.

Zunächst brauchte ich einen Fluss, die Bramme, auf der ich mit dem Faltboot paddeln konnte, und eine romantische Burgruine zum Versteckspielen, und einen Wall mit Wallgraben, wie in Bremen, und einen Marktplatz, wie wir ihn in Berlin nicht haben. Jemand wie ich, der in Berlin geboren wurde, hat immer eine Sehnsucht nach kleineren Städten, nach heilen, gut erhaltenen mittelalterlichen Städten.

Ich habe Bramme gezeichnet.

Es gibt also ganz genaue Stadtpläne, alle Straßen sind verzeichnet, ebenso all die Orte, wo in einem der Romane Personen angesiedelt sind, wo etwas passiert. Ich habe Listen gemacht. Genrefremde Menschen trauen uns das nicht zu, dass wir die pingeligsten Pedanten sind, dass wir alles ganz genau vermerken müssen. Ich habe meine Stadt immer variiert, weil man nicht von sich selber abschreiben kann. Bei Bramme habe ich angestückelt, wenn ich eine Gasanstalt gebraucht habe, dann habe ich die auf eine freie Fläche gesetzt, ein Arbeiterviertel musste her, das wurde das Sternenviertel, ich musste immer etwas hinzudenken, hinzufügen.

In Bramme war das alles möglich. In Berlin hätte ich niemals ein Atomkraftwerk hinsetzen können. Bramme hat etwa 80.000 Einwohner, das schreibe ich an mehreren Stellen, aber eigentlich ist es in meinem Kopf immer etwas kleiner gewesen.

Als ich anfing, über Bramme zu schreiben, war ich schon aus Bremen weg, konnte aber meine Stoffe in Berlin nicht ansiedeln.

Kriminalromane sind immer auch Reduktion von Komplexität, man kann nicht die ganze Gesellschaft erklären, auch in dieser Kleinstadt musste ich einiges aussparen.

In Berlin war schon vieles mickrig, z.B. in der Politik, aber in Bremen war alles noch kleiner, wurde jedoch mit großer Arroganz vorgetragen. Da heißt einer Senator, der aber eigentlich bloß ein Stadtrat ist.

Irgendwann kam der Soziologe in mir durch, da brach etwas durch, Mechanismen dieser Gesellschaft herausstellen zu wollen, praktisch im Laborexperiment Bramme eine Welt zu schaffen und zu zeigen, was in diesem Lande die Menschen dahin gebracht hat, entweder glücklich oder unglücklich zu sein. Die Verfestigung der Machtstrukturen, Mikropolitik zu zeigen, Zusammenhänge aufzuzeigen, wie das Establishment in solchen sozialen Systemen soweit Herrschaft ausübt, dass Veränderungen der Verhältnisse nur sehr schwer möglich sind.

Das ging eben am Beispiel Bramme sehr viel besser als am Beispiel Berlin.

Das Ganze hat etwas damit zu tun, dass ich Modelleisenbahner bin, und Modelleisenbahner träumen immer davon, große Städte auf ihren Anlagen zu entwerfen und zu bauen. Wie gesagt, am liebsten hätte ich eine Turnhalle gehabt. Ich hatte aber nur ein kleines Zimmer, und insofern ist das literarische Bramme eigentlich etwas, was ich als Modelleisenbahner nie geschafft habe, eine eigene Stadt zu bauen, einen Mikrokosmos zu entwerfen.

In »Pardon« stand mal: Bramme ist überall. Bramme ist schon eher eine abstrakte Stadt, die gleichzeitig eben doch idealtypisch ist, im Sinne Max Webers, ein Modell für viele bundesrepublikanische Städte, die Art Städte, die das Land eben prägen.

Der Lektor Richard K. Flesch und ich haben überlegt, als die ersten beiden Romane, »Zu einem Mord gehören zwei« und »Einer von uns beiden«, fertig waren, was für einen Namen wir da drauf schreiben. Damals war gerade ein Fußballspieler bei Hertha BSC, der hatte den schönen Namen Lorenz Horr, der kam aus dem Pfälzischen und spielte bei Hertha, halb links oder halb rechts, ich sagte: »Wie ist es denn mit Vinzenz Horr?« Dabei auch an den Horror denkend. Und so haben wir dann Namen für Namen durchgespielt. Eins war klar, ich wollte nicht, dass Bosetzky draufsteht, um mir in Bremen meine Chancen in der Politik nicht zu verderben.

Ich arbeitete damals in einer Stabsstelle von Bürgermeister Koschnick und war auch SPD-Mitglied. Es sah gar nicht mal so schlecht aus, in der Mischung Partei und Gremien Karriere zu machen. Wenn die nun merkten, dass meine ganze Kraft a) nicht der Bremer Verwaltung, b) nicht der Partei zur Verfügung gestellt wurde, sondern ich schreibsüchtig war, dann hätten die mich nicht weiter unterstützt. Es war so die Rede davon, mal nach Mainz zu gehen und Verbindungsmann zum ZDF zu werden, Parteibaracke und so weiter, das hätte ja ne Menge Geld, ne Menge Macht gegeben, das wäre ein Einstieg gewesen. Da stellte sich für mich die Frage: Machst du das oder schreibst du?

Der Flesch hat ja immer viel Whisky getrunken und dann, weil ich ja Horst Otto Oskar heiße, habe ich gesagt, wie ist es denn mit Oskar Kentucky, naja, deutscher Stoff, im norddeutschen Bramme angesiedelt, und dann Kentucky drauf, das ist ja wohl auch nichts. Aber im Laufe des Tages, mit dem vielen Whisky, ist dann tatsächlich von Kentucky, Whisky, Bosetzky und halbtrunken »the key to success«, das -ky übrig geblieben. Während des Abends einigten wir uns darauf, dass da bloß Bindestrich ky draufstehen soll.

Im Rowohlt-Verlag wussten nur der Lektor und seine Sekretärin, Frau Fröhlich, Bescheid. Das wurde alles unter Verschluss gehalten, in der Honorarabteilung wussten sie es natürlich auch alle.

Viele haben gedacht, das sei eine gute Werbung, ein PR-Gag gewesen, aber es war nicht geplant, sondern nur zu meinem Schutz gedacht. Niemand hat geglaubt, dass das diese Wirkung haben könnte, ein Glücksfall. Irgendwann gingen nämlich die Spekulationen los. Walter Jens wurde verdächtigt, als -ky getarnt, die Romane geschrieben zu haben, Bundeskanzler Helmut Schmidt, der Soziologe Urs Jaeggi, sogar der österreichische Bundeskanzler Bruno Kreisky und der Schriftstellerkollege Kieseritzky.

Ich arbeitete inzwischen in der Fachhochschule für öffentliche Verwaltung in Berlin und erfreute mich an diesem Versteckspiel. Es hat ja auch Spaß gemacht, ach wie gut, dass niemand weiß …

Zu einem Krimi-Kongress, auf dem meine Anwesenheit angekündigt war, habe ich ein besprochenes Tonband geschickt, das vor den Zuhörern abgespielt wurde.

1975 versuchte zum ersten Mal eine Kollegin von der Hochschule, mich zu überführen. Der habe ich Aufsatzhefte gezeigt, wo klar wurde, dass ich gar nicht schreiben konnte. Meine Deutschlehrer hatten mir das immer bewiesen. Mein Standartsatz lautete: Indizien sind noch kein Beweis.

Später wurde ein Kopfgeld von 1000 DM ausgesetzt, um das Pseudonym zu lüften und den Namen herauszufinden.

Ich habe mich mit dem Kollegen Hansjörg Martin in einer Berliner Pension konspirativ getroffen. 1978 bin ich noch getarnt zum Treffen mit den anderen nach Wedel gefahren, alle Kollegen haben wirklich dicht gehalten.

Die Enttarnung kam 1981, zehn Jahre später, als Wolf Gremm meinen Roman »Kein Reihenhaus für Robin Hood« verfilmt hat. Die Produzentin Regina Ziegler meinte, mein Pseudonym aufzugeben, sei für die Promotion des Films ein guter Effekt. Ich wusste ja auch, dass es nicht viel länger zu halten war. Immer stärker konzentrierte sich der Verdacht auf mich. Jürgen Kritz von »Titel Thesen Temperamente« hat dann zum Filmstart am 1. April die Story an die Öffentlichkeit gebracht. Alles ganz aufregend. Als meine Mutter den Bericht dann im Fernsehen sah, wollte sie mich tatsächlich fast enterben.

In den zehn Jahren waren viel zu hochgeputschte Erwartungen entstanden, denn nun stellte sich heraus, dass ich ein stinknormaler Mensch war, mit Frau und zwei Kindern, Professor an einer Fachhochschule. Es begann die Phase der vielen Anfeindungen.

Auf einer Tagung 1982 in Loccum wurde mir von den Kritikern Compart und Schmidt vorgeworfen, ich könne gar nicht schreiben und habe genau deswegen unter Pseudonym geschrieben.

Besonders kompliziert wurde es für mich in der Hochschule. Wir sind in unserem Fachbereich zwanzig Leute, es ist ein unheimlich austariertes Gefüge. Nun gibt es welche, die haben wenig veröffentlicht und wenig Ansehen bei den Studenten. Die einzige Veröffentlichung, die ein Kollege hatte, war eine Wohnungsanzeige in der Berliner Zeitung. Und dann gibt es einige, die haben viel veröffentlicht, und wenn einer von denen auch noch auffällig wird, dadurch nämlich, dass er Bücher schreibt und in den Medien zu sehen ist, dann ist das für viele von den lieben Kollegen doch ein bisschen erschütternd, weil sie meinen, dass es das Gleichgewicht ein wenig durcheinanderbringt.

Mit 16 bekam ich eine Schreibmaschine geschenkt, habe Kurzgeschichten geschrieben und zweimal an den »Telegraf« geschickt. Aber sie wollten die nicht.

Auch während meiner Lehre bei Siemens habe ich geschrieben, da musste ich früh um vier Uhr aufstehen und anderthalb Stunden hinfahren und es gab dafür 571 DM im Monat, trotz der fertigen Lehre als Werkstudent.

Und dann las ich im »FU-Spiegel« eine Anzeige: BASTEI sucht Autoren, John-Drake-Romane. Das war nicht schwer, die nachzuschreiben. Ein bisschen äußere Spannung, ein *Whodunit*, immer bringt der Held die Welt wieder in Ordnung. Oder: Feindliche Mächte wollen die CIA-Zentrale in Langley in die Luft sprengen, und John Drake schafft es in letzter Sekunde, den Zünder aus der Bombe zu drehen. Es gab Vorgaben vom Verlag: kein Sex, keine Beleidigung der

USA. Drake konnte viel rumjetten in der Welt, dafür hatte ich die Pläne von Polyglott.

Ich habe etwa einen pro Woche geschrieben, rund dreißig Stück, von denen etwa fünfzehn gedruckt worden sind. Das waren so meine Jugendsünden.

Meine Frau sagte damals, warum schreibst du nicht mal einen richtigen Roman.

Aber es bedurfte noch eines anderen Anlasses. Mein Vater starb 1968, und da bin ich lange Zeit nicht drüber hinweggekommen, fast ein Jahr Trauerarbeit. Damals habe ich die ersten zwanzig Seiten von »Einer von uns beiden« geschrieben. Die Geschichte spielt im Hochschulmilieu und handelt von einer plagiierten Dissertation, Erpressung und Mord. Darin steckte auch die Wut des armen Studenten in Kreuzberg gegenüber den reichen Profs in Dahlem. Damals wurden die Olympischen Spiele in Mexiko immer nachts übertragen und ich konnte nicht schlafen, wollte fernsehen und schreiben, bin fast durchgedreht, ausgeflippt.

Irgendwann war der Roman fertig, und ich hab ihn an Rowohlt geschickt. Lange nichts gehört. Wochen später habe ich angerufen und Frau Fröhlich war dran, eine richtige Berlinerin aus Pankow, die wusste, welche Buslinie nach Pankow fuhr, die A 9. Aber es kam erstmal nur zu Floskeln. Ich wusste damals noch nicht, dass die Fröhlich die Seele vons Buttergeschäft war.

1969 fand ein Kongress von Verwaltungswissenschaftlern in Hamburg statt. Das wollte ich nutzen, um den Lektor persönlich aufzusuchen. Ich hab mich einfach in die S-Bahn gesetzt und bin rausgefahren nach Reinbek, für mich heute immer noch unvergesslich, weil ich S-Bahn ohne Passierschein fahren konnte, und nicht mit der feindlichen DDR-S-Bahn, sondern mit der eigenen West-S-Bahn, ohne Passierschein, nicht mit dem Desinfektionsmittelgeruch der DDR drin, und über

Stadtgrenzen hinaus, ohne dass man Angst haben musste von Stasi-Leuten verfolgt oder verhaftet zu werden.

Es war ein wunderschöner Sonnentag, es ging über die Felder: Moorfleet, Mümmelmannsberg, und irgendwann kam Reinbek, da lag die Rowohlt-Villa, das war für mich wie ein Schloss, das war ein Gral, das war alles, alles: Neuschwanstein, ein Tempel. Ich stand staunend davor: da war das, wo ich immer hinwollte.

Ich wollte da gedruckt werden. Das war die allerwichtigste Sache für mich, sogar noch wichtiger als Liebe, Ehe, Doktortitel, Universitätskarriere, ich wollte da gedruckt werden, bei Rowohlt in einem Reihenroman; eine Fixierung mit möglicherweise schon leicht pathologischen Anteilen.

Flesch hat meinen Roman akzeptiert, aber gleichzeitig noch einen zweiten von mir gefordert. Dann erst hatte ich mein sehnlichstes Ziel erreicht. Anfangs ging alles glatt, bis ich merkte, dass der Flesch oberlehrerhaft ist, der wollte mitschreiben. Er war ein verhinderter Autor, der immer den Überroman schreiben wollte.

Manchmal habe ich mein Manuskript abgegeben und keine Druckfahnen, sondern erst das fertige Buch gesehen und darin Sätze entdeckt, die nicht von mir stammten. Ich hatte auch mal einen großen Krach mit ihm wegen einer Sektengeschichte.

Es war ein Ritual: Die Autoren kamen nach Reinbek, in Bismarks Hotel in Aumühle, meistens zwei Tage am Wochenende, dann ging Flesch fast jeden Satz mit einem durch. Dabei wurde immer viel Whisky getrunken und gut gegessen. Fleschs Standardsatz war: Der Verlag zahlt ja. Zwei Tage, Seite für Seite.

Es ging um stilistische wie auch inhaltliche Veränderungen. Warum hustet der da? Flesch hat einen immer dann vorgeführt, wenn etwas nicht stimmte. Das kann aber nicht sein, sagte er häufig. Flesch war ein Patriarch, er hatte Charisma, es war natürlich auch ein Machtspiel, ganz klar. Seine Sorge galt seiner Krimi-Reihe, einen guten Stoff wollte er haben. Das war keineswegs immer bloße Rechthaberei.

Die Konditionen am Anfang: 3.000 DM Vorschuss, 15.000 - 18.000 Startauflage, und 5 % bei einem Ladenpreis von 2,80 DM. Ganz hübsch. Zu der Zeit hatte ich gerade eine halbe Assistentenstelle an der FU.

Frau Fröhlich hat meine ersten Romane abgetippt, weil ich noch mit der Hand schrieb. Mit der Maschine habe ich dann meine Schreibgeschwindigkeit deutlich erhöht. Ich komme aus einer Handwerkerfamilie. Schon gleich beim ersten Computer habe ich zugegriffen, Computer sind etwas Herrliches. Am Anfang schrieb ich auf einem Texie. Im Computer mache ich heute statt Kommissar Mannhardt nur ää. Pro Tag schreibe ich sieben bis zehn Seiten, wenn ich gut in Form bin. Einen Roman kann ich in drei, vier Wochen schaffen.

Im Sommer stehe ich um vier Uhr auf, bevor die Zeitung kommt, habe ich schon eine Stunde gearbeitet, im Winter um halb sechs, bis zehn Uhr muss ich fertig sein, dann gehen die Störungen los, meine kreative Zeit ist morgens. Ich schreibe im Stehen, nicht nur wegen meines kaputten Rückens, sondern man hat auch eine größere Beweglichkeit. Ich bin ein 100-Meter-Läufer und ich will schnell ans Ziel; ich bin kein Marathonläufer, so ist es mir auch zuwider, den Text nochmal und nochmal vorzunehmen; wenn der Text im Computer ist, schau ich ihn durch, mit dem ABC-Programm, sind Wortfehler drin, dann lese ich ihn schon mit einem Widerwillen durch, will ihn eigentlich nicht zum zweiten Mal sehen. Das ist eine Qual, obwohl ich ihn liebe, den Text.

Wie ist es bei meinem Roman »Stör die feinen Leute nicht« gewesen? Da kommt jemand, der das Produkt eines Verbrechens ist, in eine Stadt und merkt, diese Stadt stößt ihn ab, verfolgt ihn irgendwie. Also, ich gehe vom Individuum aus, von dieser Katja und meinem eigenen Gefühl, was passiert mir. Das ist meine eigene Angst, in eine fremde Stadt zu kommen. Ich habe in Erlangen gelebt, in Göttingen, auch in Bremen, jedes Mal, wenn ich in eine fremde Stadt gekommen bin, habe ich zunächst Angst gehabt.

Oder bei meinem Roman »Ach lege Rosen auf mein Grab«. Ich habe in Berlin für ein Senatsgutachten viele Interviews im Knast gemacht, in Tegel und in Moabit, habe mit Mördern und anderen in der Zelle gesessen und habe damals immer gedacht, was passiert jetzt, wenn der dich niederschlägt oder deine Karte nimmt, man kriegt ja immer so eine Karte beim Besuch im Knast, und der haut damit ab ... Und auch bei diesem Roman ist der Plot Folge meiner eigenen Ängste gewesen. Dass ich durch die individuellen Ausgangspunkte ein wenig versucht habe, meine Ideologie rüberzubringen, wo immer man sie ansiedeln soll, mal marxistisch, mal sozialistisch, mal plump sozialdemokratisch, mal ein bisschen grün, in bestimmten Fragen auch mal christdemokratisch, das ist sicherlich wahr, aber das ist bestimmt nicht der Ausgangspunkt gewesen.

Die Ängste kommen sicherlich aus meiner Jugendzeit, als die Bomben fielen, das ist klar. Da waren wir ja alle, zumindest alle, die hier im Osten waren, bei Vergewaltigungen dabei, das muss man sich mal vorstellen, sieben- oder achtjährige Kinder sind bei Vergewaltigungen dabei, im selben Zimmer - das ist natürlich ein Trauma. Dann die Angst, im Keller verschüttet zu werden, oder die fürchterlichen Ängste bei Tieffliegerangriffen.

Es gab nach dem Krieg immer so lustige Tanten, die sagten, wenn es mal ein Stückel Fleisch auf dem Teller gab und das schmeckte so ein bisschen komisch, wie Fleisch ja immer so komisch schmeckt, dann sagten die: da ist 'ne Nachbarin verschwunden, das wird bestimmt die Dicke sein. Kannibalismus war nicht ausgeschlossen in der damaligen Zeit.

Dann muss man sich vorstellen: Stromsperre im Krieg, in der Blockade in Berlin, ab achtzehn Uhr gingen alle Lichter aus, Bahnen fuhren nicht mehr, Stromsperre, da musste man als Kind durch dunkle, zerbombte Städte laufen, das sind natürlich tiefsitzende Ängste.

Ich vertrete ja die These, dass man Kriminalromane nur schreiben kann, wenn man zum einen aggressiv ist, hasst - und das tue ich, ich hasse viele Menschen und bin unheimlich aggressiv -, und zum anderen, wenn man selber Angst hat.

Laue Menschen werden nie vernünftige Krimis schreiben, gleichzeitig muss man aber auch Moralist sein, nach meiner Meinung.

Wir haben in Bremen mal einen Kollegen schön gepiesackt, ich war auch dabei, weil es einfach Spaß gemacht hat. Mobbing macht ja Spaß für die, die es ausüben. Das muss man auch mal sagen. Der Kollege fuhr zum Spiel Werder gegen Bayern München - damals war gerade Stunk zwischen den Fans. Und da er uns geärgert hat, wollten wir ihn auch ärgern und haben heimlich einen Aufkleber von Bayern München gekauft und auf sein Auto geklebt. Der fuhr ganz stolz damit ins Weser-Stadion, und die hauten auf sein Auto drauf, hätten ihn fast erschlagen. Da haben wir Mitleid gekriegt und ihn da wieder rausgezogen. Dabei war der ein glühender Werder-Fan, aber mit dem Aufkleber hintendran haben die Werderfans ihm das Auto demoliert. Das ist so ein bisschen Aasigkeit und Aggression, die habe ich in meinen Büchern ja auch ablassen können.

Ich muss zum Beispiel jedes Messer, das ich offen liegen sehe, zuklappen. Meine Mutter hat 1945 versucht, Selbstmord zu machen und sich die Pulsadern aufschneiden wollen, weil sie vergewaltigt worden ist. Ich habe ihr das ausgeredet, habe sie davon abhalten können. Mein Vater war im Krieg verschollen. Meine eigene Frau hat zwei Selbstmordversuche hinter sich. Ich selbst könnte das nicht, auch nicht bei tiefsten Depressionen, insoweit bin ich noch ein gläubiger Mensch.

Ich kann mich noch an den ersten Leserbrief erinnern, von einer Frau aus Osnabrück, die hat an Flesch geschrieben, sie hätte »Zu einem Mord gehören zwei« in Hamburg gekauft, und auf der Höhe von Osnabrück hätte sie den Roman aus dem Fenster geworfen - damals konnte man die Fenster noch aufmachen in den Zügen, 1971 -, weil dieses Machwerk auf keinen Fall jungen Menschen in die Hand fallen dürfte, sie würden damit verdorben werden, und sie habe es voller Ekel und voller Abscheu rausgeworfen. Es ging darum, dass Kommissar Mannhardt sich da irgendwie aufgegeilt hat, weil eine Frau einen kurzen Rock anhatte. Das hat mich aber doch gefreut, wenigstens eine Reaktion.

Als die ersten deutschen Krimiautoren haben wir uns gefühlt wie Boris Becker, als er Wimbledon gewonnen hatte, da wurde er mit seiner Sportart endlich wahrgenommen. Das haben wir von der alten Garde geschafft, der Martin, die Rodrian, der Werremeier, Molsner, Huby und ich Anfang der siebziger Jahre, da gibt es Deutsche, die Kriminalromane schreiben können, das war schon ein schönes Gefühl, so wie Deutsche Tennis spielen können. Oder wie Armin Hary die hundert Meter laufen, was man den Deutschen ja nicht zutraut, so hat man uns nie zugetraut, dass wir Kriminalromane schreiben können. Anfang der siebziger Jahre war Aufbruch, Wahrnehmung, Erfolg, Freude, dann kam aber relativ schnell die Ernüchterung, einmal die übermächtigen Ausländer, die uns vorgehalten wurden, da wurden die Auflagenzahlen verglichen, und dann gibt es Kollegen, die alles hassen, wo deutsch draufsteht, ob das nun die deutsche Butter, die deutsche Küche oder der deutsche Kriminalroman ist.

Diese Schimäre Hochliteratur hat mich nie interessiert, aber es ärgert mich, wenn im hintersten Neuseeland jemand ein Büchlein schreibt, was mich nicht interessiert, und dann im »Tagesspiegel« darüber eine halbe Seite erscheint, während meine eigenen Bücher mit ein paar kurzen Bemerkungen, und dann noch drei Bücher auf einmal, abgehandelt werden, und dann auch noch negativ. Da werde ich wirklich böse.

Es ist schon ganz schön, wenn einer meinetwegen zehn Seiten übers Rasieren schreibt, alles: was man so an Gedanken beim Rasieren hat, wie der Urgroßvater sich rasiert hat, finde ich herrlich, hör ich gerne zu und denke, so möchte ich auch mal schreiben. Bloß, wenn ich im Kriminalroman zehn Seiten übers Rasieren habe, passiert ja doch folgendes: Erstmal streicht der Lektor acht Seiten davon raus, und wenn zwei Seiten drin bleiben und man fragt engere Bezugspersonen, wie fandest du das, dann sagt die eigene Bezugsperson, hab ich überschlagen, interessiert mich nicht.

Wir in unserem Genre sind ja dazu verurteilt, diese Dichte, was man gemeinhin die Hochliteratur nennt, zu vermeiden, weil das doch sehr hemmend ist im Erzählfluss, weil das zu sehr Detail oder zu sehr Innenschau ist, zu verspielt, zu kunstvoll ist für einen Gebrauchsgegenstand wie einen Kriminalroman. Die beiden literarischen Krimis, die ich geschrieben habe, »Ich lege Rosen auf mein Grab« und »Friedrich der Große rettet Oberkommissar Mannhardt«, haben den Krimifans nicht gefallen. Das konnte man ganz klar an den Auflagenzahlen ablesen.

Was mich aber besonders ärgert, ist die Übermacht der Amis, die Überwälzung der anglo-amerikanischen Seite, was ja real bedeutet, dass viele von uns auch nicht gedruckt werden. Der deutsche Anteil bei der Krimiproduktion liegt nur bei 15 %, das muss man sich mal vorstellen. Da gibt es gleich einen Kult um Autorinnen wie Sarah Paretzky oder Patricia Cornwall, wie es schon immer einen Kult um Agatha Christie und Edgar Wallace gegeben hat. Das ist deprimierend.

Es gibt ja diese Jack-Lang-Position - für die französische Kultur, gegen die Vorherrschaft der Amerikaner, zum Beispiel im Kino. Aber wir können nach 1945 so eine Position nicht vertreten, das können die anderen machen, wir dürfen das nicht.

Einmal haben wir aufgemuckt, auch gegen den »Vater«, den Flesch, weil wir merkten, dass wir zwar hohe Auflagen hatten, aber irgendwie im Abseits standen. Das war 1978, der sogenannte Wedeler Aufstand der Krimiautoren gegen den Rowohlt-Verlag.

Die *claims* waren abgesteckt. Wir stellten fest, die Verlage tun nichts, sie machen zu wenig Werbung, sie zahlen zu wenig, unsere Taschenbücher werden auf den Kulturseiten nicht besprochen, nach acht Jahren Blütezeit waren wir enttäuscht und depressiv. Wir waren auch generell auf den Verleger Ledig-Rowohlt sauer, weil er den Krimi so abgewertet hat. Michael Molsner und Irene Rodrian sind zu anderen Verlagen gegangen und haben verhandelt, aber die Konditionen waren nicht besser.

Unsere Forderung lautete: von jedem Krimi-Autor sollte ein Hardcover gemacht werden. Unter dem Roland von Wedel haben wir uns mit dem Geschäftsführer Matthias Wegner getroffen. Hey, Huby, Rodrian, Werremeier, Hendricks, Andresen und Molsner waren da. Es sah aus wie ein Aufbruch in eine herrliche Zukunft. Wir haben den Verleger zum Essen eingeladen und sind damit ruhiggestellt worden, dass Wegner uns sofort versprach, ein Hardcover zu machen, Vorschuss: 7500 DM. Dann kam das Hauptgericht.

Ich bin ja nun in zwei Gewerkschaften drin und mag ja auch gerne Aufstände, aber wir waren schon ein verlorener Haufen und haben begriffen, dass wir nicht die Macht haben; entweder wir passen uns an oder wir gehen. Dieser Wedeler Aufstand war im Grunde schon ein Erlebnis der Ohnmacht. Richard Hey hat dann noch den »Verlag der Autoren« gehabt, das war auch eine Möglichkeit auszuweichen. Aber dass unsere Chancen bei den großen Buchbürokratien gegen Null gehen, das war uns damals schon klar. Also endete dieser Aufstand damit, wie so viele andere Aufstände auch, dass wir ziemlich betrübt in die achtziger Jahre gegangen sind.

Wir kamen nicht auf die Idee, einen eigenen Verlag zu gründen. Es war kein Macher da, keiner mit einer Managerbegabung, obwohl wir die einzigen waren, die damals in Deutschland Krimis schrieben.

Der Soziokrimi soll die Integration von Urbauelementen des Kriminalromans leisten, originell phantasievolle Vorbereitung und Ausführung eines Verbrechens, meist eines Mordes, Auf- und Erklärung dieses Mordes, Umkipp- und Verwehreffekte, Einbringung von Spannungsmomenten wie Autojagden, Schießereien, Fahndungsaktionen oder Explosionen und Urbauelementen einer kritischen Sozialwissenschaft, Erklärung menschlicher Handlungen aus ihrer schicht- bzw. klassenspezifischen Situation heraus, Beschreibung und Analyse der sozialen Lage von Unterprivilegierten und Deprivierten.

Dieser Text ist auch neulich nochmal bei einer Diskussion in einer Krimi-Tagung aufgetaucht. Wahrscheinlich eine Definition von mir, obwohl mir der Begriff Soziokrimi bloß angeheftet worden ist. Wahrscheinlich hat mal irgendjemand gelesen, dass ich Soziologe bin, vermutlich in der »Zeit«, vermutlich auch noch von einem Gegner, ob das aus der Compart-Fauser-Schmidt-Ecke kommt, ich weiß es nicht. Ich habe ja diesen Soziokrimi gar nicht auf die Spitze getrieben, darum rege ich mich immer über dieses Etikett auf, ich hab ja nicht über Atomkraftwerke geschrieben oder Giftmüllfässer, das haben ja Werremeier oder Huby gemacht. Ich selbst, der als der Begründer oder Erfinder gelte, habe das ja nicht übertrieben. Ich bin ja eigentlich viel mehr Psychologe und Psychiater als Soziologe, obwohl ich das im Hauptfach studiert habe. Ich habe ja noch nicht mal eine Mafia-Geschichte geschrieben.

Soziokrimi habe ich immer als einen Krimi verstanden, der sich politisch einmischt, auch wenn er in erster Linie spannend und unterhaltend sein muss.

Ich habe irgendwo in einem Roman geschrieben: »Mannhardt dachte mit Stolz, dass er nun schon dreißig Jahre SPD-Genosse war und damit unendlich Gutes bewirkt hatte«. Das war wahrscheinlich etwas ironisch gemeint.

Wahrscheinlich gibt es durch sozialdemokratische Politik schönere Schulen und ein paar Ampeln mehr, aber gleichzeitig haben sich die großen Strukturen, die Kapitalstrukturen, in den Besitzverhältnissen nicht verändert, und die Zahl der Arbeitslosen ist immer weiter gestiegen, da muss man gar nicht drüber reden. Ich habe allerdings auch nie geglaubt, dass das Kapital ein Papiertiger ist und dass die Kräfte der Arbeiterbewegung ausreichen, diesem System den Garaus zu machen. Aber ein guter Terrorist wäre ich auch nicht geworden.

Zu feige, zu ängstlich, zu viele Wenns und Abers.

Für mich gilt heute noch das Misstrauen meines Vaters, der sagte: »Ich glaube nur, dass zwei Pfund Rindfleisch eine gute Brühe geben, mehr glaube ich nicht.«

Ich stehe auf dem Marktplatz meiner Stadt Bramme, bin gerade erst angekommen. Wenn ich zum Rathaus hochgucke, sehe ich einen Schützen, auf dem Rathausdach ... und da ich auf dem Unglücksstein stehe, gehe ich lieber einen Schritt zur Seite, sonst wird er gleich auf mich anlegen, denn Bramme ist die Hochburg der Kriminalität in Deutschland, Bramme ist überall. Wenn ich mich nicht verstecke, wird ein Schuss fallen, und ich werde getroffen zu Boden sinken. Ich gehe lieber schnell in die Knochenhauergasse, wo der erste Bramme-Roman spielt; der Name Knochenhauergasse ist wunderbar. Ich vermute, da werden jetzt noch mehr Leichen herumliegen, denn ich habe ja ein paar Jahre keine Bramme-Romane mehr geschrieben. Das Verbrechen wird überhand genommen haben, meine reinigenden Kräfte sind nicht mehr zum Einsatz gekommen. Wenn man hier einmal gelebt hat, dann kommt man schon auf die Idee, für immer nach Bramme auszuwandern.

Kriminelle Sittengeschichte Deutschlands
Editionsplan

Egon Eis
Duell im Dunkel (1957)
Schwarzmarkt und Schmuggel im Hamburger Hafen. Die Anfänge der Organisierten Kriminalität. Mit einem Nachwort von Michael Töteberg.

Hansjörg Martin
Kein Schnaps für Tamara (1966)
Schleswig-Holstein 1951. Die Tunesierin Tamara wird tot in einem Zugabteil entdeckt. Sie wollte zu dem Mann, der sich während des Afrika-Feldzugs bei ihr versteckt hat. Mit einem Portrait des Autors von Frank Göhre.

Friedhelm Werremeier
Taxi nach Leipzig (1970)
1968: der Kriminalkommissar Trimmel (der erste »Tatort«- Kommissar) reist illegal nach Leipzig. Er ist einer deutsch-deutschen Geschichte auf der Spur. Mit einem Portrait des Autors von Frank Göhre.

-ky
Einer von uns beiden (1972)
Berlin der 60er Jahre. Wahlkampf, Studentenproteste, falsche akademische Titel, Erpressung. Mit einem Portrait des Autors von Jürgen Alberts.

Michael Molsner
Rote Messe (1973)
Der Polit-Krimi der 70er Jahre. Mit einem Portrait des Autors von Jürgen Alberts.

Irene Rodrian
Schlaf, Bübchen, schlaf (1980)
Das Psychogramm eines »ganz normalen Mannes«. Mit einem Portrait der Autorin von Frank Göhre.

Helga Riedel
Einer muss tot (1983)
Deutsche Lehrerin liebt Türken. Ehehölle, Mord. Mit einem Nachwort von Frank Göhre.

Peter Schmidt
Die Regeln der Gewalt (1984)
Politthriller über die Zusammenarbeit des Ministeriums für Staatssicherheit mit der RAF. Mit einem Nachwort von Jürgen Alberts.

Peter Zeindler
Feuerprobe (1991)
Der DDR-Spion Gerd Brenner weiß nicht, wie es weitergehen soll. Mit einem Portrait des Autors von Frank Göhre.

Robert Brack
Psychofieber (1993)
Auf einer Elbinsel wird die Leiche einer jungen Frau gefunden, während Rechtsradikale die hanseatische Bürgerschaft zu sprengen versuchen. Mit einem Nachwort von Helmut Ziegler.

Abonnieren Sie unseren Newsletter -
und Sie sind immer gratis informiert:
edition.koeln@t-online.de

**Der Kardinal, ganz in Rot
und frisch gebügelt**

Roman. Die Kommissar-Kleefisch-Serie I

Geb., € 15,90

ISBN 978-3-936791-33-4

Aufgrund einer missverständlichen Äußerung des Kardinals versammeln sich in Köln 12.000 Muslime, um den Dom zu stürmen.

Die Tango-Sängerin
Roman. Die Kommissar-Kleefisch-Serie II
Geb., € 16,90
ISBN 978-3-936791-55-6

Der Admiral in Buenos Aires handelt mit Kindern der Gefangenen.
Die Werft in Hamburg baut Fregatten für den Admiral.
Der Kölner Kommissar versucht herauszufinden, wer es war.

Arturo Alape
Das Blut der Anderen
Roman aus Kolumbien

Daniel Chavarría
Die sechste Insel
Abenteuerroman

Carlos Garrido
Ich erzähle es dir auf einer Reise
Roman

Mauricio Rosencof
Die Briefe die nicht ankamen

Hamid Skif
Sehr geehrter Herr Präsident
Briefe aus Algerien